穹笼

无归时空

七月——著

人民文学出版社

图书在版编目(CIP)数据

穹笼:无归时空/七月著. —北京:人民文学出
版社,2024
ISBN 978-7-02-018290-9

Ⅰ.①穹… Ⅱ.①七… Ⅲ.①幻想小说-中国-当代
Ⅳ.①I247.5

中国国家版本馆 CIP 数据核字(2023)第 196272 号

责任编辑　朱卫净　张玉贞　傅　钰
装帧设计　汪佳诗

出版发行	人民文学出版社
社　　址	北京市朝内大街 166 号
邮政编码	100705
印　　刷	杭州钱江彩色印务有限公司
经　　销	全国新华书店等
字　　数	207 千字
开　　本	890 毫米×1240 毫米　1/32
印　　张	11.25
版　　次	2024 年 1 月北京第 1 版
印　　次	2024 年 1 月第 1 次印刷
书　　号	978-7-02-018290-9
定　　价	59.00 元

如有印装质量问题,请与本社图书销售中心调换。电话:010－65233595

目 录

第一章　阴谋与抄袭 / 1

01　窃贼 / 3

02　疯子 / 19

03　后援 / 35

04　向西 / 51

05　海子 / 67

06　遗迹 / 81

07　火星 / 100

第二章　光波与暗影 / 119

08　找水 / 121

09　消失 / 139

10　星彩 / 155

11　污迹 / 178

12　罪 / 187

13　异界 / 202

14　牧者 / 214

第三章 先知与奇迹 / 229

15　先知 / 231

16　归来 / 244

17　奇迹 / 257

18　愚者 / 271

19　科学 / 285

20　血祭 / 300

21　绽放 / 312

第四章 穷笼与归路 / 323

22　去处 / 325

23　时光 / 336

24　归路 / 347

第一章

阴谋与抄袭

01　窃贼

程昔第一眼看到那个年轻人的时候，就本能地觉得有哪里不对。

怎么说呢？当然了，都二〇二〇年了，别管打哪儿算起，北京的星巴克也够不上什么高档场合，也不是非得多有钱的人才能进趟星巴克。但是如果一个人穿着明显褪了色、皱巴巴的、绝对从离开优衣库店门以后就再也没熨过的衬衣，那不用当大侦探也能从他眼睛里看出来，这人从来没有买过任何单价三十元一杯的饮料。

这个年轻人从推开店门就一副怯生生的样子，全然不知道自己的手该往哪里放。直到看到坐在角落的程昔之后，年轻人才深呼吸两口，朝他径直走过来。

坐在角落的程昔早就在等这个陌生的年轻人，从这人推门进来就注意到了。这位著名的科幻作家感到一阵莫名的恐慌：这个人……

"程昔老师！"年轻人努力让自己的脸显得自然一点儿，肌肉因为紧张胆怯而隐不住地僵硬，反而让这张脸变得像蜡像面具一样，"您好您好，终于见到您本人了，我一直害怕您有事来不了呢。我就是之前电话联系您的那个余澄灰，您的老粉丝了！幸会幸会！"他边说边热情地伸出手。

这个叫余澄灰的年轻人大约不到二十五岁，程昔疑惑地起身伸出手来一握，对方兴奋得两只手都抓了上去，还用力摇晃了好几下。离得近了，程昔就觉得鼻子里传来一阵若有若无的馊臭味。他礼貌地想，今天天气是挺热的，流火七月嘛，小伙子大概是骑共享单车来的吧。程昔一面想一面坐下后把手伸到桌子下面，从BV包里掏出湿纸巾，仔仔细细把手擦了个遍，然后微笑着说："没想到余先生你这么年轻呢，应该在天线传媒还没干几年吧？外面挺热的吧，快坐，坐！喝点儿什么？要不先去点了饮料我们再聊？"

"不用不用，我带水了。"说着，余澄灰拉开双肩包，从里面掏出半瓶矿泉水。水是冷冻过的，里面还悬着冰芯，塑料瓶外面挂满了冷凝水。"程老师，我真是从小看您的科幻小说长大的，今天好不容易有机会见面，我专门带了书来请您签名，您看不麻烦吧？"

这样的话程昔听了不知道多少遍了，随着说这种话的人年纪越来越大，他也就越来越不爱听。对方拿出两本书，一本是自己最新出版的《归路银河之歌》，一本是他十年前的处女作长篇《构造体》。那本《构造体》已经被翻得卷了边，拿到手以后，程昔发现这书居然是当年的第一版、第一次印刷版本。

余澄灰抱歉地说："不好意思，看太多次了，都翻烂了。"

"什么话？谢谢你喜欢。"程昔嘴上客气，内心却越发警觉起来。他成名已久，多年前第一次遇到死忠粉丝的时候还感觉到惊喜，后来渐渐地对某些"痴迷"行为就只剩下害怕了。

半年前有个漂亮的女粉丝在签售的时候问他："您是怎么想出来这些秘密的？我是说，你是怎么知道宇宙的真理的？那么多科学家都不知道。"那个女孩子真的很美，程昔随和地笑答："不是什么宇宙真理啦，都是写小说的人自己瞎想的。"

然后那个女孩子就从包里掏出一把尖刀来——不是像瑞士军刀那种不到一根指头大小的玩意儿，而是货真价实的冷钢匕首，一捅能对穿两个透明窟窿的那种——尖叫着扑了上来，道："你暴露了我们天狼星人的机密！你这个叛徒！大统领要你的命！要你的命！"

要不是他这两年健身，反应还算快，那张桌子真的挡不住什么。

这位叫余澄灰的年轻人，真像他电话里说的那样，是天线传媒的版权采购部助理吗？

程昔接过书，翻开扉页开始签名："就写'赠余澄灰，望合作愉快'怎么样？"对方点头道："挺好挺好，合作愉快，也希望我能有机会和程老师您愉快地合作。特别希望能有这个机会。"说"特别希望"的时候，程昔听见对方咽了一口唾沫，心头不由得咯噔一下。

程昔签得很慢，不时地用余光瞟一眼对方。余澄灰看他写着，一面问："程老师下周去冷湖不？"

"哦？你也知道冷湖啊，"程昔答道，"那个什么火星基地搞活动倒是邀请了我，我一看行程，也太远了，不太方便，就不太想去。我知道你们天线传媒负责科幻的姜总要去的，对吧？"

"没错，姜副总要去，"余澄灰答道，"您不去啊？我希望有机会姜副总能当面跟您聊呢。"

知道程昔私人电话的人不多，所以昨天接到的电话虽然是一个陌生号码，他并没有多想。而且电话里的事情说的也都对，新书《归路银河之歌》正在跟好几家公司接洽影视版权的授权事宜。天线传媒是一线影视巨头，能跟他们谈成的话，不光是巨额版权转让金入账，而且有大概率做出爆款优质影视剧。毕竟，时代不同了，读书的人少了，书卖得再好也就是小圈子内部的影响力，比起影视的观众数也差着几个数量级。想要出圈，让更多的人接触到自己的作品必须靠影视、游戏这些视听艺术的再创造，一个好的影视改编辐射出去能让创作者身价直接翻几倍，比六七本得奖的小说都管用。

程昔的经纪人跟天线传媒的谈判已经到了关键阶段，对方说八月一号总公司举行产品会，一经过会就拍板签合同，最后两个备选IP二选一。只要能过会，六百万的报价没有问题。八月一号，离现在还有十天时间。经纪人传话给他："我天线的哥们儿说，基本上是没问题了，另一个备选作品也不错，但是毕竟不是程昔老师写的嘛。光是'改编自程昔原著'这几个字就能省去多少宣传费，大家都会算这笔账。"

经纪人最后几句话画蛇添足，反而让程昔一阵不痛快。这话什么意思？就是说我的小说也没有比别人的好，只是凭着自己现在名气大才好卖咯？当然，这话他咽了下去，没有对自己的经纪人发火。

这股不痛快还没完全退去，昨天晚上六点，程昔就接到一个陌生电话。电话里面的人自称是天线传媒版权采购部助理，说有非常重要的事情可能影响到《归路银河之歌》的版权采购，需要当面跟程昔老师谈一谈。

"版权代理都是我的经纪人负责，"当时程昔在电话里说，"有什么事情你们直接找他谈，我不管这些事情的。他有我的全权委托，我就是一个写小说的，不懂其他的事情。"

"老师，这个，最好还是当面说。事情没那么简单，影响也不是单纯这一个IP合作那么简单。电话里说不清楚，我们能当面谈吗？只能当面谈。"

程昔这么多年来不是第一次接到类似的电话，其中绝大多数是浪费时间，但是偶尔，几年里面会有一次的那种偶尔，会让你多年以后都在梦中惊醒，后怕假如当时自己无视这个电话会变成什么样。当自己有过这样的亲身体验，再看到类似"著名演员被经纪人侵吞并转移财产，妻子与经纪人出轨"这样的八卦新闻的时候，程昔就怀疑那演员是不是也曾接到过一个对方语焉不详、非得当面谈一谈的电话；而那位著名演员就那么随手挂掉了电话。

如果说有第六感这种东西的话，当接到余澄灰的那通电话的时候，程昔的第六感就在狂叫。

只是现在在星巴克里见到这位叫余澄灰的年轻人的真身，让他想起科学上没有任何证据证明第六感是存在的。

该死，也许只是又一个狂热的粉丝，把《构造体》当作当代推背图，认为里面预言了现在的一切，把它当作互联网创业圣经，预示了全球政治经济文化走向的那种。这人不知道从哪里搞来了自己的电话号码，偷偷通过各种渠道窥探了偶像的隐私，还知道《归路银河之歌》正在跟天线传媒谈判……他知道天线的"姜总"其实是"姜副总"，这能说明什么呢？一个连跟自己这级别的人见面都花不起一百块钱衣服钱的人，天线传媒再抠也不至于……

程昔内心一阵恐慌。他都快五十了，半年前胳膊的皮外伤痕迹还没有消干净，周围没有安保人员，自己也没有力气再跟一个藏着冷钢匕首的疯子搏斗。他慢慢地在扉页签完自己的名字——"程昔"，伸手把书推了回去。

"你昨天在电话里说……"

年轻人突然打断了他："等一下！"他手伸进了背包的深处，摸索着。等什么？他在摸什么？枪？刀？程昔脑子一片空白，你很难猜到疯狂偏执的粉丝会干出什么事情。也许是因为他上次采访的时候说："我写的只是科幻小说，里面没有什么深意，没有必要过度解读。"这样的话就足以激怒很多把他捧上神坛的疯子，也许是……

程昔差点儿从座位上跳起来，但对面的年轻人——那个自称天线传媒版权采购助理，名叫余澄灰，身穿肮脏汗臭衬衫的年轻人——只是从背包里掏出了另一本书来，递到他面前。

后来回忆起这一刻，程昔无比希望，对方掏出来的是一把刀子。

"您能在上面签'程圆'这个笔名吗？"余澄灰问。

推上来的是一本十六开的杂志，用塑料自封袋包着，显然是害怕在背包里被别的东西弄坏了——比如冰冻矿泉水瓶表面的冷凝水——封面上是几个大字："大众软件，二〇〇五年第十三期"。

"你搞错了吧？"程昔用熟练的社交笑容说道，"我没在这杂志上发表过小说啊。"

杂志内页插着一根书签，程昔认出那是BOOKDARK

牌的黄铜书签,很好用,而且不便宜,一支书签可以买一杯星巴克超大杯的美式咖啡。

"哦,对,确实不是您写的。"余澄灰一面说着,一面拉开塑料自封袋,把那本《大众软件》从里面取出来,按书签的位置翻开了书,把书页摊在两人中间的桌子上。BOOKDARK牌书签在那一页上指着一个小说标题:《服务器战争》,作者哈雷。

程昔的脸瞬间变色,但马上就隐了下去,他笑道:"这是……什么呢?我不懂。"

余澄灰从背包里掏出第二个塑料自封袋——那磨花了皮的双肩背包里放了一瓶冻得结冰的矿泉水、一本初版初印的《构造体》、一本全新的《归路银河之歌》、一本包着自封袋的《大众软件》,加上最后这个自封袋,那背包里面终于空了。

第二个自封袋里装着一本《五线科幻谱》,一本已经停刊绝版多年、发行于十二年前的杂志——《五线科幻谱》。

"但是这个应该是您写的,对吧?程圆,在您改用程昔这个笔名之前用过这个笔名发表过一些科幻小说,大家都知道的。"年轻人小心地在自己衣服上擦了擦手,这才揭开自封袋口,郑重地从里面拿出那本《五线科幻谱》,二〇〇八年第八期。同样的BOOKDARK牌书签夹在不厚的杂志里,翻开,标题是《天津异事记》,作者程圆。

"这是什么？"程昔疑惑地问，他喉咙发干，想去端手边的那杯美式咖啡。但手还没有抬起，他已经明白自己绝不能做这个动作——那只手一旦离开了桌面就会控制不住地颤抖，像帕金森患者一样。

但他还是维持着礼仪的笑容："这两本杂志都停刊好多年了，有什么……"

"您知道有什么。"年轻人打断了自己偶像的话。

您知道有什么。

是的，他知道有什么。

他当然知道。

他怎么可能不知道呢，从看到那本大众软件封面的那一刻起就知道。

过去的永远不会过去。

潜意识中他知道这一天一定会到来。好多年前，还是初出茅庐时他就在等这一天——每当接到编辑的电话，听到手机提示音响起，他永远有一颗心是悬着的。"他们知道了。被发现了。"他一次次在梦中惊醒，梦见桌子上摆着两本杂志，对面坐着某位主编，一身笔挺的衣服。

梦里自己就坐在现在余澄灰的位置上，穿着一身已经洗不干净的衬衣，连三十元一杯的咖啡也喝不起。

别慌，别慌，你早就准备好了。十多年来，你想了许多种策略，花工夫做过许多调查。随着时间的过去，事情一直在朝对自己有利的方向变化：《大众软件》已经停刊十五年，《五线科幻谱》也已经停刊十年了。纸媒在新媒体时代死得很惨。

而且现在自己已经坐在了桌子的这一边。

程昔从最初的慌乱中镇定了下来，慢慢重新找回自信，一脸茫然地从桌上抬起头望着对方说："小伙子，你到底想说什么？我完全不明白。"

一阵惊慌从对方眼中闪过："您这篇小说，这篇二〇〇八年发表的《天津异事记》，和二〇〇五年这个叫'哈雷'的人在《大众软件》上发表的《服务器战争》基本上一模一样。只有遣词用句有一些不同，但是小说内容完全一样。"

"然后呢？"程昔问。

"然后呢？！"余澄灰惊道，"我是说……"

"我知道你想要说什么，"程昔说，"你想说，我当年抄袭过别人的小说。是这个意思吧？"

"我，我，只是想了解一下是怎么回事，我没有说……"

"证据保存得这么仔细，准备了不少日子吧？这种十多年前的杂志可不好找。对吧？"

他一点儿也不怕。不需要怕。

那个写《服务器战争》的作者"哈雷"没有发表过其他作品。不管是在《大众软件》还是在别的刊物上，这个名字的作者都再也没有出现过。就像同名彗星一样，也许下一次出现要在七十六年以后。没人知道笔名后面的真人是谁。

《大众软件》是一本电脑信息杂志，本来也不是文学刊物，每期只会发表一篇小说，而且大多是游戏小说。游戏是老得很快的，随着作为小说背景的游戏消失在人们视野，这些游戏小说很快就过时，没人会继续关心。而且这些小说里也没有几篇是科幻——奇幻，或者说玄幻居多——那是科幻圈的"硬科幻"爱好者瞧不上的。

科幻圈的人跟这个叫"哈雷"的彗星作者完全没有交集。这些年来他偷偷打听过"哈雷"——当然不是用自己的身份，更不敢大张旗鼓，害怕反倒惹起大家对《服务器战争》的注意。没什么人看过这篇《服务器战争》，也没人知道"哈雷"。

最简单的办法，就是冒充自己就是"哈雷"。这样一来，《服务器战争》的问题就成了自己洗自己的稿子。当然这不是什么长脸的事，但也不是什么太过分的罪过了。

这句话刚要出口，程昔突然觉得不对。

那本《大众软件》到底从哪里来的？十五年前的电脑信息杂志，谁会……

他就是"哈雷"？这个念头刚起，程昔就意识到自己的可笑，十五年前这个叫余澄灰的人可能还不到十岁。

但是如果他认识"哈雷"，比如说，是他的父亲，然后有一天从父亲的珍宝箱里发现了这本杂志……

余澄灰问："这个《天津异事记》……"

"我是用过程圆这个笔名，知道的人不少。在二〇〇八年到二〇〇九年的时候我确实用'程圆'这个真名发表过一些小说。你有没有想过为什么我后来要改用'程昔'这个笔名呢？"程昔问，"所有叫'程圆'的人就是我吗？这篇小说，这篇……《天津异事记》，如果是我写的——我先不说有没有你说的抄袭，另一篇小说我也没看过——你说你是我的死忠粉丝，那你应该看过我去年出的作品全集吧？那套书收入了我发表过的所有小说，如果是我写的，为什么在作品全集里没有这篇小说呢？"

余澄灰愣住了。他料到程昔一定不会承认抄袭，准备了两篇文章对比的"调色板"，从故事、从设定甚至从错别字来证明这个抄袭是多么板上钉钉。但没想到程昔会釜底抽薪。

著名科幻作家叹了口气说："这篇不是我写的。我知道这篇小说，十多年前别人就专门给我看过，说实话，写得还行。不过那时候我倒是不知这篇有抄袭，当然，前提是你说的是真的话。我那时候主要关心的是跟人撞了名字。跟别人撞了名字也不是什么大事，我那时候是个新人，没道理我叫程圆，人家就不能叫程圆了，对吧？户口上一查，叫程圆的人多了去了，多稀罕？所以我这才给自己起了个笔名叫'程昔'。"

听对方好整以暇地说着，余澄灰这才回过味来，说道："不对！你的作品全集里是没有这篇小说，但不一定是因为这篇不是你写的。它没有收进你的全集里面有另一个可能：你很清楚这篇小说是抄袭的，所以专门把这篇抄袭的作品摘掉了。你把笔名从程圆改成程昔是一样的道理，你那时候就发现这篇小说的污点迟早会被发现，所以改了笔名，把这篇小说从自己名下抹掉了。"

"按你的说法，那不是十二年前我就做了这个打算？那不等于刚抄完、发表了就打算抹掉？"程昔一笑，"费那个功夫我直接不抄岂不更好？"

余澄灰摇头道："有的时候抄了一篇别人的小说，发表了，得了编辑的鼓励和认可，你才能入这一行。等发现原来自己确实能靠自己写，那是后来的事情了。"

窗外的阳光凛冽，透过落地玻璃照在程昔身上，让他一阵阵发冷。这个年轻人是个疯子。不是拿刀的那种疯子，是更糟糕的那种。

"你倒是很能幻想。我觉得你应该去写小说。你如果不信，可以去找《五线科幻谱》的编辑部，向他们查证当时登记的作者联系方式，看看写《天津异事记》的那个程圆是不是我。"

"程老师，您是业内大佬，应该比我更清楚才对，"余澄灰说，"《五线科幻谱》停刊十年，编辑部早就没了。就是因为这个原因，您才敢有恃无恐地叫我去找编辑部吧？"

"杂志没了，人还在啊，"程昔说，"当时编辑部的编辑还活着吧，就算资料没了，当时跟编辑联系的人是不是我，编辑自己总是清楚的吧？你可以找那个编辑确认啊。"

那位责任编辑早就消失了。《五线科幻谱》停刊以后，她就去了时尚业,后来移民澳大利亚。在大家的联系方式纷纷从QQ变成微信的那段时间,那位编辑就已经彻底在科幻圈消失了。那姑娘本来对科幻也没有兴趣,只是毕业想进时尚杂志碰了壁,去《五线科幻谱》不过是为了积累一点儿杂志行业的从业经验,做一个职场跳板而已。

是的,程昔一直盯着,直到这个人彻底消失。完全地……

"你怎么知道我没有找到那个编辑呢?"

"不可能!"程昔脱口而出,"她移民以后就彻底脱圈,谁也……"

"您很关注那位编辑呢。"

"……当然,都是朋友……"糟糕,程昔发现自己说话的声音犹豫了,矮了两个声调。这个浑身发臭的家伙,他到底知道了多少?

"够了,我告诉你,我不是来这里听人给我泼脏水的!"程昔叫了起来,"我写了十多年的小说,用过两个笔名。我从来没有抄过任何人。尤其是更不可能去抄一个名不见经传的、听都没人听过的什么'哈雷'的小说。如果你以为你能捕风捉影搞出什么大新闻,我告诉你,你小子想错了!"

"您还记得唐七吗,程老师?"余澄灰问。

他当然记得。那位曾经红透半边天,小说年年改编爆款言情影视剧的"顶流类型文学作家"。四年前刚被人揭露抄袭的时候，这位顶流作家颇用力抵抗了一番，她不是一个人，花了大几亿真金白银投资改编她小说的众多资本下场来，帮她狡辩了很久。

不管粉丝怎么号称她证明了自己的清白，事实是四年来她再也没有出版过任何一本小说，更没有任何一个影视改编敢沾"唐七"这两个字。这人彻底消失了。

《天津异事记》可是连《服务器战争》的错别字都抄进去了，不是几万字里有几千字抄来的，而是有几个字是他自己写的问题。

"我是'文化行业自律委员会'的主席，是'反剽窃维权援助'协会的联合发起人。你觉得他们会相信你说的这些事情吗？你这样污蔑我，是要拿出证据的！如果你拿不出来……"

余澄灰只是看着他。

"我从来没有抄过别人的小说。我从来没有看过什么《服务器战争》。我跟你说这个干什么？这篇《天津异事记》本来就不是我写的！"程昔说，"好吧，小子，在我报警告你侮辱诽谤之前，你从哪里来的给我滚回哪里去！赶紧去跟人抢共享单车去吧！"

那个年轻人一动不动。隔着桌子程昔闻到一阵臭味，强烈的汗臭味。

但这个味道不是来自对面，而是从他自己衣服下面散发出来的。他的腋下已经湿透了。

程昔瘫倒在椅子的一角，过了好一会儿才叹出一口气来说："好吧，说吧，你要什么？你到底是谁，不是天线传媒的什么版权采购助理吧？你要什么，直说吧。"

"我要你公开承认当年抄袭了别人的小说，向大家道歉。"余澄灰说。

程昔哆嗦了一下。"玩儿够了吧？你如果要的是这个，早就直接上网把这些证据公开了，根本就不会来找我。你既然费了这么大力气肯私下来找我，那肯定另有目的。直说吧，别浪费时间了。你要钱吗？我担心你拿不到想象中的那么多钱呢。"

余澄灰打开矿泉水瓶，一口气喝干了剩下的半瓶水，只剩下一根细长的冰芯在瓶子摇晃。"我不要钱。我不是不缺钱，这话说了你也不信。我不需要你从口袋里掏钱来让我闭嘴。我需要你能跟我合作一次。程老师，您下周去冷湖吗？"

02　疯子

飞机在西宁落地。

对余澄灰来说,这是一趟破釜沉舟的旅程。这趟冷湖之旅从北京起飞,到西宁以后租车自驾三天,穿越青海上千公里的戈壁,然后抵达此行目的地冷湖。冷湖三天行程之后,再前往敦煌,从敦煌返回北京。

这趟旅程来去大概要花费两万块钱,以余澄灰的银行卡里的余额,现在要他出这么多钱的话,那他只能去借网贷。

不过既然是金主邀请的活动,当然没有让嘉宾出钱的道理。

活动叫"冷湖火星小镇科幻之旅",听起来很玄,实际上是一个文旅项目的造势活动。名叫"冷湖"的地方在青海与新疆、甘肃交界，位处戈壁腹地。这地方的命运说起来也跌宕起伏，新中国建立之前，这个地方是戈壁无人区。随后在二十世纪五十年代资源考察的时候，在冷湖发现了石油，石油开采喧哗一时，一九六〇年的时候冷湖的行政区划升级为"冷湖市"。

历史上很多事情本以为是起点，但后来发现是终章。冷湖在一九五四年发现石油后开始建设，一九六〇年设冷湖市，谁知之后不久石油开采就开始枯竭，本来千里迢迢移民过来，计划在这里安家的石油工人逐渐撤离。一九六四年"冷湖市"降格为"冷湖镇"。一个与大庆油田同时代的产业交响曲就这样在短短十年内被客观力量掐断，其兴也勃焉，其亡也忽焉。到一九九二年，整个冷湖石油基地已经完全搬空，变成了一座戈壁中的废墟了。

就这么消失了几十年之后，这个名叫"冷湖"却深处荒漠无人区的戈壁小镇跟北京一家文旅公司合作了起来，想把这个地方复活。从听到"火星小镇"这个项目的名字，余澄灰就想到了美国的罗斯威尔，"51区"。

这是一个行之有效的思路。美国一个荒凉的小镇因为当年掉了个探空气球，就四处宣传"发现外星人啦！""美国军方把外星人藏起来啦！""罗斯威尔原来是研究外星人的秘密基地！"，从此一个无人知道的小地方变成了全球热门文旅目的地。

在青海那一望无垠的伟大戈壁里，指着荒地说"这里是地球上最像火星的地方",为什么不可以呢?"冷湖",多好的名字,这名字里凛凛湖水的凌冽意象和荒凉干旱的实际景观之间有如此巨大的落差,这文旅项目从开始就已经成功了一半。

为了完善"火星小镇"这个概念,经验丰富的文旅公司每年都搞一个"火星之旅",邀请科幻作家们来这里,为小镇宣传造势。科幻作家们也乐得热闹,大多数中国人都没有亲眼见过西北戈壁,反正组织方包差旅食宿费用,来玩一趟,一群朋友在璀璨星空下聊聊天,何乐不为呢?

余澄灰也是科幻作家,虽然是新人,但也是真正的科幻作家,不是羞答答的"科幻作者"——他出版了自己的长篇原创,按业内的标准,已经算是"作家"了。

挤进了科幻作家的圈子,但毕竟是新人。像程昔老师这样的,"火星之旅"一定是再三盛情邀请,程昔还是"抽不出时间",百般推脱。余澄灰呢,虽然偶尔也有人敬称他一句"余老师",可为了能作为嘉宾去参加这个"火星之旅",他把通讯录上能求的人都骚扰了个遍。

所谓"有志者,事竟成",就是这个意思了。

虽然由组织方出钱,但人家只管从居住地到冷湖的一路直接往返费用。你从北京到西宁的机票,再直达冷湖当然归组织方负责;如果你打算自己在青海一路玩儿几天,去趟青海湖、茶卡盐湖什么的还要自驾租车,加上沿途酒店食宿,这部分可得自己掏钱——至少好几千,钱不少。

余澄灰带了三张信用卡,计算了支付宝花呗的借钱余额,这一趟暂时应该用不上网贷。

很快他就会有钱,很有钱。不是那种在超市买东西不看价签的"有钱";是那种穿着汗衫也有底气昂首挺胸走进友谊商店,店员敢过来上下扫你两眼说什么"先生,我们这里是卖男装的,厕所从那边走"的时候,你不会低头说"哦,对不起",然后转头出去,而是骂他"你他妈的从哪只眼睛看到我是要找厕所的?经理呢?叫你们经理出来!"的那种有钱。

是的,那种有钱。

等程昔老师在这趟"火星之旅"上照自己说的办了之后,他就再也不用像现在这样,就为了这么一趟破"火星之旅"求爹爹告奶奶被好些人拉黑;等程昔在这鬼地方照自己说的办了之后,就是别人求着"余老师,这个活动特别希望您能出场,对方拜托我好多次了,电话都打爆了,很有诚意的",余老师就可以说"可是真的没时间啊,日程安排不过来啊,真的,真的"。

只要程昔按他说的做……

"你真以为程昔会老老实实听你的摆布?"他听到一个声音冷笑着说,"真可爱,你真以为凭着两本破杂志,堂堂程昔老师就照你说的办?"

声音余澄灰很熟悉,是他自己的声音。"闭嘴。"他默想。那个声音大笑起来说:"贵圈哪个人不是程昔的朋友？人家多大的势力？你以为是人家能跟你一样吗？别说你就两本破杂志，就算你有板上钉钉的证据，就算你找到'哈雷'本人出来作证，程昔要是一口咬定自己没抄过，你猜会怎么样？都不用他自己出面，多少人会替他洗地呢。"

"放屁！"余澄灰觉得身上发冷。

"人家是业界大佬，就算大家知道他当年抄袭又怎么样？"

"他答应过了。他已经答应过我了。"一股寒冷爬上他的胳膊，顺进骨子里。

"他当时被你吓坏了。被你身上那味道吓坏了，你知道吗？就像突然在屋里看到一个大蟑螂一样吓坏了。他是答应了你，他逃跑了，但人家回到自己的大别墅以后喝了点儿一九八二年的拉菲，冷静回来了。你懂吗？人家冷静回来了，现在人家已经买好了蟑螂药和拖鞋，会把你碾成……"

"闭嘴！闭嘴！闭嘴！"

机场出港走道上许多旅客因为这突然迸发的声音转过头来，余澄灰这才发觉自己叫出了声。他连忙用手捂住一边耳朵，假装是通过无线耳机在跟人打电话，对着不存在的麦克风压低声音："回头再说，挂了！"

"打个电话这么大声干吗？"旁边一个阿姨不满地说，"我差点儿以为是个疯子呢。现在的什么苹果无线耳机，搞那么小干啥？真是的。"

幸好幸好，余澄灰左右仔细看了看，至少那位梁清散梁老师不在附近。

他忙拖着箱子狂奔，顺着出口通道逃了出去。一直走到二号出口，余澄灰才终于在一个柱子边上看到了自己要找的人，那位叫梁清散的人。如对方在微信上说的那样，梁清散套着一件"马里奥"图案的绿色外套，手上拿着一个叫作"Switch"的便携游戏机，一副耳机塞在耳孔里，倚着柱子正全神贯注地打着游戏。

梁清散老师，华语科幻星云奖金奖得主，知名科幻作家，著名游戏宅。幸好，幸好余澄灰自言自语大叫的时候，他没有看见，也没有听见。绝对不能第一次见面就给他留下糟糕的印象，自己需要他，他们。在这次"冷湖火星之旅"之后，自己就会通过他们打入科幻这个圈子的核心，真正拥有自己的"网络"，自己的"小群"。

余澄灰定了定神，走上前去："梁清散梁老师，对吧？我是余澄灰，小余。"

梁清散三十多岁，余澄灰二十出头，他当然应该自称小余。对方先是在游戏机上手忙脚乱地按了暂停，然后才抬起头摘下耳机。梁清散看到余澄灰的第一眼显然吓了一跳："啊，余老师您好……您……您就穿这么点儿，不觉着冷啊？"

余澄灰愣了一下。他当然冷。只是他没有意识到这种冷来自周围真实的温度，而不是来自自己的脑子里。梁清散一口老北京口音，这句关心压得他喘不过气来。

他努力撸了撸舌头，抑制住平卷不分的舌头，这才不好意思地说："不冷，我下飞机一路跑过来的，这不是怕您久等吗？"

"嗨！"梁清散一笑，"这有什么可急的。冰狗老师、西夏老师和七月老师都还没到呢。那咱们就走吧，先去酒店等他们。租的车已经到了，还挺方便的。走吧。"这一溜老师说得太顺口了，梁清散一面说，一面把游戏机收进了包里。

余澄灰连连点头，说："哦，好好！您看租车的钱，我是先……"

"哦，行啊，"这北京爷们儿一点没有假客气的毛病，"要不我把酒店钱和车钱都算了，在微信群里放个收款吧。押金是我信用卡刷的，反正会返回来，你们就不用管了。咱们一路谁垫了钱，都回头直接群里发收款就是了。"话说着，余澄灰的手机就响了。

微信群收款：每人两千一百六十三块三毛二。

"这么多？"余澄灰惊道。梁清散说："就是啊，七月老师非说要租个七座的越野车。他说来都来的，差不了几个钱，自驾爽一下。我回头一看，什么差不了几个钱，差一倍呢。回头开起来觉得不爽我们打他。不过那车是真大，我们五个大人也合适。"

"没事儿，"余澄灰答道，"难得来一趟，来都来了，不在乎再多这点儿。"

"不在乎再多这点儿？"那个声音冷笑道，"你有钱吗？"余澄灰在手机上点了半天，才意识到阿里巴巴公司的支付宝花呗是不能付腾讯公司的微信群收款的。"这网络，有点儿卡啊。"他说着，在网银上倒腾了一会儿，总算付上了账。

"这网络，会越来越卡吧。"他脑中的声音发出嘲笑。梁清散带着他往车库走，有一搭没一搭地跟他聊着："您今年出了一本长篇，是吧？"

"对对对，《穹笼》，梁老师您看啦？"

"还没看完，才刚看开头。"

"您觉得怎么样？"他紧张地问。

"怎么说呢？"梁清散说，"才看了前几章，故事还挺好看的。不过还没看到科幻的内容。"

"前面确实是。不过小说嘛，想科幻起来还不容易？什么都加量子不就完了？量子枪、量子通讯、量子衣服、量子汽车、量子广场舞……"

果然如他所料，梁清散大笑："那可不，要看起来科幻，太容易了。"

齿轮开始朝他预想的方向转动。余澄灰坐上副驾（这车可真大，大出来的可都是信用卡里的钱），一切都在按计划发生：他对这趟西北的自驾游有兴趣吗？没有，一点儿也没有。

但是他在群里一听说这几人打算借着"冷湖火星之旅"的机会自驾游一趟，就马上跳了出来说："我也想一起去，可以带我一个吗？"

因为旅行是彼此成为朋友最快最有效的途径。梁清散，这位华语星云奖金奖得主，实力派科幻作家梁老师，三天之后就会成为余澄灰的好朋友。打听到这是一位深度游戏宅之后，余澄灰用四倍速播放在视频网站看了二十多个小时的各种游戏视频。

还有：

华语科普科幻作家协会秘书长，冰狗老师。

著名科幻电影学者，郭帆导演和饺子导演的好友，西夏老师。

三天之后，他们都会是自己后援会的成员。

至于那个七月……余澄灰实在不知道他是写什么的。某个很早以前写过点儿东西后来被人忘掉的混子吧，一个名字都这么没有辨识度的人，不重要。

越野车在西宁飞驰着。宽大的座椅让余澄灰舒展了起来，这一趟旅行很值，花这些钱是值得的。

"你有钱？"一个声音跳了出来，惊得他从靠背上弹了起来。

"怎么了？"梁清散带了一脚刹车，"怎么了？"

"没有没有，没事儿没事儿，眼花了。"余澄灰说。

"你有钱？你？不需要钱？"这个声音不是余澄灰自己的，是程昔的。

"我可以给你两百万，而且明天就可以给你。但是最多就这么多了，"程昔说，"够了吧。很多了，对你来说。"

"我不需要钱,"听到两百万这个数字,余澄灰尽力保持镇定,但还是控制不住咽了口唾沫,"我有。我不是为钱来……"

"你有钱?你?不需要钱?"程昔毫不客气地打断了他,一点儿也没有掩饰自己讥笑的脸,声音像一根尖刺扎进余澄灰心里。"得了吧,讨价还价可以;但是呢,我看你还是要搞明白讨价还价的逻辑,就你这副鬼样子,你告诉我你不需要钱?诚实一点儿,我劝你小子见好就收。"

余澄灰的太阳穴嗡嗡作响,自己曾经的偶像露出了丑陋的真面目,那副平素光亮的面具下长满了恶毒、欺骗、无耻的毒瘤的小人的脸。"程老师,你说得对。我是需要钱。但是我不需要从你的口袋里掏钱,"他深吸一口气说,"程老师,你还有一件事说得对,我不是天线传媒的什么版权采购助理。我重新解释一下我自己。"

余澄灰不知道从哪里掏出一本书来,一边递出一边说:"别担心,这次不用你签名了。我已经签好了。"

封面上,荒凉的戈壁夜空里中闪着一束直指天顶的怪光,光的两侧,星夜之光排出两个扭曲的大字:

穹笼

余澄灰 著

扉页上龙飞凤舞地签着一段话:

To 程昔老师

  没有您的作品给我的力量,就不会有这本书的存在。

望惠存。

余澄灰

"我签了好久了，之前出版社托了好几个朋友想把这本书送给您，您都没理。现在终于有机会了，请收下吧。"

程昔盯着"穹笼"这两个字，好像在哪里听说。"你也写科幻啊。是科幻吧？"他问道。

"我当然需要钱，很明显嘛，"余澄灰并没有理会这个问题，自嘲道，"但是我不需要从你的口袋里掏钱。我查过了刑法，第二百七十四条，这叫敲诈勒索。只要你一报警，前脚两百万给我，后脚我就成了通过恐吓非法占有巨额财产，警察就带我就进去了。两百万警察一缴，转眼又倒回了你手里。我呢？两百万，三十万就算数额特别巨大了，要判十年以上呢。"

"我为什么要报警呢？"程昔嘴里问着，心里却在想：这《穹笼》肯定听过，但到底在哪里听过？

"我怎么知道你为什么要报警？我也不知道你当年为什么要抄袭，一样的嘛。世上的事情谁说得清呢？说不定你认识几个当警察的好朋友，他们是你的死忠粉丝。"余澄灰说。

"穹笼！"程昔终于想起来了，"《穹笼》！天线传媒要在你这本书跟《归路银河之歌》里面二选一，选一本买版权！"一阵激动之后，他慢慢地躺回了椅背支撑上，

"不错不错,了不起。长江后浪推前浪。"

"不用客气。说是二选一,其实你我都知道,他们一定会选《归路银河之歌》,不会选《穹笼》。虽然这本《穹笼》比《归路银河之歌》好得多,但它不是程昔写的。"

这是著名科幻作家程昔老师有生以来第一次,被人当面说某个小说比自己的好得多。他不由得愣了一会儿。"我没有猜错的话,你要我退出天线传媒的这次比稿,对吗?"程昔闭上眼睛冷哼一声,"六百万权益金,算你的代理分五成,你一笔三百万,可又比两百万多多了。了不起,了不起。"

"六百万?"余澄灰脱口而出。程昔见他脸上震惊的表情就立刻明白了,影视公司给《穹笼》开的价钱肯定比这个数少得多。程昔心里一阵舒畅,作态问道:"对啊,他们给《归路银河之歌》报价六百万,给你这本《穹笼》报价多少?"

"也……也差不多,"余澄灰的表情僵硬,"不愧是程昔老师啊。和你打交道比好多不通事理、听不懂话的傻子省事多了。这可是一个典型的双赢,你没有掏一分钱。以程老师你的名气,《归路银河之歌》肯定马上就能换一家卖掉,你根本没有损失。而且……"

"而且我没掏钱给你,你就没有非法占有我的财产,也就没有法律能治你,对吧?了不起。"程昔接道,他闭眼思考了一会儿。"好吧,我觉得可以接受。但是怎么弄呢?总不能我莫名其妙地专门跑去找天线传媒的人,给他们说我这篇小说不乐意卖你们了,你们想买我也不会卖,《归路银河之歌》我要拿回来卖别人。这不像话吧?"

听到"我觉得可以接受",余澄灰整个人神经明显颤抖了一下,眼睛都亮了起来,那股阴沉的味道下面浮出对掩饰不住的喜悦和对金钱的欲念:"您说得对。哪儿能让您这样,将来您还得跟人合作呢。"

"那怎么办?我看你已经计划好了嘛。说吧。"

"您得去冷湖。"

"冷湖?"

"冷湖火星之旅,他们也邀请了我。然后天线传媒负责科幻的姜副总不是也要去了吗?到时候你跟他在那个火星小镇聊一聊,告诉他,你看了我这篇小说,觉得新人新作写得非常棒,这么多年来都没看过这么好的国产原创科幻了。你觉得这篇小说比《归路银河之歌》更好,更适合天线开发,而且自己作为一个前辈,更应该多多提携后辈的优秀作品,所以你希望他们选《穹笼》开发。"

"我这样说会有用吗?商业公司有商业公司自己的……"

"那你就得让你这样说有用!你告诉他如果他们不同意,就算他们买了你也不会配合将来的宣传,你……"

"《穹笼》的宣传词就会变成'程昔盛赞,超越自己的神作',"程昔突然说,"大家就会在私下里传,我是因

31

为得到了小道消息,天线传媒没有选《归路银河之歌》,所以我才提前退出的。你是这样打算的吧?"

余澄灰迟疑了几秒说:"这是一个很小的代价。大家会说你高风亮节,提携后辈。"

程昔没有犹豫太久,他指着桌子上的《大众软件》和《五线科幻谱》说:"我怎么确定这个交易之后,你不会再用同样的东西反复讹诈我?"

余澄灰知道已经成了,便说:"如果我是您一手提携的后辈、新一代的科幻顶梁柱,将来我再出来说你抄袭,不管你有没有……"

"别说那两个字!"

"好,不管是不是真的,别人都会把我看成一个欺师灭祖、不懂感恩的叛徒。所以我不仅不会提这件事,而且任何人提这件事,我还会帮你作证。也许,说不定,我认识'哈雷'呢?"

余澄灰不认识哈雷,但是他知道程昔不知道他不认识。他继续说:"我知道您不会相信我的人品,但是您一定相信,我不会做损害自己利益的事情。如果我是您一手提携的后辈、新一代的科幻顶梁柱的话……"

程昔沉默着。这个沉默让余澄灰坐立不安,他为什么不说话,这还有什么可选的?

自己是不是漏了什么,该死,这个文抄公为什么不……

"你也会去冷湖?"

这个"也"字让余澄灰心落了下来。"那我当然得去了，"他坦然说，"我会跟梁清散老师、冰狗老师和西夏老师他们几个一起去。我们要从西宁自驾过去，在青海玩几天。"

"他们几个是我的好朋友。我们一起的。"余澄灰笑着补充道。

"你们一起的。"程昔重复着说。他点头。

* * *

"冰狗发微信说他们三个已经到酒店了，"梁清散看了眼导航说，"我们还有三公里，马上也要到了。你见过他们几个真人吗？"

余澄灰摇了摇头说："还没有这个机会呢，我一个新人，第一次跟你们这些大佬见面呢。梁老师你要罩我呀。"

"嗨，没事儿。他们人都好着呢。"

不，我没有说谎。余澄灰心想，坎贝尔说，科幻应该像描写现实一样讲述未来。我只是作为一个科幻作家，把将要发生的事情说成已经发生而已。

我们一起的。至于程昔怎么理解"我们一起的"，那是他的问题。

"我去，这个路口不给拐弯啊，这导航行不行啊，"梁清散骂了一句，"我们再转一圈，不认路真麻烦。"

"自驾游是这样，人生地不熟嘛。我当年第一次开上西直门立交的时候……"余澄灰说道。

"第一次？我给你说！西直门那地方你去几次也都一样找不着路！"梁清散手拍方向盘大笑起来。

新认识的年轻人蛮好玩儿的，这个北京北城长大的作家心情愉快起来。身为一个从小在北京长起来的人，他丝毫没怀疑这个二十出头的外地小子，在北京限牌如此严厉的今天，打哪儿来的车开。

03　后援

　　与另外三个人的初次见面和余澄灰预想的差不多，剩下三个将来会成为自己"后援会"的人在酒店等着他们。

　　冰狗小姐给人的第一印象是个很欢脱的人，一路的行程都是她大包大揽安排的。本来这次自驾出行是梁清散和七月撺掇起来的，但是这两个人什么也没管，从头到尾所有计划全部交给了冰狗小姐——冰狗小姐唯独不懂车，所以租车交给了七月，于是开销就比预算高出了一倍。

　　冰狗小姐身材娇小，常年住在泰国却没有被晒黑，皮肤很白。初次见面的时候她穿着一身高饱和度的明蓝色防晒皮肤衣，衣服上有蜘蛛侠的条纹，连身帽子拉下来能把头整个遮起来，最重要的是帽子上缝着一对太阳镜——套上以后完全就是蜘蛛侠面具的样式。

"而且胸口这个蜘蛛侠徽章会亮哦！这个是有正版蜘蛛侠授权的！"她兴奋地给他们介绍这套装扮，"我给大家准备了红景天预防高原反应，还有晕车药、防晒霜、晒后修复凝胶，还有黄连素，防拉肚子，你们要的话找我拿。你们晚上想吃烤羊肉还是西宁特色的面，还是他们这边特色的炕羊排？"

余澄灰暗暗记了下来，三十多岁的女人，还能像孩子一样天真无邪，那一定是受过诸神厚爱和庇佑的。

西夏老师的年纪比所有人都大了一截，他刚从西宁青年电影展当了评委，一身风尘，看起来反而更加道骨仙风。这个已经入籍加拿大的华人一头长发，蓄着胡子，如果换一身道袍的话，你大概会相信他能左脚尖踩右脚背梯云纵飞起来。从电影展回来，他去了塔尔寺，在那个著名藏传佛教寺庙里拍了许多的照片。

"以前我大学有个同学，隔壁宿舍的。这都三十多年前了。他暑假的时候去西藏，走到哪个寺来着，不记得了，反正就是个藏传佛教的喇嘛庙。这是后来他跟我们说的，他没去过西藏，但是一到那个地方，就总觉得那个地方他以前来过。走到庙门口，就遇到一个小喇嘛守在门口，直接对他说'你终于来了，师父从早上就一直在等你'。然后他就拜了师父，信了教。"

这个加拿大华人跟余澄灰想的不太一样，这故事他自己真信吗？还是只当作有趣的谈资？余澄灰一时不好判断这个人。

梁清散跟他们很熟,因为自己是跟梁清散一道来的,于是省去了许多初次见面的客套,大家都很自然地跟他像熟人一样聊了起来。

只有那个叫七月的,从第一次见面他就觉得这人是不是有病。

怎么说呢?

首先,叫这么个名字,但他是个男的。为什么会有男人起这么个笔名?

然后,在听了西夏老师那个同学的故事以后,这人冷不丁地说:"你们北大的也这么封建迷信啊。"

但这都不如刚见面的时候这人说的第一句话那么让自己惊讶。

七月当时在翻西夏带来的"冷湖火星小镇"宣传材料,他指着上面一段文字问大家:"登这玩意儿有意思吗?"

那段文字是这样的:

> 李淼教授在冷湖发现异常光波辐射,可能与外星人有关

> 霍金刚走,外星人就在中国出没?
>
> 柴达木盆地出现异常光波辐射,专家怀疑有意暴露地球坐标
>
> 4月1日早间,中国高等信息科学院与RQA量

子计算机学会联合研究室发表声明称,其团队正在破解一段光波辐射信息,有证据显示,这可能是一封发往地外的求救信。

"光波辐射数据来自青海当地天文观测站。"该研究室负责人介绍说,日前,青海省柴达木盆地地区出现异常光波辐射。中国科学院云图天文台青海观测站第一时间对异常区域进行了光学监测并取得相关数据。

该研究团队对光波辐射信息进行逆向译解,结果显示,信息书写方式并不属于任何已知语言类别,部分数据被反复强调,构成形式与坐标定位类似。虽然发信人与收信人未知,但据某不愿透露姓名的研究员称,现在可以肯定的是,这条信息是发往太空的。

目前,研究团队已经与全球语言学会的专家联合进行秘文破译工作,"这是一次全新的挑战,我们已经初步破译出'坠毁、火星、能源、救援'等几个关键词",曾参与米诺斯线性文字破译工作的语言专家亚德里恩介绍说。此次异常事件发生地大部分为柴达木盆地戈壁大漠无人区,与火星地貌有相似之处,亚德里恩表示:"根据已经破译的几个词,我们有理由相信这是一封求救信,发信者似乎误认为他来到了火星。"

据了解,在我国天眼望远镜 FAST 建成之时,著名物理学家霍金便警告,大型射电望远镜有可能暴露地球坐标。针对这一问题,以及此次事件发信人的身份、是否与外星人有关等问题,该研究室负责人表示暂时无法确认,但他同时又说:"霍金博士已经走了,我们应该做好地球坐标已经暴露的准备。"

＃地球坐标已暴露＃

西夏老师是半个活动组织方的人,大概是没想到会被人当面这样问,有些尴尬地回答:"李淼教授都觉得有意思,那应该还是有意思吧。"

"李淼在四月一号发的消息?"七月就这么不依不饶地问,"四月一号?"

西夏老师笑得更尴尬了。余澄灰惊讶地想:"这个叫七月的怎么活到这么大都还没被人打死?"

不管怎么说,除此之外事情基本都在余澄灰的掌握之中。他给四个人每人送了一本自己签名的《穹笼》,没写过长篇的冰狗小姐由此起头聊了一会儿长篇科幻该怎么写。他谦虚地发表了一下自己不成熟的意见:"其实主要是要有一个执念,让你觉得非把这个东西写出来,写着写着就这么长了。"大家便客气地赞许了一番。

晚上五个人开着车出去吃了顿西宁特色炕羊排,因为害怕高原反应大家都没敢喝酒,不过光借着美味的羊肉气氛也逐渐升温。席间冰狗小姐问西夏:"程昔老师这次听说会来,是吗?"

"听说是,"西夏回答说,"最开始说没时间,然后突然又打电话说有空了。挺不容易的,从第一年就每年都邀请他,一直都没来过,今年终于来了。"说着他想起了什么,转过头来问余澄灰:"我之前听天线传媒的姜总说,在考虑从你那本《穹笼》和程昔老师的《归路银河之歌》里面选一本,现在你们谈得怎么样了?"

"这么厉害!"冰狗小姐眼睛一亮,"小余你这个是处女作吧?我回头要好好看看。你马上就要用麻袋装钱了。"

"还在谈,还在谈,"余澄灰用低调的骄傲口吻说,"我的东西怎么能跟程老师的大作比?"

"长江后浪推前浪啊!"西夏笑着说,"以茶代酒,以茶代酒。"

众人举杯相碰。"圈里好久没有写得好的年轻人了。我们支持你!"冰狗小姐说道,"加油,处女作就来个艳压。"

"不敢不敢。"他忙说。

"有什么不敢的,"七月说,"文人要有志气,加油,艳压艳压!"

"艳压艳压!"大家齐声说。

坐下以后七月又道:"回头在冷湖看到程昔,我们又给他说'年轻人的新作还是嫩了点,《归路银河之歌》那是百尺竿头更进一步,中国原创又一本难以超越的神作。'"

众人拍桌大笑,梁清散噗的一口把茶水喷了出去。要不是他最近在练武反应够快,这口茶水铁定一点儿也不糟践地全点缀在炕羊排的锅里。梁清散咳嗽了半天，指着七月骂道："成天瞎说些什么大实话，回头把新人吓得退圈了算谁的？"

七月转而严肃起来，对余澄灰说："说笑归说笑，你自己觉得你这本《穹笼》怎么样？值得看吗？"

天下哪有这样问话的？余澄灰愣了一下，觉得喉咙有些发干。他悄悄吸了一口气，这才点了头回答说："还行。还算，值得看吧。"

"我这两天看看，"七月说，"真好看的话我帮你推荐一下。要真想艳压程昔恐怕不容易，真好的话，我帮你给别家推荐一下。话说，《穹笼》这标题是什么意思啊？"

"其实……"余澄灰谈论起自己作品有些不好意思，"《穹笼》是随便起的。大概意思是，世界是我们肉体的囚笼，我们的灵魂又被自己内心囚禁，"见大家都认真地看着他，余澄灰挠了挠脖子后面，"不太说得好。"

肉鲜炙香，一群人聊起自驾游的安排（谁要去茶卡盐湖那种网红景点啊，去青海湖啊），聊起这几年行业的兴衰（谁的小说不咋样也卖了几百万，谁明明好得多的作品因为时机不好，三十万被人买断），聊起朋友的八卦（谁谁当年你们都熟吧，现在人家也不搁科幻圈混了，在钱如水流的区块链圈当精神领袖；谁谁当年我介绍去做游戏，现在开着阿斯顿马丁住着北京三环别墅）。

余澄灰不时得体地插几句嘴，聊着聊着自然又说回了冷湖。"你们都没去过，还是挺值得去的，"西夏翻出照片来给大家看,"新拍的,去年都还没这么好的设施。哦,这张真的像火星。这张我是用苹果手机拍的。"

众人凑前,手机上照片打开。

大漠铺满了照片的三分之一,落日昏红。坑坑洼洼的细碎地表上长着大大小小被风拉扯的山包,落日的醉酒红铺满了照片的角落,让人眩晕。一片无垠的死亡之色。

"我往东去找水井。"

余澄灰盯着这张照片,一个声音突然出现在自己脑子里。一个遥远、微弱的声音,他浑身忽然起了鸡皮疙瘩。他想起看过的一本书——八十年代的时候,科学家彭加木率科考队在柴达木盆地考察,一天下午司机突然发现他失踪了,之后再也没有找到彭加木的一丝踪迹。

彭加木留在世界上的最后一样东西,是一张字条。上面写着:

"我往东去找水井。"

我往东去找水井

我往东去找水井……

不知为什么,这句话在余澄灰脑子里不受控制地不断重复起来。

"我们要去的地方本来是这个样子,"西夏说,"三年前还啥都没有,政府跟他们文化公司合作,文化公司确实有本事,现在搞了一个'火星基地'出来。挺像样的。"说着滑动屏幕,落日下醉酒红的茫茫戈壁退了下去。

"看起来好科幻啊！"冰狗小姐立刻赞叹道。

"嚯，可以啊。"连七月也这么说。

蔓延到天际的黄沙土砾上，躺着洁白的"基地"。基地像科幻电影里外星殖民的登陆舱，整洁的几何长条像太空站一样彼此连接，长成一个乐高式的"人造体"，突兀地立在戈壁之上。每个长条都是一个几十米长、五六米宽的舱室，简洁几何表面的现代科技感和周围绝境荒漠之间显着巨大的视觉落差。

似乎在告诉前来的人："我们是这片无人绝境里，最勇敢的先行者。"

"不错吧，"西夏说，"里面住宿的地方都是胶囊，感觉就更科幻了，特别像外星基地了。"

"休眠舱"是堆得密密麻麻的胶囊房间。这种"胶囊"公寓现在在大城市也开始出现，每个都只略比火车卧铺大，一米来高乘一米来宽，两米多长的"休眠舱"整整齐齐排着，像是《太空部队》之类外星战争片的军事宿舍。

"看着好高级啊，"梁清散说，"但要是有幽闭恐惧症，肯定就没法来这儿了吧。"

"可以不关舱门睡觉，"七月说，"就跟在火车上也差不多吧。"

"这地方用水用电是哪里来的？"冰狗问，"不可能有自来水管和电网电线吧。"

还没等回答,梁清散叫道:"不会没网吧!没网络可不行。"

"有网,放心。现在还敢搞个没网的地方?来了不发朋友圈,等于没来过,对吧?没网损失用户百分之九十九呢。"西夏说。"还有 Wi-Fi 呢,运营商专门建了一个信号塔,就在火星基地这边上。"

"这我就放心了,"梁清散笑道,"专门建了个信号塔可还行。"

"水和吃的都是定期从外面拉过来的,放冰箱里存着。外面有个大水箱,看到了吗?就是这个,反正还够洗澡,还有热水,太阳能的吧,我不知道啊,我估计不是燃气炉子。哦,那边吃的都是做好了的微波一下,味道就……到时候大家凑合一下吧。"

"我们在路上多吃点儿好吃的!"冰狗说,"电也是太阳能的?"

"不是不是,好像是柴油发电机的吧?油也是靠车拉过来的。不容易啊,水、食物、电,都靠外面运过来。又没公路,从公路下来要在戈壁开车开很久,巅得屁股疼。"

"搞这个火星小镇得花不少钱吧?"七月翻着这些充满未来感的照片问道。在大城市,这些东西可能不足为奇,但在柴达木荒凉的戈壁里,一切维持生存的必需品都找不到的地方,要建设这么一个地方,确实就像建设一个外星基地一样。

西夏突然想到了什么,笑着说:"我给你们说。到火星基地那边，环境太恶劣了，连细菌都生存不下去，去年那谁——我就不好说名字了啊——在那边待了三天，十几年的脚臭都好了，连脚上的真菌都全死完了。"

"啊？"冰狗问，"真的吗？那不是还可以开发一个理疗项目？"

"可算了吧，"梁清散摇头，"火星基地，外星科技，神秘光波辐射，专治陈年脚气……像话吗？像话吗？"

众人笑不可支。余澄灰也跟着乐，但不知道为什么，那句话不断出现在自己脑海里。

"我往东去找水井"

我往东去……

找水井……

一直吃到实在胃里盛不下，五个人也没吃完点的那几斤炕羊排。西北或是重力较小，外面两斤在这里只称得出一斤来。回到住地，因为冰狗租的是民宿的缘故，五个人合用一个卫生间，大家排队洗漱完，便各自上床休息去了。

西宁还算不上高原，但晚上的空气已经干冽得厉害了。余澄灰回到自己房间，翻来覆去很久也没睡着。他一会儿计算自己手上还有多少钱可以用，按这群人大酒大肉吃一半扔一半、租辆车空半辆的花法，自己过完这一周——这一周就好，只要到了冷湖，程昔那边顺利敲定，于是又担心程昔那边会不会有什么变化，虽然从各种角度看他应该不会反悔才对，但是人类是……很难说清楚的；一会儿又想起冷湖，他也不知道自己到底在想什么。愚人节的异常光波辐射，连细菌都活不下去的戈壁中央。

一闭上眼，一张残旧泛黄竖格纸就慢慢从黑暗中浮上来。

  我往东去找
  水井
  彭 17/6 10:30

他不记得自己到底是在哪本书，还是在哪个纪录片，又或是网上哪个帖子里见过那个纸条。该死，余澄灰甚至不确定自己真的见过那东西。但不知道为什么，他脑子里怎么也甩不掉这张纸片。

在床上翻了好一会儿以后，他听到门外传来一声若有若无的"兹拉"声，像是门轴转动的声音。有谁开门从房间里出来了。但是没有灯光亮起。

冰狗租的民宿改造过格局，余澄灰在的房间原本是阳台，可能是偏小的缘故，又从客厅用框架隔了一些空间进来。这样的结果，就是这个房间虽然透气敞亮，但不隔音也不遮客厅的光——不睁眼也能知道客厅灯亮没亮。

谁大半夜的去厕所吗？

一个微弱的人声从隔离框架的缝隙传来：

"好，我知道了。"

"行，没问题的。"

"小事情，好的，我明白，我明白。"

"放心，程老师，你放心。"

程老师？余澄灰心中如过电一般，马上睁开了眼。

星光从床头外不远的阳台窗户里洒下来，照在屋里，隐隐约约勾出周围的明暗轮廓。

余澄灰突然感到一阵毛骨悚然，他知道自己床头旁边有人。

是人？还是什么……人形的……东西？

那个人（或是东西）一动不动地站在床头。余澄灰动不了，连头也动不了，他用力想动，却做不到，那个人（或是东西）静静地立在那里，他没有办法知道到底是谁（或是什么东西）。

余澄灰拼命挣扎，但身体丝毫不能动弹。过了一会儿，不知怎么的，余澄灰知道了。

那是一张沟壑深嵌的脸，干旱、枯败、皲裂，因为失水，本来人类的面孔枯裂成了葡萄干的模样，皮肤裂了，鼻尖塌了，嘴唇的皱皮卷成了白条。而眼睛，应该含水最多的眼睛，变成了瓜子一样的锥型，从深凹进脑的眼窝里朝外指着。

一个迷失在时空中的幽灵，一个追寻自己未完的使命，用灵魂拖动早已死亡却在戈壁中干枯不朽尸骸的幽灵。

余澄灰发觉自己在床上颤抖起来，想要尖叫，却发不出声音。这时候门——通往客厅的隔断门——兹拉一声开了。另一个影子从屋外走过来，缓慢无声地，小心朝他走来。

"马上就好，马上就好，马上就好……"这个影子用很小很小的声音说着，手里抓着什么东西，一个锋利、厚重、带刃的东西，朝余澄灰床头走来。

这时候余澄灰终于挣脱了束缚，从床上坐了起来。那个从客厅走来的人影——打了电话以后朝自己摸来的影子——不见了，但是隔断门开着，轻轻地摇晃，在从阳台窗户吹来的风下摇晃着。

是梦。是梦。

是的，是个梦。

下午刚到民宿的时候，大家就发现这个房间的隔断门安装质量不过关，总是关不牢，只是没想到会被风吹开。

自己没有关窗户吗？他不记得了。余澄灰回头，才转到一半，便停住了。

那个人或者说那个东西，还在自己的床头。

是的，还在自己的床头。一动不动，很有耐心地等待着。

它绝对有足够的耐心，在它开始追寻这个使命的时候，余澄灰还没出生。

只有午夜干冽的风，吹动了它干枯身躯上的衣服，朝他这边……

余澄灰突然记起了什么。他深吸了两口气，终于鼓足勇气猛地转过头去。他浑身冰冷,从脸到胳膊到背上所有的皮肤都疙瘩成团。

然后他看到自己的外套挂在衣架上,在风中乱晃。

余澄灰从床上一跃而起,扯下外套丢在了地上,把这个民宿老板布置的大衣架朝角落一推。

穿上裤子,汲上鞋走出房间,从客厅里看到另外四个房间都关着门,悄无声息,更没有光。他小心地挨个凑到门边,一一听过。是的,人都睡熟了,很安静。

都是梦吗?都是自己的幻想吗?

余澄灰问自己。

那个电话,梦里那个电话。

"放心,程老师,你放心。"

这句话也是自己梦到的吗?还是自己听到了什么,然后浮现在了梦里?

就像门被打开、背后有人一样,刚才真的发生了什么,真有人在打电话?

就算有,那能说明什么呢?程老师,成老师,陈老师,晨老师,橙老师……就算是"程",难道就一定是程昔吗?

也许自己盘算错了。他们每个人认识程昔都比自己早得多。这是一场对弈,不是一场独角戏,难道在余澄灰找后援会落子的时候,程昔会老老实实地等着?

余澄灰啊余澄灰,比老老实实听你的话,去搞什么"双赢",更好的办法不应该是截杀你,让所有一切全都消失,来个赢者通吃?

可能吗?值得吗?

值得吗?你在敲诈一个人的事业生命啊?值得吗?问你自己啊!

余澄灰抓起手机,找到微信通讯录里的程昔。

"你给我老老实实的,别给我乱来!!"

发完这条,他才看到时间是凌晨三点。

余澄灰走到阳台窗边,伸手关上了漏风进来的那扇窗户。窗户有点儿卡,他用了很大力气才打开。在跟窗户搏斗的时候,他抬起头看到头顶的星空。

那亘古的星光映在他脸上,好像飘忽起斑驳的色彩,似乎有一个隐隐约约的声音从遥远的彼岸传来,撩拨着听觉神经,他的耳蜗里混鸣起某种只有在真空的绝对寂静中才会诞生的声音。在北京的群租屋里,他也曾在两重隔音耳塞后面听到这样的声音,当一切外面的喧嚣被3M牌工业耳罩和霍尼韦尔慢回弹隔音海绵阻挡了以后,总有一种莫可名状的低低混响。这里面有的来自自己的血液、脉搏、震动,有的来自左半脑的妄想;但除此之外,总还有一些别的,不知来自哪里。

这时候,在西宁凌晨三点的半梦半醒中,余澄灰突然明白了过来。这些声音来自他的头顶,来自苍穹之上,遥远的恒星深处。

而他不是第一个听到这种声音的人。

余澄灰哆嗦了一下,关掉手机,逃回了床上。

04　向西

　　一场怪梦让余澄灰模模糊糊有了预感,可能这趟冷湖之旅不会像自己想象的那么顺利。但第二天早上醒来,半夜那个坚定的怀疑又模糊了。真的有那个电话吗?难道真的会像自己半夜以为的那样,这四个人里有一个其实是程昔的人?

　　早上手机开机,微信上程昔也没有回复。自己那条"你给我老老实实的,别给我乱来!!"孤零零地立在微信界面上,无人理会,看起来是那么孱弱可笑。

　　一般说来,出门旅游的日程都会安排得很紧。好容易来一趟,总要尽可能地把能去的地方都去一下,这才不虚此行。大多数人都会定好闹钟,根据路程、时间、景点排布,弄出一个满满当当的旅行计划表来——几年也难得出来一趟，中国这么大，这一次错过了，可能这辈子都不会再来这里了。

但这几个人昨晚在炕羊排店里商量起第二天的出行计划的时候，四个人里有三个人干脆地表示："睡醒再说，几点睡醒了就几点出门吧。"唯一没有这样表示的西夏也坦然接受，没有表示反对。

上午十点，五个人才出了门。五个人坐上租来的越野车，一路穿越青海，朝冷湖驶去。

没用多久，余澄灰就发现这几个人这趟旅行随心所欲到了让自己不安的程度。其实，本质上，余澄灰对这趟自驾的"内容"没有兴趣。不管是青海湖、德令哈，还是哈里哈图森林公园、茶卡盐湖和玫瑰湖，去哪里或者不去哪里对他来说都没有区别。但总归应该有个明确的计划。

第一天，目的地是青海湖。这也是全程唯一一个所有人都表示一定要去、一早就查过了行程攻略的目的地。

七月开车，虽然有手机软件导航，但因为不熟悉路线，还是让梁清散在副驾驶负责看路。设计行程攻略的冰狗上车前看了一眼导航，点了头。然后等七月终于发现青海湖在另外一条道的时候，最近的路口已经错过了一百多公里！

"太好了，"都没有怎么斗争和犹豫，七月说，"这条路前面是茶卡盐湖，我们去茶卡盐湖吧。"

"行啊，"梁清散点头附和说，"我看了一下，好像是一开始就选错了路。茶卡盐湖挺好的。"

冰狗立刻来了兴致,说道:"茶卡能拍到网上那种脚下水面像镜子一样的照片吗?"

"我猜恐怕是拍不到吧。"

讨论了茶卡盐湖好一会儿,西夏才开口:"话说,昨天不是所有人都很鄙视茶卡盐湖,说那是网红景点,谁要去茶卡盐湖啊。"

余澄灰就听到这四个人哄笑,于是他们一行去了谁也不乐意去的茶卡盐湖,完全错过了一定要去的青海湖。

一直等到离开盐湖,余澄灰才在车上问大家:"你们一直是这样吗?"

"这样是什么意思?"

"就是……"他挑了很久的词,才说,"这么佛系。好容易来一次,连青海湖都没去,就……不生气吗?"

关键不是错过了青海湖,就立刻改了目的地这个飞快的决定,而是这个决定的过程。

四个人,居然没有一个人询问怎么出的问题,也没有人对这趟精心计划的突然泡汤表达出愤怒、沮丧或者郁闷的情绪。整个旅行计划中最重要的安排就这么完蛋了,然后就这么随手划掉。

没有任何人觉得出了问题,就这么"去茶卡盐湖吧"。轻飘飘的一句。

"嗨!"冰狗说,"写科幻的人比较……嗯……随心所欲吧。你慢慢就知道了,这个圈子里好多人都这样。你是不是被我们吓到了?"

"毕竟脑子里洞比较多。"梁清散说。

七月开着车接茬:"没办法,每天被人要求开脑洞,这个应该算工伤。"

这让余澄灰产生轻微的迷幻感。他们说的是认真的吗?这一切是在真实发生吗?这像一个不太有逻辑真实性的梦一样。

这件事让他心头隐隐不安。

车开到哈里哈图森林公园的时候已是深夜。海拔越高,气温也降得越低。在北京还穿着夏天短袖,到西宁换上外套长裤,到哈里哈图森林公园的时候大家都从行李里摸出了羽绒服。温度突然快到零度了。

海拔涨到了三千四百米,空气中的氧含量越发降低,拖着行李箱顺着山道去房间的时候就觉得呼吸困难了。森林公园的工作人员飞快地往前带路,一面用手电筒指向深夜的天顶。

"你们以前没来过吧。我们这里星星可好看了。"

那手电筒像一柄光剑,从地上劈开夜空,直指向天空中间。哈里哈图已经离人类聚居的地方很远,人类的光污染也弱了。"今天天气不算很好,不过也还可以。我不认识星座啊,但是这个银河很明显。"

那道光剑从天穹斜着划过,在那个位置,无数光点汇成一条光河,从头顶倾泻下来。余澄灰一阵呼吸不畅。

"星空好漂亮啊,"冰狗在一旁说,"但是,为什么不是彩色的呢？"

这话吓得余澄灰胳膊一颤。彩色的？

深夜空气里冷冽的味道唤醒了他昨夜的梦，那些彩色的星光像飘带一样流淌在天穹上，像视频里曾见过的极光。

不光余澄灰，七月和梁清散也扭头过去盯着她。"彩色的，是什么意思？"七月问。

"就是不是网上看到好多来西北观星的人拍的照片，"冰狗说，"上面的星星什么的都是彩色的。就跟美国航空航天局放出来的那种照片一样，你们没见过吗？"

"那种都是要专业设备拍出来，然后处理过才是彩色的吧。"七月说。梁清散掏出自己口袋里的索尼黑卡相机对着夜空拍了几张："不行，黑卡拍出来连银河都看不清，曝光不够。这个还是要专业单反，配合专门的镜头，然后长时间曝光才行。"

"我还以为肉眼就能看到那样的星星呢，"冰狗遗憾地说，"我还拿网上的照片给我朋友说，看，我要去的地方看到的星星是这样的。"

咚咚，咚咚，余澄灰的心狂跳了几下。

"你们是要去哪里啊？"热情的森林公园工作人员问。

"去火星，"西夏说完又补充，"冷湖，那个叫火星基地的地方，你知道吧？"

"知道知道，"工作人员连连点头，"我知道，但是没去过啊。那边海拔比这边低，光污染更少。以前在德令哈的紫金山天文台也要搬过去了。现在德令哈光污染也很严重了，还不如我们这里，说是要搬去冷湖了。"

"紫金山天文台青海站吗？"冰狗问，"我小说里还写过那个天文台。要搬啊？"

"搬去观测冷湖的异常光波辐射。"七月面无表情地吐槽，听到这话，冰狗和梁清散从鼻子里发出轻笑。

工作人员不明白他说什么，问道："异常什么？"

西夏忙跟他解释说："没什么，没什么。"

这位哈里哈图森林公园的工作人员本来帮忙拉着两个行李箱，热情地走在前面，这时候突然停下了脚步。梁清散和余澄灰紧跟在他后面，后者正在跟自己的呼吸搏斗，一个不留神差点儿撞上去。工作人员一把扶住余澄灰说："不好意思，不好意思。"

"怎么了？"梁清散问，"我们的小木屋到了吗？"

"没有没有，"工作人员道，"还在前面，没多远。"他说完这句，就像突然被按了静音按钮一样沉默了。又走了几步，他终于忍不住了，开口说："冷湖以前有很多人，可有钱了，石油基地，你们知道吧？"

"知道啊，"西夏说，"后来不是石油枯竭了，人就都撤走了吗？"

"……是这么说的，"这个青海人穿着防寒服，在背后勉强能看清他点头的动作，"是这么说的。"

"是这么说的？'是这么说的'是什么意思？"梁清散问。

"不不不，我是说，是这么回事。"他忙纠正了自己的说法，又沉默了。

突然间，谁也不说话了。深夜的哈里哈图一下安静得邪门，只有几个人沉重的呼吸声和行李箱轮子滚动的声音。就在余澄灰想要追问的时候，这位青海人终于忍不住说了一句："那边有个边检哨所，每个从冷湖过去的人都要过检查才能通过。说是无人区经常有可疑的人从那条路过去。"

"说是"，"是这么说的"。

"到了到了，"工作人员指着路边一栋漂亮的小木屋说，"二号屋。这边是三号屋。是你们订的，你们自己看怎么住吧，五个人有四个房间，这边大一点儿的三个房间，那边一个。"说完，他留下一句："有什么需要，打电话就可以了，晚上有人值班。"然后就离开了。

五个人面面相觑。"先都去大的屋子歇会儿，然后看怎么睡吧。"冰狗说。于是大家便把行李都拖到了二号屋，开箱先翻出马上要用的东西来，找插头给手机充电的，开空调的，烧水吃预防高反的药的，然后大家瞎扯起来。

过了好一会儿，梁清散才提到刚才那个工作人员的话："我怎么觉得他话里有话？西夏你去过冷湖吧，有个边检哨所？"

"对啊，"西夏说，"每个人都要下车检查。因为我拿加拿大护照，所以每次过特别麻烦，要弄好长时间。"

"那不是大戈壁中间吗?搞个哨所干什么?"七月问。

"给我说的也跟刚才那个人说的一样,"西夏说,"听说经常会有逃犯什么的,那边是一个交通要道,抓到过很多可疑的人。"

"关键是,"梁清散疑惑地问,"那不是戈壁吗?真有逃犯,就不能从别的地方绕过去吗?"

"这个,我就不懂了啊,"西夏说,"反正我还专门找人开了证明,要不我持加拿大护照也不让进去。"

"挺奇怪的,"冰狗说,"是不是应该再找那个小伙子问问?"

"大晚上的,算了吧。"余澄灰摇头说。十一点,时间已晚,不知是害怕在大晚上森林深处触碰到什么乱力怪神,还是一群人跋涉一天以后,在海拔三千四百多米的高原已经很疲倦了,那个青海人说的那几句关于冷湖的语焉不详的话大家也就没有再纠缠下去。

五个人分了房间,西夏和余澄灰住小屋,剩下的三位住大屋,就这么各自休息去了。

余澄灰跟西夏从二号屋出来,往三号屋走,路上两个人都不自觉地抬头看头顶的星空。太亮了。高原三千四百米,周围一片静匿无人,没有光污染,头顶的群星低低压下来,像是伸手可及。

走到屋里的时候,西夏看了一眼手机,随口说道:"程昔老师的飞机终于落地了。听说延误了四个多小时,大半夜才到。"

这随口一句不经意的话突然间吓得余澄灰一激灵，他的脚绊在行李箱的轮子上，人往前一倾，差点儿跌跤。西夏拉了他一把，笑道："你没事儿吧？听到程昔老师也不至于这么激动吧？"

只是随口说笑而已，西夏并没有当回事儿，也没注意到余澄灰突然变白的脸色。

刚才对星空、对冷湖那些幻梦幻醒的离奇不安一下烟消云散，余澄灰终于明白了自己为什么会对今天错过青海湖而改道茶卡盐湖这个无关紧要的事情一直惴惴不安。

"写科幻的人比较……嗯……随心所欲吧。"精心准备的计划，在一秒之后就会彻底抛之脑后，突然转进另一条无法回头的高速路上，冲向谁都看不上、谁也不打算去的茶卡。

"这是写科幻的工伤"。

* * *

毫不意外地，余澄灰半夜有了高原反应。从梦中满头大汗地醒来，他觉得脑子里一阵阵胀痛。

像有什么东西在颅骨里面生长一样，某种不属于他身体的生命在脑子里面一跳一跳的。

在被胀痛弄醒之前，他又一次梦见头顶的星星。

余澄灰以前没有见过这么清澈的银河。在梦里，随着他身体高原反应的一波波袭来的阵痛,他看到那片铺满天际的群星在呼吸。变大、缩小,变大、缩小,群星的光芒像脉冲一样流动着,在梦里他明白了过来:每一颗星都是一个神经元,群星闪耀着,它们传输着"宇宙"这个大脑的思考。

余澄灰努力拉远自己的视线。他也不知道自己是怎么做到的。在梦里的深夜,余澄灰站在茶卡盐湖的中央,周围没有一个人。

只有盐和水。

脚下是只在网红精修过以后的照片里才见过的天镜。星光映在盐池薄薄的水面,反射出完美镜像的色彩,黑色的天与地在茫茫间被扩展了一倍。

他被夹在头顶的星空和脚下的星空中间,是在真与假、梦与魅之间,是天地之间仅存的一个人类。上面和下面的光膨胀、缩小,膨胀、缩小,呼应着,交流着,把这个微小的如针尖一样的人类朝虚无中挤进去,挤进去。

余澄灰全身都在疼,但最疼的是自己的大脑。大脑是没有痛觉神经的,但并不妨碍他感觉到锥刺一样的疼。他脑子里有一根针,余澄灰明白了过来。他没有办法把它拔出去。

就在这时候,他的视线突然跃去了九百三十亿光年以外,看到了"宇宙"这个大脑的脸,程昔的脸。

天镜两侧的星空疯狂闪烁起来,程昔已经在敦煌落地，他的大脑现在在极速运转。他读懂了那些星星之间流动的脉冲，以及隐藏在星光里的内容。那不是程昔在构思的新的小说，不是他自称的那样，准备送给冷湖火星小镇作为礼物的新作。

那是一个阴谋，一个计划。

一根把余澄灰和他知道的一切，把所有的过往都扔进虚无中，让时间和无垠的大漠将这一切抹掉的计划。

星星或者说神经元们发现了自己的窥探。辐射，看得见、看不见的辐射。阿尔法射线、伽马射线、贝塔射线、伦琴射线、电磁辐射、电离辐射、中微子引力波、黑洞辐射，所有一切汇成神秘的光波，从天上，从脚下，神秘光波辐射汇成银色的剑从浑圆天球的四面八方朝他射来，就要把他穿透。

余澄灰就是在这个时候惊醒过来的，脑子里无比胀痛。梦中的星光一下就消失了，他跌入真实的黑暗中。

他睁开眼睛，眼前却依然是一片黑暗——不是那种看不见东西的黑，而是另一种，一种绝对、冷寂、安宁的黑。黑得他重新闭上眼，再重新睁开，然后用手摸索着自己的眼皮，确定自己眼睛真的是睁开了。

就在余澄灰怀疑自己瞎了的时候，他的胳膊碰到了枕边充电的手机线，埋在枕头下面的手机露了出来。一丝光——真的只有一丝，手机上标示充电的那一个蓝色小灯漏了出来。在平时，这点亮光照不出任何一点儿东西，但是在这时候让余澄灰松了一口气。太好了，没有瞎。

没有什么来自宇宙深处的异常光波辐射弄瞎了他的眼睛，他莫名其妙地想，自己的眼睛不是脚气真菌。松了一口气以后他望向窗外，这才明白过来为什么这么黑。

窗外没有一丝光。再璀璨的星光都被一层薄薄的窗帘挡住了。那些在城市里、在小镇上、在乡村中逃不开的人类的光，那些彻夜不息、即使在你无知无觉的时候也吞噬着电能朝四面八方散射出光芒的LED灯、景观灯、霓虹灯、卤素灯，那些证明人类存在着并改造了自然的最重要的证据，那些可以从月球上拍摄到的"人类的夜景"，那些迫使天文台看不见星星，不得不逃跑搬迁的光污染，在哈里哈图森林里是不存在的。

余澄灰在头痛中真切地感觉了自己正在离开人类的世界。当那些光消失的夜里，原来这个星球是那么的黑，黑得分不清自己有没有睁开眼睛，黑得不知道自己有没有眼睛这么一个器官存在。

这种奇妙的感觉本来正把刚才那个梦从自己的记忆里推走，这时候他忽然听到一个声音。

不对，不是突然听到。他一直都听得到，只是刚才把那声音忽略了。

咝……咝……像蛇的叫声。伴着呼吸的声音，沉重、压抑，男人的呼吸声，紧张、用力、深深地好像要把一切吸进去，然后吐出来的呼吸。

咝……吸……

呼……

呲……吸……

呼……

不是梦，不是幻觉，那声音从房间门拐角传来。余澄灰的眼睛虽然在黑暗中沉浸得够久了，但只凭着手机充电指示灯那一点点光他还是不可能看清门外有什么。

但还能有什么？熊？狐仙？妖怪？

答案只可能是一个，很简单，他的临时室友，西夏老师，科幻电影学者，加拿大华人，著名……

也许半是他的视觉，半是对西夏的记忆，人的轮廓慢慢在门外拐角浮现了出来。长发，长长的络腮胡，让那个影子溶在黑暗中，分不清人和环境的边界。

但是他手里拿着一个东西，那个东西的轮廓很清楚，一个——比胳膊还粗、半米来长的东西。

一根铁柱，抡起来能把人脑浆打出来的铁柱。

西夏拿着那个东西，站在门口，用力地呼吸，呼吸。

余澄灰明白了过来，是他，对，是他。昨天就是他，昨夜在那通通话中说着"程老师，我知道了，没问题"的人。

当然是他！梁清散、冰狗和七月，他们是科幻作家。文人相轻，他们跟程昔一定是不会有完全信任的利益关系。只有他，只有西夏，这个科幻与影视的摆渡者，程昔是 IP 的产出者，而西夏是他的桥梁。

断人财路如杀人父母。

当然。

要不他为什么会专程告诉自己,程昔的飞机已经落地了?是预告,还是……?

西夏的呼吸,是动手前要下定的决心。他很快就会拿着那柱子走到自己床边,趁他熟睡之际,一下、一下,把自己的脑浆打出来,涂满哈里哈图森林公园小木屋的床头。

灰色的脑浆涂满床头"欢迎光临"的灰色标牌,红色的血液被白色的棉被吸得干干净净。

余澄灰悄声无息地从床上爬起来,像液体一样从床边溜下去。他二十三岁,西夏多大?快五十了?是自己的一倍往上。他在体力上有优势,对方并不像是肌肉发达的样子。

但对方有武器,他在床头摸索了一会儿,找到了记忆里的那个烟灰缸。

不能等他做好准备,下定决心以后,必须打西夏一个措手不及,鼻子,太阳穴,眼睛……烟灰缸是玻璃的,边缘突起一个个的棱,也许一下就足够让对方失去战斗力。

但余澄灰不会只打一下。

手机拔掉以后,充电指示灯那一点微弱的光也消失了。屋里什么也看不见。

只有沉重的呼吸声。那声音比最开始已经浅了,声音的主人开始控制住自己的心神,就要下定决心。

余澄灰没有穿鞋,他凭着记忆,光脚用脚尖慢慢地挪到门边，摸到了灯的开关。

开灯的一瞬间，对方的眼睛会因为突然的光明什么也看不见。余澄灰虚着眼睛，做好了准备。

值得吗？值得吗？程昔许给了你什么？钱？在加拿大生活了三十年的人，缺钱吗？未来十年的作品独占代理权？

他一面乱想，一面攥紧了烟灰缸，眼睛眯成一条细缝，然后猛地按亮了灯。

在灯亮的同时，余澄灰冲了出去，烟灰缸照着记忆中西夏太阳穴的位置横着抡下去。

是的，他看清了，那是西夏本人，不是什么挂在衣架上的外套。如余澄灰所料，突然的光明吓了西夏一跳，他本能条件反射地闭上了眼，伸出左手挡住了头上的灯光。他右手还抓着那个半米长、比手臂还粗的柱状物没有撒手。那柱状物头上有一个塑料罩，紧紧地罩在西夏的口鼻上。

那个"能把他脑浆打出来"的东西上写着几个大字："医用压缩氧气"，另一面更大的红字显然是经销商贴的："高反克星"。

余澄灰慌忙刹住自己空中的手。西夏适应了灯光，眯着睁开了眼，余澄灰连忙把烟灰缸和右手藏到了背后。

"你吓我一跳，"西夏按动手上气瓶开关，咝的气流声又传来，他深吸了一口，"我头疼得不行。昨天海拔爬得太多了，冰狗这地方找得也太高了。高原反应太厉害，我睡不着。"

余澄灰心脏狂跳，根本停不下来，他没有说话，听西夏继续说："小余你有没有觉得头疼？要不要一起吸一点？我还有一瓶。"说着，他指了指自己的行李箱。

行李箱在他脚边打开，是他们进门以后丢在门口的。里面还有一瓶便携式压缩氧气，在灯光下能看清它便宜的塑料材质。余澄灰伏下身拿起它，很轻，轻得像……包着塑料的空气。

他偷偷地把背后的烟灰缸放在了旁边的桌子上。

"我刚才做了好多奇怪的梦，"西夏给他说，"梦到周围有熊，在撞我们的门。"

你根本不知道什么是奇怪的梦。余澄灰冷冷地想。

05　海子

有了第一天开错路的经历拔高阈值,余澄灰本来以为到冷湖之前这四个人很难让自己再吃惊了,但事实证明他的想法颇为幼稚。

冰狗和七月早上起来相互撺掇着去找昨天的那位工作人员,想要问问昨夜提起"冷湖"那些语焉不详的背后是不是藏着什么秘密。

可惜两个人去找公园管理处的时候,一个女孩子告诉他们:"昨天值班的吗?今天休息啊。上夜班的这会儿肯定不在啊。他要下午三点才上班。哪有值班到十二点还有第二天上午来上班的啊?你们找他什么事儿?"

七月原样对大家转述了这句话,气愤地说:"也就是我们搞互联网的不算人,头天加班到凌晨三点,第二天九点没来打卡也算迟到。妈的。"

这句吐槽唤起所有人社畜生活的痛苦来，本来那点儿对冷湖的好奇就这样被淹没了。大家聊起加班，聊起房子，聊起好不容易写完一本书出版却那么难。一群人聊到这里就没有完，一直到吃过午饭的烤肉，大家上了车还在聊这个话题。很自然几个人又恭喜余澄灰一个没什么资历的新人能这么顺利地出版自己的长篇处女作，更恭喜他第一部小说竟然就这样接近影视改编。

余澄灰全程保持着克制的微笑，接受着这些自视为前辈的诸公俯视般的祝贺。到后面他几乎控制不住自己的不以为然。这几个人到底以为自己是谁？不过是早几年写过些没人看、没人买的小说，就成了"前辈"，就在这里指点自己。是啊，长篇出版了，这有什么可恭喜的，这不是理所当然的吗？自己写得那么好的小说不该出版，不该被人看到，不该被改编吗？

当梁清散夸他："我觉得你在这一批新人里面，算是写得很好的了。"余澄灰气得差点儿跳起来。这一批？新人里面？算是？

我是来拯救你们这个没人看、没人买，每年发出去的奖项比能看的小说都还要多的，死水一样的圈子的！我会得雨果奖、星云奖、轨迹奖、人民文学奖、茅盾奖、诺贝尔奖，是的，我会得到这一切。

等到那天，余澄灰在心中狠狠地盯着梁清散，等到那一天，你再来给我说：谁在"这一批""新人"里面，

"算是"写得很好的?

当然,余澄灰仍然保持着新人羞涩的微笑,向大家道谢:"不敢当不敢当,新人里面写得比我好的也挺多的。"

因为冰狗小姐的强烈要求,这一天换成了她来开车。昨天走错了路的七月问了一句:"你这个拿泰国驾照的,在国内开过车吗?"冰狗毫不犹豫地回答:"没有。"

但这个回答并没有阻止七月把方向盘交给她。余澄灰不明白既然回答"没有"也一样,那七月问这个问题的意义是什么?

没多久,他就明白过来,除他以外的这几个人可能是在根据这个回答设定自己的惊恐阈值。

冰狗上驾驶座以后左看右看半天,问:"手刹在哪里?"然后,"哪个是油门?哪个是刹车?"

余澄灰刚觉得不对的时候,冰狗补充道:"泰国是右舵的,跟这边不一样。"

随后她就一脚油门冲了出去。七月提醒:"转弯打灯。"然后雨刮动了起来。梁清散平静地说:"雨刮和转向灯什么车左右都是一样的,另外刹车和油门也是。"

越野车拐过一个大弯,径直朝道路左边冲了过去,远处迎面的一辆轿车紧急刹停,冰狗惊讶地叫道:"这人怎么逆行啊?!哦,国内是靠右行驶的……"

后座的几个人默默地检查了自己的安全带,余澄灰等了很久,也没有一个人出来说:"我看你还是别开了。"

车就这样一路飞驰起来，从哈里哈图出发，朝冷湖的方向去了。

越行越向西北。昨天从西宁到哈里哈图是从人类的领地告别，沿途满眼的树木和山林毕竟都还铺着或浓或淡的绿，一路上藏传佛教玛尼堆的彩旗也还标识着生命与死亡的轮回不息，今天就终于往真正意义上的戈壁走去了。公路两侧的绿色渐渐褪去，风也慢慢荒凉起来。无边砾石掩着千年的风尘，朝车辆四面伸出去，铺展到天地相接的那条线上。

冰狗开车，昨天的司机七月在副驾最开始还帮她看着路，慢慢地路越来越直，再没什么可看的，七月就从包里拿出本书读了起来。从中央后视镜里，余澄灰看到那本书正是自己前天送给他的那本《穹笼》。不知道为什么，这人当着自己的面读自己的书，让他心里一阵慌乱。

也不知道过了多久，外面的风声越来越大。也不知道是因为颠簸影响读书，还是听车身的响动跟昨天不太一样，七月从书里抬起头，探到驾驶座那边看了眼仪表盘。余澄灰就听到他平淡地说："冰狗你时速开到一百七了。会死的。"

听到这话，坐在第二排的梁清散也放下了游戏机，从座椅中间探出头去，确认七月没有看花眼："码表上都快一百八了。好嘛，两吨多的一个越野车在戈壁里开成了超跑。姐姐，我们大小也是条性命啊。"

"真的呀！"冰狗低头看了一眼，"哪边是码表，哪边是转速表啊？"车外的风噪这才慢慢小了。她至少还是知道哪边是油门，哪边是刹车的。

余澄灰转过头去，看了旁边梁清散的脸，又看了后边的西夏，最后透过后视镜，看了七月。没有人生气，没有人觉得这有问题，他们……他们都在笑。

余澄灰终于在这个时候崩溃了。他觉得自己呼吸不过来，赶忙伸手按下了车窗，风呜呜地从缝隙里灌进来，刀一样抽打在他脸上。"停车！停车！停车！！！"他大叫起来。

所有人都吓了一大跳。"怎么啦？"身边的梁清散关切地问，见他拼命吸气，忙伸手招呼冰狗说道，"靠边停车。慢慢刹，别急，没事儿没事儿……"

车在路基边停稳过后，余澄灰推开车门直接跳了下去。越野车底盘很高，他差点儿跌了一跤。逃出了车子，他手扶着膝盖拼命地喘气，眼前一阵阵发黑。过了好一会儿，一个柱状物从视野的上缘伸到了他眼前，竟然吓得他往后一倒。

幸好背部被人及时扶住，余澄灰才没有晕倒在戈壁上，也看清了眼前的东西——很显然，肯定是便携式压缩氧气瓶。"需要吗？"梁清散扶着他问道，七月从后备厢拿了一瓶水递过来，西夏也跳下车，问道："没事儿吧？这边海拔应该没有哈里哈图高啊？高原反应了？"

冰狗这才跳下车。经常给她朋友圈点赞的七月抬头叫道："车钥匙拔了吗？"冰狗"哦"了一声，又爬回车上。

余澄灰吸了两口氧，推开了递过来的矿泉水，呼吸终于慢慢平稳了下来。"昨天都没这么大反应，"西夏说，"今天不应该啊。"

"应该不是高原反应吧？"七月在一边说。余澄灰抬起头，发现对方手里还拿着那本《穹笼》，胸口一下子就又觉得闷得不行了。

七月朝他们几个摇了摇头，让大家回到车上。帮余澄灰按了两下氧气瓶，等他又缓过点儿气来，过了好一会儿，才在一边说道："没必要给自己这么大压力啊，何必呢？"

余澄灰愣住了。"七月老师……你……什么意思？"他惊慌地说。

七月晃了晃手上的书，嘴角微微上扬道："我以前在小说里写过一个反社会人格的主角，被读者说不像。写小说有一个缺点，就是你去写一个自己完全不懂的角色。"

"我不懂。"

"小说我才看了个开头。这么压抑的主角，绝对不会是冰狗这样的作者能写出来的。你说是吧？"

余澄灰没有说话。

"没必要这么大压力，"七月说，"我猜，这趟冷湖你不光是想来玩儿一趟，是吧？"

余澄灰盯着他，还是没有说话。

"一般到了山穷水尽，觉得完全没有出路的时候，说不定反而突然就在绝望的时候柳暗花明了，"七月说，"亲身经验，我也是这样过来的。世上是没有那么多独木桥的。"

"真的吗？"余澄灰终于开了口，按动气瓶阀门，把最后一点儿氧气吸尽，"七月老师，您是哪所大学毕业的？"

七月愣了一下，随即明白大概是"独木桥"这三个字让人想起了高考，他皱了皱眉说："南京大学，怎么了？"

余澄灰本想说"所以世上真的是有那么多独木桥的，只是你们走不到而已"来讥讽对方站着说话不腰疼，但最后都没说，他只是点点头，轻声说："没什么。没事儿了。"

回到车上，梁清散笑骂冰狗："悠着点儿开，你看你把人家吓成什么样了？"

冰狗有些委屈又有些不好意思地说："是我超速把你吓到了吗？我也不是故意的嘛……"

西夏插话打趣道："都是泰国右舵的错。"

车再开起来的时候，余澄灰把车窗开了条缝。不知怎么的，他虽然没有接受七月站着说话不腰疼的好意，但那点儿"好意"，这时候竟然使得之前绷紧的心情慢慢放松了。

是啊，还没到冷湖，自己到底紧张成了什么样子？连夜荒诞诡异的梦。

在哈里哈图自己差点把西夏用烟灰缸照着太阳穴砸死。西夏见余澄灰望着自己,便对他笑,丝毫不知道自己昨夜就差那么一点儿便横死小木屋。

还没到冷湖。

车路过一片风力发电的风车田。每个风力发电机高达数十米,白色的巨人挥舞着三只手臂,整整齐齐地排着纵横方阵,像守在风中的巨神兵。"谁要去看青海湖啊,"梁清散说,"写科幻的就该看这种奇迹嘛。"转动的叶片们像催眠一样吸走了大家的目光,就这样一路望了很长时间。七月在电力设备央企长大,给大家科普起发电机组的段子,乱七八糟聊得兴起。

车在天地之间静静地走着。

万里晴空下,天际边的白云中,有一朵孤零零地沉下淡淡的阴沉的云,但还远算不上黑。丝绦一样细细的线从云的尾巴里垂下去,在远处天边垂向地面。

"那朵云在哭,就叫哭云吧!"冰狗这样叫那朵云。

他们追赶着哭云,想在它把自己哭干之前抚摸一下它垂下的丝绦。

可惜他们不知道西北的天边到底会有多远。还没追到,那云便哭够了,被风哄住,跟风一起走了。

"可惜,可惜。"

"可惜也不能再开到一百七!"

世上是没有那么多独木桥的。

他们路过塔式熔盐光热发电站,上万面太阳反射镜的光凝聚在两百多米高中央熔盐塔上,阳光汇成了有形的实体,夺目地流淌出来,无法直视。

"太科幻了,"科幻作家们赞叹道,"我们写的都是什么垃圾玩意儿。"

年纪最大的西夏回忆起自己的童年,说:"我小时候还有作家写诗,赞美电线杆子:'电线杆子粗又白,送来光明照四方。'"

"您那童年也有点儿太遥远了吧。诗就这一句啊?"

"就这句还记得,地方作协的打油诗嘛。"

"那时候觉得工业的、电气化的最美吧。不光电线杆,不是还歌颂大烟囱,觉得黑烟腾腾的是最美好的吗?"

"就跟我们现在看到风力发电机和熔盐发电站差不多的感觉吧。看,这么一说这下就完全理解了。"

"大,就是好。"

"那是,大就是好。"

就这么到了德令哈。

后来他们记起德令哈,才意识到在这里西夏就露出了自己的真面目。但是当时谁也没有发现这一点,谁也想不到。

德令哈市是一个小地方,是这一路前往冷湖的最后一站。对绝大多数中国人而言,德令哈这种级别的西北十八线小城都是没有存在感的,但在同样级别的城市里,德令哈是最出名的。因为一首诗，一首海子的诗。

在去德令哈的海子纪念馆的路上，余澄灰抓紧时间读了这首诗。他对海子不熟，海子死的时候他还没出生。

这首诗没有真正的名字，简单地叫作《日记》。诗是这样写的：

> 姐姐，今夜我在德令哈，夜色笼罩
> 姐姐，我今夜只有戈壁
> 草原尽头我两手空空
> 悲痛时握不住一颗泪滴
> 姐姐，今夜我在德令哈
> 这是雨水中一座荒凉的城
> 除了那些路过的和居住的
> 德令哈……今夜
> 这是唯一的，最后的，抒情。
> 这是唯一的，最后的，草原。
> 我把石头还给石头
> 让胜利的胜利
> 今夜青稞只属于他自己
> 一切都在生长
> 今夜我只有美丽的戈壁空空
> 姐姐，今夜我不关心人类，我只想你。

一九八八年七月，海子在德令哈火车站写下这首诗。

大半年以后，海子卧轨自杀。

因为"姐姐，今夜我在德令哈，夜色笼罩"，德令哈就有了一座海子纪念馆。西夏说要去看看的时候没有人反对。海子算是西夏的北大学长，他死的时候正值西夏的大学岁月。

余澄灰不懂诗，尤其不懂现代诗。一句话多换几个行就是现代诗，他一直这么觉得。但是你不需要懂现代诗，也不需要改变自己的偏见就感觉到那句"姐姐，今夜我不关心人类，我只想你"的美。

不出所料，海子纪念馆并没有什么意思。海子不是德令哈人，也没在这里生活过，跟这里唯一的交集就是在路过德令哈的时候，在火车站的《日记》里留下了德令哈的名字。但对于这种原本在地图上没有存在感的地方不就是这样吗？抓住一切机会让大家知道自己，坠落的飞碟，微服私访的康熙，愚人节的异常光波辐射，火车站的诗。

所以谁也没想到西夏会在这里爆炸。

纪念馆不大，普普通通的景区小平房。从正门进去是一排茶座，然后才看到挂着的海子的诗。当然，不可能是海子的亲笔，而是书法家的誊抄。展现的主题是海子的照片、诗册，然后是纪念馆刻印在碑上的诗抄。

总体来说，就是一个很普通的人造文化景点。惹事的七月也没想到西夏会有那么大反应。

余澄灰当时正跟西夏一起看展示出来的诗抄。他记得自己刚读到一句"和所有以梦为马的诗人一样",惊出了一身鸡皮疙瘩,不忍卒读下一句——这时候已经逛完了整个展馆的七月带着一脸古怪的笑容走到他们面前,对两个人说:"来来,看这边。太牛了。"

他把两个人领着穿过一道过门,走到了纪念馆的中央正厅。"太牛了。"七月重复自己的评价,手指指向正厅的中央。

那中间布置得像一座灵堂,海子的巨幅头像照片安放在黑色相框里,想必是供人凭吊。但七月说的"太牛了"指的不是这个,而是相框两边贴着的两条不知道该叫对联还是叫诗的玩意儿——

右边的上联是:今夜我在德令哈。

左边的下联是:不想人类想姐姐。

"今夜我在德令哈","不想人类想姐姐"。

不管是科幻作家的自嘲,还是外界的认知,科幻作家绝对是所有正经算得上作家的人里面最不懂文学的。就算以科幻作家的标准来看,这两句玩意儿连十八流打油诗都够不上,甚至不如"电线杆子粗又白,送来光明照四方"。

"我要是海子,谁给我挂这么一玩意儿,我棺材板怕是盖不住了。"七月冷嘲道。正巧,旁边一直播放着音乐的音箱里放完了《蓝色多瑙河》,切到了下一首歌:

  桃叶儿那尖上尖

柳叶儿遮满了天

在其位的这个明阿公

细听我来言呐

此事哎出在了京西蓝靛厂啊

蓝靛厂火器营儿有一个松老三

提起了松老三

两口子卖大烟

一辈子无有儿

生了个女儿婵娟呐……

梁清散本来正朝他们走过来，这时候更加快了脚步，走到几个人身边的时候大摇其头："看什么呢？好嘛，海子纪念馆放太平歌词《探清水河》，有想法。还不如放郭德纲说的相声呢。"

纪念馆的工作人员见他们几个人围在柜台前，就尽职地走上前来推销道：

"青海牦牛肉要吗？我们这边是正宗的牦牛肉，麻辣、五香的都有，真空包装的，买几袋回去自己吃也好，送人也好……"

这时候，几个音节从西夏喉咙深处低吼出来："亵渎……"

余澄灰是事后才明白他到底呢喃地在说什么，当时他就站在西夏身边，但很难想到那几个音是什么字。

"亵渎！"西夏突然大叫起来，"亵渎！你们，你们居然用这种垃圾来亵渎海子！来亵渎诗！"

所有人都吓得一哆嗦。旁边的游客正跟工作人员讨价还价，问牦牛肉买五包能不能送一包，被吓得往旁边一闪，退后了好几步。躲到安全距离以后，那人袖手看起热闹来。

"亵渎！牦牛肉？在海子纪念馆卖青海牦牛肉？用这样的……这样的商业来亵渎文化，亵渎海子，亵渎……用这种，这种……"西夏显然不熟悉如何吵架骂人，这时候也找不到什么能表达自己愤怒的中文来，他颤抖的手指着那副"对联"，"SHAME！SHAME！"

他们几个在旁边完全呆住了。见势不对，七月和梁清散一左一右拉住西夏，一面劝"别生气，别生气，有什么值得生气的呢？"一面把他架出了纪念馆。事后梁清散表示，幸好这两年练武有成，一身都是肌肉，因为西夏老师实在太难拖了。

"没必要这么大压力嘛。"等到出了门，余澄灰终于管不住自己的嘴，把早前七月送他的话转赠给了西夏。七月皱着眉看了他一眼，他没有对视。

"现在这个社会啊，"西夏的气一直没顺过来，"没有信仰，没有理想，什么狗屁玩意儿，还纪念海子？牦牛肉干？正宗青海牦牛肉干？"

这一夜，余澄灰睡得非常好，再没有做什么奇怪的梦。

谁比谁好多少？他明白了。

他明天会在冷湖见到程昔，走过那座独木桥。

06　遗迹

据火星基地的负责人说，不是老司机的话，开车去冷湖的很容易被扣完一本驾照的分，路上限速卡得极严。考虑到开到过时速一百七，大家决定在德令哈把车还了。远程还车费每公里两块钱，从西宁到德令哈五百公里，他们又额外多付了一千块钱。

余澄灰已经没有心思考虑这趟冷湖的旅程结束以后怎么还手上的账，现在他只有精力关心一个事情。

冷湖火星基地派车来接他们。等他们到了冷湖镇，才知道"火星基地"或者说"火星小镇"离冷湖镇其实很远。冷湖镇是他们见到的最后一个人类正常的聚居地，他们在镇上换了所谓的"火星护照"。

程昔老师上来换"火星护照"，给冷湖文化局签名拍照留念的时候,余澄灰正在走廊里找男厕所。两人碰面的时候都面无表情,余澄灰正从厕所里出来,程昔重复着他刚才的寻找路线,在狭长的走廊上相遇,程昔甚至没有点头示意,直接开口问他:"男厕所是这边吗?"

余澄灰心脏不争气地紧跳了两下,迟了一拍才点头说:"水池龙头坏了,洗拖把那个池子才有水。"

他侧身把程昔让过去,擦身而过的时候,程昔压低声音说:"别他妈的给我发那种消息,我知道该怎么做。你最好也知道。"

余澄灰差点儿忘了前天半夜噩梦中醒来以后发的那条微信。他在凌晨三点叫程昔放聪明一点儿,别搞鬼。

而且那句是他通过程昔微信的好友验证之后说的第一句,也是唯一一句话。

火星基地的负责人叫袁振民,一路专程陪着程昔老师从敦煌过来,这时候在休息室跟冰狗他们几个聊天。这是一个很干练的女人,一见余澄灰进门就两步上前,很热情地和他握手说:"余老师您好您好。程昔老师刚出去,你遇到了吗?欢迎大家来冷湖火星基地啊,真的一直盼望大家光临。以后一定每年都来啊。"

于是她又热情地介绍起了冷湖。其实跟他们先前看过的资料没有什么区别,但袁振民的口才很好,听起来倒也不觉得枯燥。她从二十世纪五十年代发现石油说起,讲了石油基地的起起落落和资源型移民城市的命运……

"我们先去参观一下以前冷湖他们石油工人基地那

边，现在是一片戈壁废墟。大家可以亲身感受一下。还挺有意思的，有一种时间从里面溜走，然后留下一座古城的感觉。有点儿那种楼兰古城的意思……程昔老师！快坐快坐。"

门被推开，程昔回来了。他们几个人也都站了起来，程昔忙摆手："没事儿没事儿，我坐车坐了这么久了，正好站一会儿活动一下。我们是现在就去火星基地吗？"

"我正跟大家说这个呢，咱们先去老石油基地看一下。程昔老师您尤其应该去，感受一下那种废墟，说不定能激发灵感，写出特别好的科幻小说。"袁振民正热情地说着，七月突然有了问题："所以说，当年石油基地不在我们现在这个冷湖镇是吗？不是说冷湖就是因为发现石油才设立的吗？那为什么这个冷湖镇又跟石油基地不在一个地方？"

这位干练的"火星镇长"来自北京的那家文化公司，并不是冷湖本地人。因为工作的关系，她对冷湖的过去也算是比较熟悉，但其实和他们一样，袁振民的知识来自纸面资料。很显然她的资料库没有这个问题的答案，犹豫了一下，回答道："石油基地那边生活区什么的都有，最顶峰的时候那边有五六万石油工人，所以那边医院、学校、银行什么的都有，他们平时都生活在基地那边……"

七月打断了她："不是，我不是问这个。我是说，我看资料，冷湖本来在新中国成立前是无人区，对吧？"

"对啊。"

"然后是发现了石油，才开始建设冷湖，对吧？"

"没错啊。是这样。"

"那现在这个冷湖镇的人也是那时候建设以后，才移民过来的吧？我想问的意思是，既然有了石油基地，为什么不把这个冷湖镇就建在石油基地，为什么是两个地方呢？你刚才说石油基地人最多的时候光是工人就有五六万，那还有家属什么的，加起来恐怕接近十万人，现在冷湖镇有这么多人吗？"

袁振民自己也迟疑了，没底气地回答说："现在的冷湖镇没有那么多人，毕竟衰落了嘛……"

"所以……为什么当时既然肯定要建石油基地，冷湖镇不干脆就在石油基地呢？干吗要分两个？那时候这里不是无人区吗？两个地方都是移民搬来新建设的啊，干吗这么麻烦？"

袁振民有些尴尬，显然不知道该怎么回答。她后面还有一大段准备好的要讲，李淼老师的异常光波辐射、新诞生的火星小镇、科幻科普教育基地，很多很多，这下都卡住了，就被这位杠精弄得有点下不来台。七月好像没有意识到自己让气氛变得很尴尬，还转头问大家："这是挺奇怪的吧？"

还是西夏帮袁振民打了圆场说："这个神秘的问题，就等你看完了石油基地，从冷湖回去以后写个科幻小说来解答了。"

这人总有一天会被人打死。余澄灰再次确认。

但至少袁振民没有动手，她很快恢复了常态，继续跟大家聊了起来。过了大概半个小时，他们等的车到了。随车一起来的还有三个人，也是这次活动邀请来的科幻作家，两男一女。

蝉联过多届银河奖得主的张冉长着标准的浓眉大眼，他第一个进门，最惹眼的是下巴上的山羊胡子。海子也同样是络腮山羊胡，但跟诗人乱蓬蓬的样子不同，张冉的胡子修剪得非常精致。这个男人已经快要四十，但走进房间的时候居然还有些腼腆。他还没开口，从这男人背后就传来一串银铃般的声音："程昔大大，梁清散大大，冰狗大大，七月大大，哇，好久不见！"

皮肤白得发亮的少女从张冉后面跳了出来跟大家热情招呼起来，是大家的老熟人王侃瑜。不知道的人见她这样子还以为她是个热情的女科幻迷，实际上她的科幻小说这几年在国内主流文学刊物发表了个遍，翻译成外语出版的也数不清。"你们几个自驾来的？好爽啊，好羡慕，我也想去。你们玩了几天啊？租车贵吗？……"她迅速带大家进入社交八卦里，张冉在一边跟大家依次打招呼一边点头，然后就静静地坐边上。

最后一位男人大家都不熟悉，是一个刚辞职回家写科幻小说的工程师。"大佬们先给我签个名，"就像所有初次参加这类活动的新人一样，他兴高采烈地掏出笔记本，说着其他人听得耳朵起茧的台词，"我是看你们小说长大的……"

大家一面将笔记本推给程昔先签,一面听这位工程师自我介绍:"我笔名叫分形橙子,是青海本地的。我以前在华为上班,今年刚辞职。刚开始写科幻小说。"分形橙子身材不高,看年纪也不小了,应该和梁清散、七月他们岁数差不多。七月问:"华为不是挺好的吗?上辈子作了什么孽,干什么不好非要写科幻啊?"

一群作家一起哄笑。分形橙子不像他们能用自己的行当开玩笑,很认真地回答:"没办法,在海外待了这么多年,一直回不了。在摩洛哥都快变成非洲人了,年纪大了总得活着啊……"

"所以是在华为钱赚够了回来追逐年轻时候的理想。"七月评论道。

分形橙子一拍大腿说:"是啊,从小就一直喜欢科幻啊。"

他并没有否认钱赚够了,余澄灰心想。王侃瑜跟他们聊起一路自驾的见闻,几个人就你一言我一语地说起这一趟荒唐之旅,从错过青海湖开始大家就狂笑不已,讲到冰狗的"泰国是右舵车嘛",讲到海子纪念馆伴着《探清水河》的"今夜我在德令哈,不想人类想姐姐",大家笑得连腰都直不起来。

程昔摇头笑道:"你们几个可以啊。要是别人,说不定早打起来了吧。也是你们关系好,彼此有信任感吧。"

这句话里有话,余澄灰没有去看程昔的表情,只是用眼睛余光微微瞥了他一眼。就这么一瞥，他感觉到对方的目光方向在刻意避开自己。余澄灰紧张起来，就听到冰狗回答道：

"就，大家都比较佛系吧，"冰狗说，"不过确实我们也认识好多年了，都很熟了，都知道大家都是这么佛系的人。"

程昔点头嗯了一声，不再说话。这个"认识很多年"并不包括余澄灰在内，但程昔恐怕不是这么理解的。

剧本开始一步一步按他准备的发展。余澄灰心连着狂跳了数下。别捣鬼，程老师，我不是一个人。你就这样想吧，你应该害怕，你抄袭窃取的往事成了一群人合谋的秘密。你老老实实的，我们就永不提起。

众人谈得兴起之时，袁振民打断了大家："老师们，时间不早了。我们现在去冷湖石油基地遗址参观。聊天等晚上我们到了火星小镇以后有的是时间慢慢聊。"

于是一行人坐着十座的小巴士车，离开了七月所不能理解的冷湖镇，朝废弃的石油基地去了。等去过了石油基地就去火星小镇——地球上最像火星的地方，辐射着异常光波，在荒芜之地兀立着"生命舱"的绝境。

西夏跟程昔聊电影改编的事情，七月跟梁清散挨着一个看书一个打游戏，冰狗小姐和王侃瑜一路瞎聊，安静的张冉和新人分形橙子坐在一起。

车一路开下去，大概半个小时后就停了下来。王侃瑜问："已经到啦？"袁振民站了起来回答说："还没呢，这边有个检查站……"话还没说完,车门已经被拉开,一个背着枪的士兵走上车来,带着西北口音中气十足地叫道:"每个人都拿出身份证,下车进站接受检查。墨镜、帽子摘下来,耳朵、脖子露出来!"

"那边有个边检哨所,每个从冷湖过去的人都要过检查才能通过。说是,无人区经常有可疑的人从那条路过去。"那个哈里哈图的工作人员说。

说是。余澄灰心里没由来地一惊。"查火星人偷渡吗?"冰狗笑问。那士兵脚已经退出了巴士门,听这话又探头问了一句:"你们是去哪里啊?"

"去火星,"西夏也玩笑道,"你知道火星吧?"

"哦,火星啊,我知道,都下来都下来。带好身份证啊。"士兵很平淡地回答。

大家鱼贯而出,七月下车的时候问袁振民说:"这边是检查什么的?"袁振民摇了摇头,说:"不知道,反正每次进出都要查,具体查什么也没告诉我们。我们估计啊,应该是查逃犯之类的吧?"

"戈壁这么大,哪儿不能走呢?干吗非要走有检查站的地方?"他继续问。

"这个……我也不懂啊。他们也不告诉我们。反正每次检查一下很快就过了。"袁振民显然对他的问题已经有点儿头痛,三步并作两步下了车。

检查站路两旁铺着层层钢铁拒马,车慢慢地在士兵的指挥下顺着唯一一条仅容单车单行的空当中开了过去,乘客们则被招呼着进了旁边的检查长廊。长廊很长，足有十多米，每次只容一人通过，其他人被远远拦在拒马和栏杆盘出来的曲折通道排队上，士兵守在通道外，仿佛是塔防游戏的守护塔。

"身份证拿给我！墨镜、帽子、头巾全都摘了，耳朵、脖子露出来。叫了名字的往前走，其他人原地等着。"士兵重复着之前战友说过的话，挨个收身份证。收到西夏的时候，他愣了一下，问道："这是什么？""护照。"西夏说。"护照不行，身份证。"袁振民忙上前说："同志，这位是加拿大华人，没有身份证，我们报备过的。""……呃，他出来，等其他人检查完了单独处理。"

如果要走这条路的话，大概只有坦克才能冲得过去。在外面等待的时候，余澄灰望着拒马厚重的钢刺尖想。他回头看了看来时的路，又看了看去处的路。

要从这边硬冲过去，几乎不可能。但逃犯要是开车，难道不会远远看到这个哨所，就原地掉头找别的路吗？从冷湖镇出来，往新疆方向开，应该还有别的路才对吧？或者是当年为了防止敌特破坏石油基地？可是石油不都枯竭很多年了吗？

他有点儿想问面前的这位士兵，但这位荷枪实弹的战士褐红的脸庞上的眼神冷冷的，他不知道该怎么开口。

也许，这个哨所不是为了拦住从这边进去。余澄灰突然这么想。这个念头刚起，里面就有人叫着："余澄灰。"他忙走了进去。确实很快，看摄像头，拍照，按指纹，等了几秒，他就跟其他人一样快速通过了检查。

回到车上等了快半个小时，西夏才终于通过了检查。

"太神奇了，"七月摇头，"所以到底是查什么啊？"

"查你是不是火星人，"张冉在他背后回答，"看看异常光波辐射是不是从你的手机发出去的。检查你是不是在呼叫母星飞船。"

大家瞎胡扯起来，余澄灰换了个位置，坐到袁振民边上。"唉？余老师。您好。"

"我想问一下，火星小镇那边，有哪些人已经到了？像是姜总？"他的笑容有些不自然，声音也压得很低。他想说"天线传媒的姜总到了吗？"，但不敢那么直接。其实谁会注意他关心哪个人呢？

"姜总啊？好像已经到了吧？"袁振民毫不在意地回答，"我看看啊，哪些人已经到了……哦，已经到了。今天上午就到了。怎么？余老师有事情要找姜总？"

余澄灰深深地舒了一口气说："不，没事儿没事儿，我就这么随便问一下。"

他说完就溜回来自己原来的位置。

一切就绪。程昔，冷湖，姜总。

自己绕了这么大一个圈子。

离开检查站，车很快从公路上一拐，就意味着真的进了戈壁。没几分钟，道路很快就完全消失了，只剩下车辙。雅丹地貌的荒凉风情迅速地把最后一点儿人类文明的痕迹赶出了画面，只有纵横的车辙在地上留下长长的痕迹。

在下午四点，戈壁中一片荒败的废墟出现在车的右边，不用袁振民提醒，路边一个标牌已经写明了这个地方的来历："冷湖石油基地遗址"。

车开了进去，残垣断壁朝四面八方铺开，大家好奇地盯着车窗外——整个遗址里似乎没有一座完整的房子。

只有许许多多还没有倒塌的墙壁，和这些墙壁脚下已经倒塌的墙壁尸骸。一面面尚未死去的灰墙执拗地站着，还在戈壁里履行自己已经没有意义的职责。

这比所有人想象中的废墟还要残败。基地在一九九二年才完全废弃，但这地方看起来并不像才失落了三十年，倒像在时光中迷失了好几个世纪——戈壁中的楼兰古城似乎也不至于残败如此。

车停下来，他们在一面孤独的墙边下了车，孤墙上的"中国工商银行"字迹还很清晰。这面墙后面，曾经在石油基地的正中央保护着基地几万工人财产的其他墙壁早已消失无踪。

他们一路走下去，看到了当年曾是礼堂的墙上宣传语录犹在，曾是学校教室课堂的黑板上留着擦不掉的粉迹。所有的门、所有的屋顶、所有的窗户全都不知所终，没有一间，是的，没有一间房间是完整的。

"几万石油工人，"张冉说，"就这么来，然后就这么去了。不知道他们身上有过多少故事，多少悲欢喜怒。

有人写过他们吗?"然后自然有人接茬:"就等你了。"

"怎么都是平房呢?"等一路走了很远以后,七月才察觉到异常,"好像整个基地就都是平房啊?为什么不修楼房呢?"

只能还是袁振民回答他的问题:"可能是石油基地都是临时修起来的,所以都只能修平房。"

"不是啊,"七月摇头,"不是说五几年就开始建设,然后油田不是生产了几十年吗?几十年都不修楼房,光用平房吗?而且好几万工人,这么多人在这里生活工作,不能叫临时了吧?为什么不修楼房呢?"

"几万人也……"袁振民还没说完就被七月打断:"几万人非常多了。我家四川那边的三线央企,当年六几年建厂,就一万多两万人不到,还没有这边多,也都修的是楼房。这边几十年,人这么多,为什么没有楼房,我觉得很奇……"

袁振民几乎是逃跑一样从七月那边走掉,跑到队伍前面对大家说:"老师们,大家自由活动半小时吧。感兴趣的自己去看看,要注意安全。等会儿我们在车子那边集合!"

于是很有默契地,程昔躲开了众人。在拐过一个墙壁之后,余澄灰追了上去。

程昔没有停下,也没有转过头看他。两个人默默地从残垣破门中走了几分钟,余澄灰终于开了口:"天线传媒的姜总已经到他们火星小镇了。"

"我听见了。"程昔说,然后却没有下文。

"你,想好跟他说了吗?"余澄灰问。

"不劳你关心。"程昔说。

"不劳我关心?"余澄灰急切地叫道,出口就发觉自己失态,四面望了望。几个人都走散了,离自己最近的也已走出老远,不可能听见他们的对话。他还是压低了声音:"不劳我关心?如果你没法说服他买我的《穹笼》……"

"你就会把我抄哈雷的事情捅出去,"程昔打断他说,"对吧?你会把这个事情闹得整个科幻圈都知道,整个出版界都知道,整个影视圈都知道。你会发动大家反抄袭,去给我所有小说刷一分,号召大家抵制我的东西改编成的电影电视,去曝光给海外出版机构,劝他们不要翻译抄袭犯的小说,对不对?"

余澄灰头嗡的一声,脚步停下来。糟糕,他回过神来。他不害怕了。

他一定已经准备好了怎么给自己洗白,已经跟他那些背景强大的大佬朋友谈过,做好了最坏的准备。他已经……

程昔在前面越走越远。"帮你保存备份资料的是哪个?梁清散?西夏?冰狗?还是七月?"

余澄灰回过神,紧追两步跟了过去。程昔见没人回答,这才转过头来说:"问你呢?是他们四个人中的哪一个?"

"他们……"

"你想要我做的事情,我已经准备好了。"程昔也不等他回答,自己叹了口气,"我已经准备好了给天线传媒的人说,姜总啊,那个新人写的《穹笼》真不错,我觉得比我写的《归路银河之歌》要好。我跟那本书作者也认识,那个小伙子挺不错的,我很欣赏他。而且我觉得他这篇改编出来会比《归路银河之歌》更好。新人出道不容易,我觉得你们这次应该跟他合作,我的这篇小说就退出你们这次内部评审吧。我打算就完全照你安排的那样,可以,没问题。

"我本来已经考虑好了,你那天给我说的没错。我这本书又不是卖不掉,早卖晚卖肯定会卖掉,我没什么损失。**我本来**打算相信你,照你说的办。"

余澄灰咽了一口唾沫。

"现在你最好给我说实话。"程昔突然站住,转过身来盯着余澄灰,他的眼睛血红。"真的是你自己发现《天津异事记》的事情?是你自己,还是另有别人?你是在给谁当枪?"程昔一把抓住了余澄灰的胳膊,他比余澄灰壮实很多,双手像铁钳一样锁住对方的双臂,让人动弹不得。

余澄灰大惊:"不,没有。你搞错了。"

"没有什么?"程昔厉声问,"我搞错了什么?主使的人是谁?说出来!"

"没有人主使!"余澄灰拼命想要挣脱,"整个事情只有我一个人知道。除了我没有人知道！真的！程老师，放手！会被人看见的！"

应该是这句话唤醒了程昔的理智，他左右看看，松开了手。"只有你一个人知道？我不相信你，西夏他们四个人，不是你多年的好朋友吗？你们一起过来，就是想告诉我，我盖不住这件事，对吧？对吧？！说话！你要钱，我可以给你，你要我退出，我也没有问题。但是这真的是你的主意，还是你们一起来搞我的计划的开头？先要钱，然后再一步一步让我把资源、把位置都送给你们，让我从这个圈子里消失……"

"没有别人！程老师！"余澄灰知道眼前这个人已经被自己的恐惧压垮，这几天以来显然心智近乎崩溃，"只有我一个人，程老师。西夏他们是我的朋友，但是这件事情我没有告诉他们。他们什么也不知道。"余澄灰顿了顿，又说："如果你按我说的办的话，他们会永远什么也不知道。"

"我不相信你。我现在已经没有办法相信你了！"程昔说，"你们这几天一起过来，一路在商量什么？有什么重要的事情，让你们连青海湖都能错过，连戈壁滩上都能开到一百七，你觉得我还会相信你吗？"

"程老师！"余澄灰厉声叫道，"冷静！冷静！"程昔深呼吸了两口，他才继续说，"他们真的不知道。我给你说实话……"余澄灰说话越来越慢，现编道，"我确实留了一手。我这几个朋友里，其中有一个我给他设置了一封定时发送的邮件。"

"什么邮件？"

"杂志的扫描件，"他说，"还有……还有哈雷的联系方式，还有《五线科幻谱》编辑的联系方式。"

听到这个，程昔反而显得镇定了一些。这才符合他的想象。"很好。了不起。"

"邮件是定时发送，只要我的飞机一回到北京，我就会把这封邮件撤销。那个人就不会收到这封邮件。你明白吧？"余澄灰说，"所以你不要担心。只要你老老实实遵守我们的约定，就没人会知道。"

程昔沉默着，过了一会儿才抬起头说："真的没有人是你的同伙？真的没有人指使你？真的是你一个人发现的那篇文章？"

"当然是真的。"余澄灰诚恳地说。

"小子，相信我，一个活人，只要是一个活人，不管你以为你跟那个人是什么关系，是什么交情，那都是个人，不是一个东西，更不是一行程序，"程昔说，"任何一个大活人都是不可能完全被另一个人控制的。我再说一遍，不管你以为跟他是什么交情，都不可能。不管是想要拿别人当枪使，还是你觉得自己当一颗子弹很划算，只要是另有一个活人，事情都绝不会有你想象那么简单。你明白吗？"

余澄灰一字一顿地说："程老师，真的，没有第三个人知道。现在还没有。我可以保证只要……"

"只要我听话,将来也不会有。对吧?"程昔深深地吸了两口气,垂下头来,"好,我暂且相信你。"

他们已经走了很远,只是谁也没心思细看身边的遗迹。等回到写有"中国工商银行"的残墙口,大家早已在车上等他们了——戈壁阳光剧烈,严酷的环境很快就战胜了这些城市居民的好奇。

"都回来了吗?"袁振民问。

七月和西夏一起回答:"梁老师还没回来呢,不知道他去哪儿了。"

又等了两分钟,才看到一件绿色的皮肤衣风尘仆仆地从墙后面跑回来,上了车。袁振民见他脸色泛白,作为地主便关心道:"梁老师,您去哪儿了?去了这么久?"

梁清散摇了摇头:"没,没去哪儿,就去,嗯……尿了个尿……让你们久等了。"

袁振民有些尴尬,只作没听见说:"那快坐好。各位老师,我们下一站,火星!"

车子颠簸起来,像过山车一样在戈壁滩上起起落落,朝这一行的真正目的地开去。梁清散坐回了原先的位子,在七月的旁边,跟余澄灰隔着一个过道。他坐下以后没有说话,从包里掏出索尼黑卡相机,然后又掏出笔记本电脑,从相机里退出存储卡,塞进了电脑读卡器里。

七月好奇地问:"拍了啥?卡都拍满了?"

梁清散从椅子探出去头去往四面望,看过道边的余澄灰一眼,这才回答:"没满。我把刚才拍的存一下,免得……嗯……"

"怎么了?"听到这话里奇怪,七月好奇起来。

"这地方不太对。"梁清散说,余澄灰听了这话,头也探过过道,对方让开了屏幕的位置也让他们两个看。

"这是什么啊?"七月问,"鞋子?"

"小孩儿的衣服和鞋子,"梁清散说,"在那边墙后面拍的。你看。好多小孩儿的衣服和鞋子,都扔在那边。"

如他所说,电脑屏幕上,许多小孩子的衣服、鞋子扔在地上,被砖石、黄沙和朽木遮盖着。"这都不是因为烂才扔的。至少当年应该还是挺新的,"梁清散说,"我还摸了一下。就觉得有点儿毛骨悚然的感觉,你们懂吧,就没敢再仔细检查。"

"这地方的人又不是仓促跑掉的,这地方不是按计划有序慢慢放弃的吗?"梁清散继续说,"为什么有这么多好好的小孩儿的衣服不带走,干吗都扔了,还都扔在一起……这什么意思?"

七月沉默了一会儿,看着一堆小小的衣服、鞋子荒弃在乱石下,也觉得毛骨悚然起来。过了几秒,他说:"我刚才还问了袁振民,为什么这边废墟的窗户和门都没了。她给我说,是那时候戈壁物资比较匮乏,窗户门的铁、木头等能用的都回收拆走了。"

七月看梁清散和余澄灰一眼说:"你说连窗户、门都要拆走,好好的小孩子的衣服、鞋子为什么不带走,还这么多?这是多少小孩儿的衣服、鞋子?"

三个人突然谁也没说话。谁也没问这时候心里想的问题："那那些小孩儿人呢？"

"梁老师你记得把电脑照片文件后缀改一下，"七月说，"回头发我一份。"

梁清散点头道："没问题。"

余澄灰一抬头，正看见程昔也探出头来，从过道看着他们。

他和余澄灰对视了半秒，然后慢慢地把头转了回去。

07 火星

同样是雅丹戈壁地貌，石油基地选在便于交通的平坦位置，而他们的火星小镇就专门选在一处偏远难行的地方。

和看照片的感觉不一样，当车开过去的时候，这个地方更像在山谷中的一处平顶巨岩。亿万年的风沙将戈壁刻画出无数赤红褐黄的峡谷沟壑，在某个峡谷的沟底，忽然升起了几十米平整的岩面。就在这个地方，他们创造了这个火星小镇。

车辆艰难地爬过一个坡，忽然间洁白的简洁几何体就出现在众人面前。虽然来这里之前这群人对这地方颇多刻薄，但是真到了，还不得不承认，这地方就像幻想中的火星，他们下车后走进的地方正如登陆异星的第一个殖民地一般。

"火星镇长"袁振民领路,进了洁白的舱门,一位名叫郑莹莹的长腿美女热情迎接了大家,登记,发放"胶囊睡眠舱"磁卡钥匙。梁清散他们几个第一次来,迫不及待地往里面去参观。

整个舱体类似太空舱的结构,由多个长方体的独立舱体拼接组成,一进去就是最大的舱体"主活动舱",大概有上百平方米,分了上下两层。下层近似餐厅,放了七八张桌子和围椅,三面墙是透明的树脂,坐在里面便能一览外面的"火星景致",旁边与一个卫生间舱相连。从下层里面的楼梯上去,是举行活动的"会议室"上层,日程上的"冷湖科幻"研讨就准备在上面进行。会议室面积只有下层的一半,另一半则做成了一个露台。

主活动舱是整个"基地"最大的舱室,也是一切的枢纽。从主活动舱往北的过道就通过胶囊睡眠舱,男女独立各自一个,然后是一个公共的卫生间舱与两个睡眠舱相连。而主活动舱东面则是"工作舱",客人们就无缘进去了,里面是厨房和各种工具的存放处,也连接着水源和发电机。

这就是火星小镇的"主区",离这个主区大概不到五百米的地方,还另有两个舱室组成了副区。副区也有一个独立睡眠舱,但更重要的是旁边有两个圆罐——里面装着从几百公里外运来的水,还有供应发电机的柴油。

如果不是有 Wi-Fi 和 4G,可能这里真的就已经和普通人类的世界告别了。

除了"火星科幻"活动邀请的客人以外,已经先有不少人到了。余澄灰跟着他们几个拖着行李经过主活动舱的时候,好几个人上来跟梁清散他们打招呼,他留心四面找了找,倒是没看到姜总的身影。

他们安放好了行李,除了来过的西夏,梁清散和七月都特别没见识地兴奋起来,大呼小叫地爬进胶囊睡眠舱里看新奇。

其实里面真的不小,大概比火车软卧还要略大点。一个成年人睡在里面翻身毫无问题,封闭的舱体墙壁上有电源、USB接口,另外前后两个直径十二厘米的风扇循环着空气,有空调可以调节温度,一点儿也不显得憋闷。白黄两色可调的灯光不是很亮,但经过封闭的白色内壁反射之后,整个睡眠舱里反而显得非常通透明亮。

除非有严重的幽闭恐惧症,要不这里面可以说是相当不错。

唯一来之前猜不到的问题,大概就是密密麻麻堆叠的胶囊舱之间连接得很紧,即便是几个舱室之外的震动都能感觉到,隔壁要是敲起墙壁,那可响得像打雷一样。

余澄灰的胶囊在上层,斜下面是梁清散的。他把自己的东西收拾了一下,从胶囊里探出头来的时候,梁清散已经坐在自己的舱门口玩上了插着充电线的Switch,看到余澄灰,他昂着头高兴地说:"这边居然网络挺不错,4G和Wi-Fi都很快呢。太好了,我就怕没网。"

程昔这时候从过道上走了过去,一直走到这个睡眠舱的最里面。余澄灰在半空中正和他四目相对,两人都没什么表情交流。七月推开舱室的后门,放眼朝外望着"火星风景",忽然扑哧一笑,手朝前面指。

"这火星信号塔可有点煞风景了。"

余澄灰顺着他手指望去,门外前面几百米远有一个土堆,土堆上立着高大的通讯铁塔,从这个角度还能看见铁塔底白漆的接线箱。这个地方精心地把自己装备成一个人类登录外星的前哨基地,可惜电信公司的铁塔没有配合地搞成一个卫星中继设施,一个高大的通讯塔丑陋地暴露了这里的真相。

"难怪信号这么好。"梁清散对这倒是丝毫不以为忤。

一路自驾过来的时候,他们几个是一个小集团,等到了这里,几个人自然而然地散开了。热爱社交的冰狗和西夏去和其他人聊天,梁清散和七月一个打游戏一个看书,两位"社恐"并没有离开自己的胶囊舱的意思。倒是刚认识不久的前华为工程师,那位笔名"分形橙子"的热情邀请他们:"几位老师不出去和大家一起玩儿吗?"

两人都摇头婉拒。只有余澄灰从上铺跳了下来,说:"走啊。"

他们一前一后往外走,推开睡眠舱的自闭门的时候差点出事。门外一个风风火火的大个子正要进来,分形橙子朝外推开的时候门差点正撞上来人的鼻子。这人吓了一跳,忙往外一躲,余澄灰哎哟一声,马上认出来人的身份,叫道:"姜总,你没事儿吧?"

天线传媒的姜总却没有认出他是谁,只是礼貌地点了点头:"没事儿没事儿,你们过你们过。"然后就三步并作两步往里面去,老远就伸出手大叫,"程老师,您终于来了。您好您好,怎么样,路上不辛苦吧……"

余澄灰在门口站了几秒,自闭门慢慢合拢。直到分形橙子催他,他才回过神,跟着对方去了主活动舱。

已经快到晚饭时间,人们三三两两地分成很多个小群,围坐着聊天。"冷湖火星科幻"活动请来的人不少,不光有科幻界的,还有传媒、影视、出版界的,反正文化界若干人等都汇聚一堂。

本来余澄灰一个新人,就光科幻圈的人也认识得不多。刚才姜总是因为自己去过天线传媒的缘故,远远见过一面,其他人他就一概不认识了。看着好几十个陌生人言谈甚欢,他落寞地不知该往哪里去。

等回过神,他发现分形橙子也已经走开,跟张冉坐到一桌,和自己不认识的人已经兴高采烈地聊了起来。他一个人待着,透过全透明的树脂落地窗望向远处西沉的太阳,空气里远远飘来零零碎碎的海侃:"今年星云奖长篇金奖指定又是空缺吧……""冉爷你电影开拍了吗?都说了几年了吧?""今年雨果奖又全是女作家啊。"

若不是这些声音不断钻进他耳朵里,眼前的雅丹戈壁在红色夕阳下绝对会越来越像火星。黄色的乱石渐渐被染红,在地上拉出深黑的影子。放眼望去,没有一棵植物，没有一只昆虫，天空也没有鸟飞过的痕迹。甚至连沙漠，连撒哈拉沙漠里也是有生命的，有仙人掌，有躲在阴影里的蜥蜴、蛇、甲虫……

这里什么也没有。连微生物也没有，就像西夏的故事里说的，连脚气真菌也活不下去。高度盐碱化的土地上，积攒下的降水也只会生成盐湖。

余澄灰不时回头望向睡眠舱那边，程昔和姜总一直都没有出来。直到开饭，才见到这两个人的身影，他们不是一起出来的。姜总不知道什么时候到了室外，从正门跟着几个编剧带着烟味回来。程昔一个人从睡眠舱那边出现。

"怎么样？"余澄灰发微信问程昔，过了几分钟也没有反应。程昔根本没有掏手机看。

晚饭比他预想的要好，土豆烧鸡肉、豆子、青菜。味道很一般，但远谈不上难吃。考虑到一切都是从几百公里外运来的只能加热的微波食品，这应该算是很不错的了。

和余澄灰一桌的人欢声笑语，他却完全不知道这些人在说什么。他甚至记不住桌上有哪些脸。有人跟他说话，他只是茫然地应承，不记得自己说了什么、对方说了什么，也不记得跟自己说话的是谁。

没有回微信。程昔一直没有看手机。

直到不少人吃得差不多，开始有人玩手机的时候，隔壁桌才忽然有人说话："是不是没网了？你们手机有信号吗？"

余澄灰忙掏出手机。手机上显示有信号格，而且是满的。但是打开微信，界面上一条大红色的通知固定在头顶：

网络连接不可用

"信号倒是有，"马上有人说，"还是满的。但是没网。"

"Wi-Fi 信号也是满的，但是连不上网。什么也刷不出来。"

"我去！"余澄灰这才注意到梁清散坐在他这一桌，他烦恼地说，"没网哪儿行啊？当代人最大的恐慌，就是手机没电、网络没信号。没网可还行？"

"有时候就是这样，"还是袁振民安抚大家说，"有时候网络会断一会儿，然后要不了多久就自己好了。一般中国电信信号会好一点儿，这边移动信号最不好。"

"我就是电信啊，一样连不上的，"梁清散说，"我两个机器，一个联通、一个电信，都显示有信号，但是没网。"

"梁老师，你该'电'了。"一个余澄灰不认识的人跟梁清散玩笑道。

梁清散接茬："早'电'过了，没用。袁镇长啊，今天能有网吗？"

"坚持一下吧，"袁振民说，"梁老师，毕竟这里不是城里。这边是专门修的通讯塔，就专为我们这个基地提供信号，偶尔出问题，一般要不了多久就会好的。很少有超过半天的。坚持一下。"

西夏在另一张桌上大声说："梁老师，没了网正好强迫你跟人类当面交流，挺好的。好容易来一趟冷湖，享受一下火星嘛。知道小龙虾为啥火吗？就是因为吃小龙虾要一直剥壳，不能看手机，只能跟人聊天。"

"要想和人类交流，谁写科幻啊？"张冉在一边插嘴道。不少人都笑了起来。

"对，大家好好享受一下我们火星嘛，不想和人类交流，可以多和身边的外星人交流嘛。"袁振民过于努力，大概以为这说法很"科幻"，余澄灰只觉得一阵尴尬。"现在太阳已经落下去了，等天黑了我们就去观星。冷湖的星空绝对震撼。相信我，超美的，绝对是你们在城市里做梦也见不到的。"袁振民倡议道。

这话倒是勾起大家的兴致来。过了好一会儿，才有人想起来说："没有4G和Wi-Fi，那能打电话吗？"

王侃瑜试了一下搜索信号，说："也不能。反正电信打不了。"

都打不了。连110、120也都打不了。当然，这个地方也没有110和120存在。

但既然说一般半天就能好，大家也就不再折腾了。自从有了3G网络，比起电话，网络就要重要得多了。一下子离开了互联网，谁还在意能不能打电话呢？

袁振民说得对，没了网，除了聊天大家也没有别的事情可以做。"大家都是文化人。"聊天的内容也天南海北,科幻这个概念这两年被炒得火热,一群人自然有无数的话讲。要不是程昔的事情,余澄灰这时候应该多认识些人,扩大自己的好友列表,深耕一些有用的人脉。但是这时候,他哪里有这个心情呢?

惴惴不安。从晚饭到天完全漆黑下来,余澄灰发现程昔再没有跟姜总聊过。他们甚至没有坐过同一张桌子。

现在是什么情况?他们聊过了吗?没有了网络,他想要知道情况就只能跟程昔当面说话;但是他们要谈的事情,又是绝对不能让外人知道的。这位大红人,著名科幻作家,可跟余澄灰不一样。余澄灰一个人孤独地坐着,不主动去找人说话就没人来搭理自己,但程昔程老师,哪怕走到角落,马上也有人围上来。

还真是应了那句"贫居闹市无人问,富在深山有远亲"。

一直等到天幕漆黑,有人兴奋地指着头顶大叫:"快看银河,太亮了!"袁振民这才宣布:"老师们,我们出去观星啦!今天天气条件很好,我们有专门工作人员给大家介绍星空星座!大家要拍星空的相机什么的都准备好。"

戈壁温差很大,这时候外面已经很冷。借着大家换衣服的时候,余澄灰一直等在胶囊舱边上。程昔大概是明白他要做什么,很慢地从行李箱里掏出羽绒服,一直等到其他人换完了衣服纷纷离开,整个睡眠舱里只剩他们两个人。

余澄灰确定周围真的没人,这才走到程昔跟前,低声问道:"怎么样?你跟姜总谈了吗?"

"我是跟他说过话,"程昔回说,"但是事情还没给他说。"

"为什么?"余澄灰问,"你……你为什么没说?"

"我怎么说?"

"什么叫你怎么说?"余澄灰声音大了起来,"什么意思?你不是说你想好了吗?什么叫……"

"小声点儿!"程昔厉声道,"别吵吵。"

余澄灰觉得程昔的眼神和之前不太一样,不再是几个小时前在石油基地里那种紧张恐慌的神色。他一下子气势矮了一截,放缓了声音问:"为什么没有说?"

"我刚见到他,一开口就说我要退出吗?你自己想想,这话突然说出来会让他怎么想?开口第一句话,对不起,我不跟你们合作了。这不像样。这不是很明显我是专门来找他说这事儿的?"程昔说,"就好像我是专程千里迢迢来冷湖,专门为了跟他说这事儿的。我不能让别人起疑心。你也不想让天线产生怀疑吧?"

但程昔就是专程来冷湖,专门为了跟他说这事儿的。

"所以,你打算怎么办?你打算什么时候说?"

"你别急。"

"我很急。"

程昔笑了笑,那个笑容……真的很放松。只听他说:

"放心,我今天晚上就跟他说。"

"真的?"余澄灰本来以为他是要设法拖延,另有什么阴谋,听到这句简直大喜过望,声音里都藏不住喜悦的心情。

"真的,"程昔说,"等下观星的时候,我会给他讲这事儿。我不光会按你说的退出,而且我会带上你去找姜总,把你介绍给他,告诉他我看了你的小说很欣赏《穹笼》,今天跟你聊了天,就更欣赏你这个人。怎么样?满意吗?"

余澄灰一时间不知道该说什么,嘴里都结巴了:"这,这……"

这是不是有点儿好得过分了?

"你会遵守约定的,对吧?"程昔问。余澄灰连忙点头。要不是颈椎的限制,他都能用脑袋震动出超音速的激波来。

根据工作人员的指示,所有人都关闭了手机、手电筒等一切能发光的东西。隔绝了一切光污染以后,星空看起来纯净如画。

冷湖的夜空跟在哈里哈图森林公园里看到的差不太多。

不光余澄灰这么想,梁清散、西夏、冰狗和七月也都这么想。漆黑的天幕上流淌着银色的河,太亮,太璀璨,与其说是挂在天上的星,不如说是压在头顶似乎伸手可及的无数来自亘古不息之地的银针。

唯一的不同,大概是冷湖的视野更好。没有森林和山脉的阻挡,整个星空从一面的地平线一直铺到另一面,"天似穹庐,笼盖四野",就是这样的感觉。

每个人都读过这句诗,但只有在这里,才能真正感觉到为什么叫"笼盖"。那是一种巨大的压迫力,一种神秘的、人类无法逃避的力量,绘织遍布头顶的压迫力。

另一个比哈里哈图好得多的地方,是火星小镇的工作人员会用指星笔给大家详细地介绍头顶的星空。

余澄灰之前从没听过"指星笔"这种东西,不光是他,从指星笔点亮的那一瞬间的反应看来,大家都不知道这种东西。其实那只是一个普通的激光手电,但是在冷湖的夜空里,那东西在工作人员手上一点亮,仿佛通天的光剑直穿入天顶,地面的黑暗完全掩住了工作人员的脸,就更给人留下了这是一位绝地武士的感觉。

而那个天幕,那个天幕被这道光戳穿了真相。仿佛不是真的天空,不是黑夜,而是一幅画,离地面的人们不过几百米,低低地"笼盖四野"。指星笔的光直打在了画布上,点着上面一颗颗画上去的星星。

很多人把这一瞬间形容为美,但余澄灰隐隐感到一阵恐怖。仿佛所有的夜空,自己从小到大所见的所有夜空都是假的,而这一刻,只有在这一刻,他看到了真相。

可惜手机的感光单元还拍不下这样的夜空,连梁清散的索尼黑卡也不行,只有带着笨重单反的人才在这时候扬眉吐气了一把。工作人员——可能是那位长腿美女郑莹莹，但余澄灰不能确定——用那道照到星星上面的光详细地讲给大家：

这颗最亮的是火星，能看到红色吧……

这是天琴座的织女星，这就是牛郎星，加上天鹅座，这就是著名的夏季大三角……

这是北斗，大家都认识……

……流星！大家可以平躺在地上，这样可以看到整个天空，这样就很容易找到流星。晚上有时候能看到好多颗……

一大半人都依言躺了下来。指星笔依然滑动着，不多久就有人喊："流星！""哪里？""看到了吗？""我看到了！"

星空下，有一种冷冽迷醉的味道。余澄灰也躺下了。有一瞬间他竟然忘记了程昔和姜总的事情。他不知不觉又想起从西宁开始的那个梦。似乎有一种力量在牵引自己，把他拉上去，离开地球，离开现实，到某种无法形容的国度中去。

天幕上的点点星光在眼中是相似的，但在本质上那么不同。红色的火星朝东沉下，泛蓝的水星正在逆行。这两颗太阳系行星那么显眼，实际上在宇宙中它们却是那么小。和它们差不多亮的天津四——夏季大三角之一——直径超过太阳的两百倍，离我们将近三千光年远。而流星，那些划破天际后瞬间消失不见，引起大家尖叫的流星，只不过是落入地球大气的些许微尘而已。

就在连续三颗流星划破天际的时候，伴着周围一群人的大呼小叫，一个影子在他右肩位置蹲下，拍了他的肩膀。黑暗中余澄灰看不清这人是谁，但他知道。那个影子没有说话，也不等他有反应，就像幽灵一样朝一边退走。余澄灰一个跟头翻坐起来。

他从遥远的国度中惊醒起。

哪颗星主张了谁的命运？庇佑你的那颗，到底是恒星、行星，还是汽化在大气中的尘埃？

他跟着影子，从许多躺在戈壁的身体边上走过去，走到人群外围，听到三角架上单反相机快门清脆的咔嚓声。"您这挺专业啊。"程昔笑道。

"哟，程老师，"姜总转过头来，"没有没有，随便玩玩儿。你别说，还真漂亮啊。程老师看了这个，应该又有很多灵感吧。对了。您写的那个《归路银河之歌》中的银河，是不是就是这种感觉啊。"

余澄灰觉得自己像影子一样，藏在程昔的背后。

"姜总，巧了，正好你提到《归路银河之歌》，我还真有跟那篇有关系正经事，跟你商量一下。"

"正经事？"姜总设好了相机延时曝光，这才转过来。他是身经百战的人，立刻明白了程昔要说什么："哦，是，影视改编权合作的事情吧？这种事情，不是从来都是您的经纪人处理的吗？怎么啦？"

"这事儿我还没跟经纪人说。我猜到时候他知道了肯定要气炸,说不定会打电话来骂我。"

"啊?为什么?到底什么事儿啊?"

余澄灰觉得自己心跳到了嗓子眼里。

"这事儿说起来,可能有点儿不好意思。可能太突然了,"程昔说,看不见对方的表情,但余澄灰能感觉到对面眉眼渐渐凝重,"除了我的小说,你们还在考虑一本叫《穹笼》的小说,对吧?是一个新人写的。"

"啊,程老师,这个。我知道我们也不是第一次合作了,我也跟你说实话。您的作品那么好,我肯定是特别愿意合作的……"

"不不不,"程昔打断他,"你误会了。我不是跑来公关你,要你买我的。我是……嗯,希望你们别买我的。去买那本《穹笼》的改编权。"

咚咚,咚咚。余澄灰觉得一阵阵地头晕,不是那么高的高原也缺氧得让他喘不过气来。

"快看!"

"哇!好多!"

"那是什么呀!"

旁边的黑暗中传来观星者的赞叹。"啊?"姜总愣住了。咔嚓,单反的快门关上。

"是这样的。我这几天看了那本《穹笼》,写得真不错。我实话实说,比我的《归路银河之歌》更好。"

"嗯?我没太明白。"

"我想说的是——当然我也很期待能跟你们有机会再

次合作啊——《穹笼》真的不错,我花了半天时间一口气读完了。你们应该买那篇,不该买我这个。"

"我……"姜总尴尬地笑了起来,"程老师,我说实话啊,我这辈子没听过有人给我说你这种话。当然,当然,您这提携新人是很了不起的,但是……嗯……我……"

"姜总你看过《穹笼》吧?"

"看是看过。也确实不错。要不也不会跟您的作品一路PK到终选二选一,但是您这个……嗯……我说句实话,要是说错了,您别不高兴啊。"

"请讲。"

"您……是不是《归路银河之歌》又跟谁谈了更高的价钱……我不是说您提携新人这有什么问题啊,就是……嗯……"

"没有,没有,真的没有,"程昔连连摇头,"我知道事情有点儿突然。我也是今天在冷湖这边第一次见到《穹笼》的作者余澄灰的。我跟他一起坐车来的,路上跟他聊了一下午。很有潜力的小伙子,要不我也不会突然有这个决定的。来来。"说着,他把余澄灰从背后推到了前面。"我把余澄灰这小伙子也叫来了,事情我没跟他商量过。我看他也有点儿懵。小余,你听明白了吗?"

余澄灰像个木头一样被推了上去。黑暗中谁也看不见谁的表情,但即使能看见,余澄灰这时候激动得满脸通红,也绝不会让人起疑。"我,我……"

"祝你们合作愉快。"程昔在一旁说,拍了下余澄灰的后背。余澄灰伸出手,姜总却没有马上握上去。他迟疑了一会儿,又问:"这个事情,您已经确定好了?"

"是的,我已经考虑得很清楚了。"

流星雨从天鹅座方向滑过,一颗,两颗,三颗,四颗……

姜总非常意外。他只在名人轶事里面听过这种高风亮节、提携晚辈的传闻,从业这么多年来从未亲见过。死缠烂打求合作的,许诺大笔回扣要阴阳合同的,一个人拉无数身份自我吹嘘你们现在不买将来高攀不起的,这种见得多,但今天这样的事情,真是第一次。他难免怀疑程昔是另有更好的买家,想要放自己鸽子,所以就找了这么个理由。

"如果是这样的话,您因为爱才主动让贤的事情,假如我们跟这位小余合作的话,可以用今天您这些话来宣传吗?"姜总问。

程昔略犹豫了一会,点头道:"当然可以。"

"好。"姜总也是见过风浪的人,知道话已至此,不管实际上到底是什么原因,程昔是不会愿意把《归路银河之歌》卖给天线了。他这才握住余澄灰的手:"余老师,那我们估计就要合作愉快了。还不快谢谢程老师?"

成了。余澄灰感觉一阵致命的眩晕,好像和梦里那无数银光从星辰上落下,刺进他的身体时候的感觉一样。"谢谢程老师……"他握着姜总的手说。姜总大笑:

"嗨！你给我说谢谢程老师什么啊，程老师在那边呢。"

他还没松手，周围传来了连连的惊呼声：

"那到底是什么？快看！"

"极光？"

"怎么可能有极光？我们又不是在北极。"

"那彩色的能是什么啊？"

"那个极光好像在往下掉。"

"真的！真的好像在往下掉！"

这些声音太大，先是姜总，然后是程昔都抬头望向天顶。

余澄灰最后抬头的时候，那些东西已经洋洋洒洒地往四面八方铺开，"天似穹庐，笼盖四野"了。

他的第一反应也是"极光"，但是不到一秒，就知道这个判断完全不对。

不光是因为冷湖不在南北极。极光是宇宙中带电的高能粒子冲入大气层之后，将大气电离而放射出的七彩留虹，因为地球磁极的捕获，这些高能带电粒子几乎只会出现在磁极附近的极光带里。冷湖离那也太远了。

可和极光一样，原本漆黑的夜空现在流动着七彩的光。

但这七彩的光不是丝绦一样在高空中流淌的，这些光，是毛茸茸的。

这些光芒有如实质，慢慢地往下降。像是尘埃、绒毛，但被替换成了虚无的光体，慢慢地朝下盖。

完全看不出那些光离自己多远。所谓的下降，是一种遥远的幻觉，还是可测量的真实。它们可能像天津四一样离这里有上千光年；可能像火星一样在太阳系的隔壁；也有可能和流星一样，就在大气层顶上。

甚至可能就在伸手能触及的位置。就在不远处那个通讯信号塔尖能接触的高度。

"这到底是什么啊？"有人问负责解说星空的工作人员，已经有好几个人按亮了手机。有了手机屏幕的光，余澄灰认出那个工作人员的脸，他猜得没错，确实是郑莹莹。

这个姑娘已经慌了。"我不知道啊。以前也没见过。"

"异常光波辐射。"西夏半是玩笑，半是认真地说。

这不是这一行这群人最后一次提到这条李淼在愚人节发的微博。

但这是最后一次还有人能对此笑得出来。

青海，茫崖，冷湖，火星小镇。流彩的光羽笼盖在天穹之下，将一切包裹起来。

第二章
光波与暗影

08　找水

如果能洞穿时间的话，人类就会经常产生很多妄想和幻觉，然后忘记自己其实是一种很钝感的动物。

这就是为什么很多人一定要在分手之后才察觉从认识的第一天起对方就是人渣，要在辞职之后才明白公司面试的时候怎么会有那么多匪夷所思的问题，要在朋友借钱不还彻底消失之后才想起他之前曾有那么多举动哪里哪里都不正常。

那来自天际奇怪的光持续了大概十多分钟，说长不长，说短不短。那些若有实质的光羽有点像冰狗开车时追逐过的那朵"哭云"，没有落到地面就完全消失了——甚至没法判断是消失在空气中，还是根本离太阳系还有八万光年。

如果现在这里的几十个人能洞穿时间的话，每一个人将来都会痛斥现在的自己有多蠢，会把这么明显的征兆视若无睹。但是就和历史上所有一切一样，就算他们重来一遍，也不过把一切原样重演。

几乎所有人都打开了手机，照亮了周围的脸。冰狗追过去找到了袁振民，很认真地问："这就是李淼老师说的异常光波辐射吗？"

当然不是。袁振民心里知道。她被称为"火星小镇镇长"，但用更准确的说法，她是"火星小镇"这个公司和政府合作的文旅项目的负责人。这个项目投资巨大，而每年的"火星科幻之旅"又是本项目最重要的宣传名片。当然不是。哪有什么异常光波辐射？如果有，李淼会在四月一号愚人节发这条微博？这不是废话吗？大家都是成年人了。

她不知道刚才这十多分钟的异象到底是什么。一点儿也不知道。袁振民的职业笑容在手机屏幕的光下有些异样："有可能吧。这我也不是特别清楚，李淼老师来冷湖的时候我还没来呢。而且这些天文学的东西……是天文学的东西吧？你们科幻作家肯定比我懂啊。"

是啊，写起小说来总是上知天文下知地理，中晓政治经济哲学，整个宇宙从诞生到毁灭的所有真理都藏在笔里。眼前发生的这点儿奇异的景象比起来实在太普通了，可惜这些科幻作家并没有聊出什么不一样的话来。

一个男人的声音问："会不会有辐射啊？"听起来和

所有反对在楼顶修手机信号塔的业主也没什么不同。

"太神奇了,到底是什么啊?"这是王侃瑜的声音,"跟我在挪威看过的极光完全不一样。是天文现象吗?还是大气层里面的什么?"

另一个看过极光的人是梁清散:"确实不太一样。应该是大气层的什么东西吧?感觉是在往下掉。"

张冉的声音突然插话:"有一期《走进科学》你们看过吗?"

"哪一期?"

"就有一期,是讲某个镇上有人看到从天上掉下来一个东西,然后他捡起来发现是一大团蓝色的冰……"

"然后呢?"

"然后那个人就以为是天上掉下来的宝贝,又不知道是什么,还掰下来尝了一点儿。据说还挺好吃的。"

"然后那东西到底是什么呢?"

"节目最后,专家说,是客机马桶冲出来的水,在高空冻成冰掉下来了。"

"哇!冉爷你这个好恶心啊,"王侃瑜叫道,"还掰下来尝了一点儿!"

"冉爷你想说什么?"旁边有人问。

张冉想了想,说:"我的意思是,不是很多UFO目击事件最后都证明只是航天器残骸之类的东西吗?刚才这个说不定也是什么,比如气象气球的碎片之类。"

"我觉得不像。"旁边有人说。

"那你觉得是什么呢？"

"那我咋知道啊？我不知道啊。"

"嗨！我还以为有啥真知灼见呢。"

那奇怪的光让观星的人群颇为热闹了一番。一通议论过后，谁也说不出什么特别有价值的东西来。抛开科幻作家身份，这群人里有物理博士，有大学教授，但谁也不知道刚才到底发生了什么。那段异象消失之后也没有重现，围绕它近半个小时的讨论不见什么结果，也就落回"异常光波辐射"的玩笑上去了。

"虽然不知道是什么，但还是挺好看的就是了。"最后也就这么一个没什么意义的共识。

这段喧嚣之后，时间就已经凌晨一点半了。"大家早点儿回去休息吧，"袁振民对大家说，"明天早上我们还要去戈壁徒步十公里呢，早点儿休息，存储一点儿能量。"

这群人也确实累了，很多人都坐了一天车，虽然冷湖不算海拔很高，但也不低，熬到深夜都很累了。于是三三两两各自回去休息了。

姜总在回去前又跟程昔再次确认。"那这事儿就算这么定了，明天我就给公司那边说。说实话，我个人是特别希望能再次和程老师你合作的。幸亏你今天告诉我，两天以后公司就要开会最后评审了。要是那时候再告诉，流程都走完了，就算您想要退出也来不及了。"

他们握手，道别："那我就先回去了。程老师，余老师你们也早点儿休息吧。明天徒步肯定不轻松。"

程昔和余澄灰又在荒滩下面逗留了一会儿，然后也避开人群，回基地去了。这时候还在观星的人已经很少，不过三五个了。

两个人一言不发地走着，路程走了快一半，程昔这才开口："满意了吧。"

这时候，余澄灰竟有些不好意思。眼前这个人曾经是他的偶像，曾给自己带来很多快乐。听到对方颓然无力又带着恨意的声音，余澄灰有些懊悔。程昔确实无耻地抄袭过别人，但自己做的这些也不是出于正义啊。他压低声音简短答道："嗯。"

"那你东西可以给我了吗？"他指的当然是那些杂志。其实那些"物证"并不重要，他们两个都知道。

"当然可以，"余澄灰说完又补充，"我能问一句，您打算怎么处理吗？"私下里的称呼也变回了"您"。

"还能怎么处理？难道我还会放保险箱存起来？当然是马上找个地方烧了。"程昔说。

"在这儿烧？"

"要不呢？"

"您最好不要。"余澄灰说。

程昔转过头来，一脸怒容。"你又是什么意思？"

"不是，程老师，我的意思是，这边戈壁看起来荒凉，但反而很显眼。你要是在这里烧东西，很容易被人注意的。您最好带回去，在城里找地方再处理。"

程昔冷笑一声："你说得对，还真谢谢你的好意呢。你给我就是了。"

余澄灰知道是绝不可能再修复跟程昔的关系了。但是事已至此，又还能怎么样呢？

回到睡眠舱的时候，不少人已经洗漱完毕睡下了，大多数舱门已经关上，胶囊四四方方的塑料外壳透着玩具般的未来气息。余澄灰把两个塑封袋从行李里拿出来以后藏在羽绒服下面，背着人递给了程昔。程昔看也没看，用力扔进了他的睡眠舱深处。

"这事算完了。其实很简单。"余澄灰朝程昔伸手。对方只是冷冷地看着他，直到看到外面有人靠近，他才讪讪地缩回手。

"这事儿算是完了。"程昔回答，疲惫地蹬掉鞋子，没去洗漱，直接缩进自己的睡眠舱。

你指望怎么样呢？余澄灰自我安慰着想，这已经是最完美的情况了，难道还得陇望蜀指望程昔会对自己很友好？他现在一定恨不得杀了你。

晚上睡眠舱的门一定要关好。余澄灰自嘲着想。终于结束了，接下来就可以真正享受冷湖火星之旅了，再不用做奇奇怪怪的噩梦，在梦里被害妄想被追杀。

在胶囊舱躺下没两分钟余澄灰就累得熟睡过去。直到半夜时分，也不知隔壁哪个壮汉起夜去厕所，整个胶囊传来地震一样的摇晃，把他吵醒。

大脑半梦半醒间，他看了下手机，还是没有网。然后又记起昨夜看到的光。那个光和西宁的梦、和哈里哈图的梦慢慢叠合了起来,余澄灰好像明白了什么。

李淼也做过一样的梦。然后他在四月一日的白天模模糊糊地记起来,却以为自己是在愚人节才把这幅画面编造出来。

根据公司的方案设计,第二天的徒步是希望让这群科幻文化群的文化人深度体验火星小镇所在的雅丹戈壁的独特环境魅力,让这些人留下深刻印象,回去以后替"火星小镇"这个项目好好宣传。

袁振民是一个内心强大、非常干练的女人。她在这个文旅行当干了多年,有些事情不必说得太明白。几年的合作下来,她已经知道跟最开始想象的不一样,"异常光波辐射"、外星人、火星等等什么的,一本正经地说给科幻圈里的人听,他们会觉得很尴尬。

但雅丹戈壁这种荒芜绝境的魅力是真的,是每个来这里的人都能感受到的。所以一定要让这些自己花大钱托关系请来的客人好好在这里吃吃苦,徒步这十公里。

她一早起来,发现依然没有网。和昨天一样,手机上显示的网络信号都是满格,但是什么也连不上,电话也打不出去。这很麻烦。如果手机显示没信号,说明是边上这个信号塔的设备本身出了问题。而显示有信号,但实际没有网,这应该是连接信号塔的线路出了故障。

一般网络故障是需要电话报修,比较滑稽的是,这地方就靠这么一个塔覆盖，一旦故障就没法打电话，自然没法报修。这个信号塔是专为火星小镇拉的专线，通讯光缆足有上百公里长。既然没法主动报修，就只能等电信局自己发现自己检修。

这几年断网故障其实很常见，所以习惯了也没怎么当回事。短则几个小时，长的时候一两天，两三天也不是没有，只是很少。当然，为了安抚大家，袁振民不会说曾有过一周没网的情况，否则这群现代人估计会焦虑得商量回去。

夜里那奇怪的光袁振民倒是没怎么在意。"只要出门就会发生意外，总不能一天到晚都躺床上。"实用主义的信条就是这么简单。

所以，作为火星小镇的负责人，是她疏忽这些异常，坚持原本的行程安排，才导致整整一半人突然消失的吗？

不是，是在这一半人消失之前，没有人认为有异常存在。

为了增加大家的干劲和趣味性，火星科幻之旅的三十六个人分成了两个队伍进行徒步。

一队的队长是浓眉大眼的张冉，据说他"精通野外生存"。二队的队长则是分形橙子，因为他是青海本地人。分队由抽签决定，很巧的是，程昉、余澄灰、西夏、七月和王侃瑜都在二队。一起来的几个人只有梁清散和冰狗接受张冉的领导。

徒步的规则很简单，两队的队长都领到一个信封，信封里各写着两个经纬度坐标。第一个坐标两队是一样的，通往五公里外一个被称作"流星湖"的小盐湖。而第二个坐标各自不同。两个队伍各十八个人按抵达顺序分别计分，最终优胜的队伍中午有冰镇西瓜吃，失败的一队只有午餐没有水果。

没有专门的指南针，但每个人手里都有手机。没有网络，但 GPS 和北斗导航信号都是有的。号称"生存徒步"，其实一点儿也不难。目标方位都能靠手机，真正的问题其实只有两个，第一是体力，第二是怎么选路。

火星小镇所在的雅丹戈壁不是一马平川，而是很多起起落落陡峭的山丘峡谷。比如昨夜观星的地方就在小镇旁边几百米的坡下谷地，比小镇矮了好几十米。虽然有定位，但是放眼看去完全是一丛丛戈壁的山丘，完全看不到所谓的"流星湖"在哪里、长什么样。

身为队长的分形橙子很客气，对自己队员们说："各位大佬，大家跟着我啊，万一走错路也不要怪我啊，我虽然是青海人，也没来过火星啊。"然后又认真地交代了一句，"没有手机信号，大家多注意自己队友在哪儿，别跟丢了，到时候没法打电话，还挺麻烦。"

出发的时候，七月高声说："我们去东边找水！"

余澄灰心头一跳。他没有说话，倒是七月旁边一个圆脸家伙跳了起来，紧张地一把抓住七月的胳膊："嘿，哥们儿，话不要乱讲啊。"他回忆了一下，记起圆脸家伙笔名"斑马"，是某部爆款电影的编剧。余澄灰暗暗记下，昨天没有精力，今天有机会要多跟他聊聊。

斑马大约也觉得自己太过激动，松开手对七月笑道："大哥，你知道你说的这话有来历的吧？"

七月也对他笑："当然知道，不知道我怎么会说这句话？"

"知道你还乱说？彭加木失踪的地方离我们这里也不是很远哦，"斑马说，"你也心太大了点儿。七月老师是吧？你是那种百无禁忌的人对吧？我还是有点儿那个啥的啊……小心点儿好，小心点儿好。"

七月只是笑。"没事儿的。"

是"我往东找水井"。余澄灰想。不是"我们去东边找水"。

而且他们是往北走，并不是往东。

三十六个人是一起出发，都是社会中坚的成年人，不是没见过风浪的孩子，但竞争始终是人类的本性。一旦分队，有了"归属"和差异，人们就起了求胜之心。

很快，二队队长分形橙子就跟一队队长张冉选择了不同的路线，三十六个人跟着队长分成了两个十八人的两拨。人们体力的区别也很快就显露出来。还没走到五百米，一个队伍就变成了一条长长的线，仿佛蚂蚁的行军。

戈壁的地面一点儿也不好走，别说跟现代人习惯的铺装路面比,就连乡间泥路小径和山林小道都比它好走得多。因为这里不是路,没有人在前面走过;更别说还要翻山爬坡,还不知道前面的坡转过去能不能走通。

何况这里海拔有两千七百多米,氧气已经稀薄了许多,不运动还好,一旦运动起来,便开始感到明显的呼吸困难。

所以队长的选择还真是目光独具。分形橙子是青海人,在华为工作的时候又常驻非洲,早就习惯了这样的环境倒也罢了,倒是一队的队长张冉,也不知道那里来的惊人体力,往前探路走得飞快。

分形橙子走在最前,二队里面王侃瑜、七月和斑马三个人体力最好,一直紧跟在队长后面。程昔年纪不轻了,不紧不慢地走在中间,慢慢地队伍内的距离越来越大,只能看见本队前面人的身影,各自拉开了上百米距离,大声喊话也听不见了。

余澄灰本来在前面努力追赶队长,四十多分钟之后翻过了一座小山仍然没有看到"流星湖"的影子,他拿出手机看了下时间,然后在一处山坡歇了下来。陆续赶超他的队友们经过的时候问他:"怎么不走了?这就累了?年轻人不行啊,要多锻炼!加油啊!"

他微笑着喘气:"休息两分钟,休息两分钟。"

等程昔过来的时候,他终于休息够了。程昔嘴里喘着粗气,看起来比不久前在北京见面的时候老了很多,但看到余澄灰的时候,他的目光仍然尖锐了起来。

"程老师。"余澄灰招呼道。周围方圆五十米没有人。

"你还有什么事?"程昔问,"我们的事情不是已经完了么?"

"到现在手机还是没信号。"程昔喘着气从他身边走过,余澄灰跟了上去。

"你想说什么?跟我有什么关系?"

"今天是七月三十一号,"他说,"明天就是八月一号了。"

"然后呢?"程昔想走快点儿甩掉他,但是并没有这样的体力。

"还没有手机信号,姜总就没有把这个事情给公司说,"余澄灰说,"今天是七月三十一号。明天他们天线就要过会了。"

他不是现在才发现这个问题的。昨晚半夜就意识到了,只是他以为按袁振民说的,最多半天就恢复手机信号了。从昨晚八点到现在的九点,十二个小时已经过去了。并不是说"半天"就一定是十二个小时以内,但是当十二个小时过去以后,余澄灰开始意识到,这个意料之外的小变故恰恰卡在自己致命的点上。

"哦,"程昔似乎恍然大悟,然后冷笑道,"确实是。不过你说的这个,跟我有什么关系呢?"

"这……"

"这是你的问题,不是我的问题。而且断网这种事情你找我说也没用,你最多也就去找袁振民。虽然我觉得你找她也没用。"并不是余澄灰的幻觉,程昔的声音有一股幸灾乐祸的味道。

余澄灰急迫地说:"要是一直没有网。那昨天我们找姜总说的那些话就白说了。要是姜总没有告诉天线公司你退出的事情,要是公司明天开会拍板决定买《归路银河之歌》……"

程昔忽然转过来,一把按住余澄灰的肩膀。他比余澄灰体型大整整两号,这个年轻小伙子身材就和大多数刚毕业的学生一样,像个鸡仔。"闭嘴!我们的事情已经完了!"程昔朝四面望了望,后面一百多米外还有本队的人正追着自己走过来,正看着他们。他一推余澄灰的背,让他走在自己前面,装作只是普通的结伴走着。

但眼睛在喷火。

"我他妈的再跟你说一遍,"程昔恶狠狠地说,"昨天晚上以后,我们的交易就已经完了。该我弄的我已经完完全全地照你说的办了。有没有网也不是我搞的,他没给公司说也好,说晚了也好,还是什么给公司说完了公司不听把他开除了也好,都他妈的是你自己的问题,是你的命!这不是我的事情!你不要再来找我。这件事到此为止!结束了!"

"但是如果没有网,他没有给公司说,那我们……"

"没有什么'我们'!"

"……好,我,好吧?那我这不是白搞了吗?"余澄灰本来只是有些担心,但是自己越说越觉得害怕。

程昔冷哼一声,说:"那你最好祈祷网能早点儿恢复。"

他们跟着前人的背影翻过一个不算太小的岩壁,岩壁直起直落,窄得只容一人在顶上立足。

"如果到明天网还没好呢?"

"那就是你的命了,小子,"程昔说,"那就是你的命里走不过这条道,怨不了别人。那不是我的问题了。"

听到这句话,余澄灰突然笑了起来。很难形容那种笑声,像是绝望的疯子从嗓子眼里抠出喉管,放在戈壁的狂风下吹响,让人毛骨悚然。"哈哈哈哈,程圆,你最好重新考虑一下你这句话。"

程昔最开始甚至没有反应过来这是在叫自己。程圆,这个户口本上的名字,除了自己家里人已经有多久没听到有人这么叫自己了。"你什么意思?"

"你以为这事儿你说完就完了吗?我告诉你,程圆,你以为两本杂志都给了你,你屁股上的屎就擦干净了?你忘了那封邮件了吗?你忘了我扫描了杂志,设了定时邮件,到时候会发出去的吗?"

程昔站住了。余澄灰刚下了一半岩壁,程昔猛地一把抓住他的衣服,拽得他从一米多高的坡上滑了下来。不等他出声,程昔就一把将这个只有自己一半岁数的家伙按在戈壁的石头上:"你!"

余澄灰觉得自己胳膊可能已经青了,但是满不在乎:"我怎么了我?我没有这个命,是吗?程圆,你说得对，我告诉你，我就是烂命一条。你以为那天我没有看到吗？"

"看到什么？"走在前面的人没有察觉到后面这两个人的异常，没有回头，后面的人被岩壁所挡。但后面的人走过来也不过最多三五分钟而已。

"那天在星巴克，你以为我没看见你看到我时的表情？你以为我不知道你跟我握手以后把手藏在桌子下面，是忙着用纸巾擦手？我这种三本野鸡学校毕业，大热天骑着共享单车一身汗臭的穷小子，不配跟你握手，对吗？"

"你在扯什么啊？"

"你说得对。我现在是一条烂命。我实话跟你说，为了这趟出来我花了一万多，我是借了钱的，怎么还我现在还不知道。如果到时候天线这个事情吹了，我不知道我会做出些什么来。你明白吗？程圆，我不知道我会做出什么来。你最好不要挑战我。成功作家余老师会信守承诺，烂命一条没钱还网贷的余澄灰可不会！"

程昔没有松手，但把他按在岩壁上的力气越来越小。一阵风吹过，砂砾从他们头顶落下来，钻进头发里。

"但是我们说好了的，"程昔说，"你跟我说好了的！"

"这件事我他妈的说完，才他妈的算完。只要我不说完，它永远不算完。你最好能明白。"余澄灰甩开了程昔的手，从岩壁上直起身来。

"但是……但是……"程昔像漏气一样萎缩了，辩白道,"但是没有网,我能有什么办法?"

"那你最好祈祷网能早点儿好,"余澄灰把那句话原样奉还,抖了抖自己的衣服,"要么祈祷就算姜总不打那个电话,天线的人也能明白《归路银河之歌》是一篇垃圾。"

头顶传来了人的脚步声,余澄灰不看程昔,自己往前走去。"烂命一条的余澄灰和抄袭犯程圆都是没地方可去的,离开冷湖回北京的只能是新锐作家余老师和著名作家程老师,这事我一开始就明白,我希望你最好也能明白。"

"程老师?怎么在这儿歇着呢?"后面传来了惊讶的招呼声。

程昔冷冷地望着越来越远的背影,开口却还是客客气气的温柔:"有点儿累,休息一分钟。走吧走吧。"

差不多走了整整两个小时,二队领头的几个人才终于看到了传说中的"流星湖"。

按大小而言,这东西在南方最多能算个池塘,水很浅,是一种浑浊的淡抹茶色,靠近水岸的地方积着白色的盐——毫无疑问,这水绝对不能喝,也不会有什么生命在里面存活。

没有看到一队的人,自从张冉跟分形橙子选了不同的方向之后,最开始还能看到"友队"稀稀拉拉的长队,差不多一个小时候之前彼此就完全岔开了。倒是袁振民和郑莹莹两位女士在湖边等着他们,一见人来,就笑着招呼道:"来来,有可乐,你们怎么才来啊。太慢了吧。"

"一队的人呢?"王侃瑜还没走到就远远地问。

"一队都休息完,向他们的目的地出发了,"郑莹莹回答,"分形橙子老师您不行啊,路线选得不好啊。"

"能力有限,至少没迷路。"分形橙子在湖边躺倒下,接过一瓶可乐。王侃瑜、七月和斑马也跟着自己队长坐了下去。休息了一会儿,斑马走到七月身边,用胳膊肘推他。两个人两个小时在路上也聊了不少,斑马指着湖说:"我们平安找到了水。"

七月笑了:"要是彭加木去找的是这样的水,那也还是得……"

"乌鸦嘴!"斑马和王侃瑜异口同声地说。

十八个人慢慢都到齐了。余澄灰在路上摔了一跤,挡风遮光的皮肤衣倒是没事儿,但是胳膊还是破了皮。组织方经验丰富,郑莹莹准备了创可贴和碘酊,给他温柔地擦拭。手臂有淤青,伤口也有些血丝,姑娘一面给他上药一边温柔地问:"余老师怎么摔的啊,伤得倒是不厉害,就是位置挺奇怪的。"

余澄灰看着这个漂亮的姑娘发了会儿呆。

"我有个小说要拍电影了。"他突然对姑娘说。

郑莹莹愣了一下,惊讶地说:"真的呀!恭喜余老师啊!"

"我觉得你可以在里面演个角色。"他接着说。

郑莹莹把创可贴给他贴好,然后大力地拍了一下,痛得余澄灰直咧嘴。"演什么啊?兔子吗?"她说完就跑开了,余澄灰一直追着她看。

郑莹莹操作着大疆的MAVIC PRO无人机给大家拍了留念视频。

分形橙子听说一队离开了不到二十分钟,又有了争胜的勇气,给大家鼓了半天劲,拉着队伍再次开拔。袁振民和郑莹莹一起跟着他们走了。

"一队二队的最终目的地不是不一样吗?但是两个目的地没离多远,也就五百米左右,"袁振民给分形橙子说,斑马他们几个也在一边听着,"你们要是跑得快也完全来得及。还是有胜利的希望的。"

有了前半程的经验,后半程大家就要快得多了。一个半小时之后,十八个人加上袁振民和郑莹莹,到达了信封上标注的经纬度,这次比赛的终点目的地。

二队虽然之前落后了半个小时之多,却在终点赢得了最终比赛的胜利。

周围空无一人。完全没有一队任何一个家伙的哪怕一丝痕迹。

09　消失

斑马、七月和王侃瑜三个人比分形橙子抵达终点还早。队长分形橙子在确定终点就在前面五百米之后就停了下来,招呼自己二队的队友,给他们呐喊鼓劲,承担一个好队长的职责去了。这三个人远远就看到一个巨大的蓝色保温箱,便欢呼起来。出发前就说了,那里面是一早就放在那里的午餐——不达终点者不得食。

毕竟是一上午近四个小时的高原戈壁跋涉,这三位已经是平日里锻炼得不错的——王侃瑜一直在练巴西柔术,七月每月慢跑上百公里,斑马则在老家重庆每天爬坡上坎——他们都累得够呛。时值正午,烈日如刀,三个人躲在岩壁的阴影下面歇息了一会儿,缓了口气。恢复了些力气之后,王侃瑜问:"是我们赢了还是一队赢了啊？"

"应该不是我们吧？"斑马回答,"在流星湖的时候不是说一队比我们早出发二十分钟吗？"

"所以他们一队人呢？"七月问,"冉爷跑得那么快,应该早到了才对。"

虽然没有一队的坐标,但是两个队伍的终点距离只有五百米。七月登上岩壁朝周围望去,果然就在西面远处发现了另一个蓝色保温箱。"我找到他们的终点了,"箱子也是放在阴影里,避免阳光的直射,"但是没有看到有人在终点那边。"

"走,去偷他们的吃的,"王侃瑜眼睛一转,出主意说,"去不去?趁他们还没来,把他们的吃的都偷了。"

"哇,你这个女孩子这么狠吗?我喜欢,"斑马叫道,"走,七月你去不去?"

七月笑了两声:"走走走!要去就快点儿。等下人来了被发现了就悲剧了。要是冉爷发现要来打人,侃瑜你负责打,我负责跑。"

"没问题!"王侃瑜爽快地答应。

三个成年人像中学生一样搞起恶作剧来,朝那边溜过去。自己队伍第二批人已经到了,一位来自北京的名叫付强的男科幻作家大声问:"你们去干吗?"

王侃瑜神神秘秘地做了个手势说:"嘘……"

等他们摸到一队终点的时候,二队已经又有八个人抵达。斑马和七月拆开保温箱的封扣,王侃瑜站在高处放风,一面往四面看,一面问:"真的,冉爷他们人影都没看到,走哪儿去了?"

"找……"七月才张了嘴刚想说话。

斑马马上打断他说:"你可以了,别乱说了。"

一箱子里面是整二十四份盒饭,来不及细看有什么,他们一人拿了两盒,然后嘻嘻哈哈地往回跑。本来也只为好玩,二十四人份去掉六份,也够一队吃。

等他们再回来,袁振民和郑莹莹已经跟着二队最后的队友到达了,看着三个人抱着盒饭,袁振民问:"你们,这……拿这么多干吗?"

"偷一队的,"斑马很干脆地承认,"趁他们还没来,偷他们的吃。袁镇长你分一盒不?多吃点儿肉!"

袁振民还没说话,郑莹莹先笑出声来,说:"你们几个老师也够有意思的啊,说出去都是著名人物,还玩这个啊。"

"嗨,"七月答道,"谁还不是个有身份——证的人。谁让他们这么慢呢?再说了,还留了十八盒呢,够他们吃的。"

这时候二队的人已经挨不住饥饿,纷纷从保温箱里拿出盒饭,或蹲或坐在戈壁滩上吃起午饭来。袁振民问:"一队的还没到?不应该啊,他们比你们还早出发啊。"

她跟这些客人不一样,她是这里的负责人,心中不安起来。"人是没到齐,还是都没来?"袁振民一面问,一面环视四周,"工作人员呢?这边的工作人员呢?"

"这边还有工作人员?"最早到达的七月问,"没看到啊。"

"没看到?"袁振民更奇怪了,"没看到工作人员,午饭哪里来的?"

斑马正站在一边大口吃着盒饭里的烧牛肉,听这话抬起头来说:"就从保温箱里自己拿的啊。"

"那运箱子过来的我们的人呢?"

斑马的筷子停住了:"没……看到人啊。不是就在这里放着的吗?"

"有啊,没人怎么把箱子运过来的啊?我们的人一早开车送过来的,然后要在这里等你们啊!"袁振民急了,"人呢?"

这下斑马、王侃瑜和七月全都皱起眉。王侃瑜说:"袁镇长,没有看到工作人员啊。就只有两个箱子,"她指着前面不远的二队的保温箱,"这边一个,然后那边还有一个。"

"没看到人?"袁振民越发疑惑,"那边也没人?"

三个人一同摇头。他们这饭自然吃不下去了。

他们三个离大部队还有几十米,其他人饿得狼吞虎咽,也没人有空理会他们。

"一队的……"袁振民意识到自己声音太大,朝人群那边看了一眼,马上压低声音,"一队的人也没看见?"

又是摇头。七月问:"侃瑜你刚才没看见有人朝这边走吗?"

也不等王侃瑜说话，袁振民和郑莹莹就掏出手机，从旁边一个高坡往上爬。王侃瑜也跟了上去。七月和斑马对视一眼，都掏出了手机。

有信号。七月拨了张冉的电话，斑马也拨了一位名叫黄奕杨的导演的电话，号码拨完，电话里没有任何反应。什么声音也没有，没有"对方暂时无法接通，请稍后再拨"，没有"对方已关机"，没有"对方不在服务区内"。什么也没有，一片寂静。

有信号，他们连得上这边的通讯塔，但是这个通讯塔根本连不上任何电信服务。电话根本无法呼出。

王侃瑜、袁振民和郑莹莹三个女人跑了下来。"怎么样？有看到人吗？"七月问。

"只看到他们的车，"说话的是王侃瑜，"工作人员从基地往这里运午饭用的汽车。"

斑马想问"车上有人吗？"，张了嘴，却没有发出声。

"我去车那边看一下，"袁振民这时候已经维持不住一直以来的礼貌笑脸，"郑莹莹你看着，让二队的人不要乱跑，我去了马上回来。"

"我们跟你一起去。"七月说。

"不用。"袁振民摆手。

"万一要人帮忙，你一个人不方便，"七月不同意，"还是要有男的一起。"

袁振民只犹豫了一小会儿，答应了下来："行吧。"

"我也……"王侃瑜还没说完，就被袁振民打断道：

"不行，你留着。"

七月跟着袁振民急走了两步，发现斑马还呆呆地站在那里，就叫他："喂？！走啊！"

斑马回过神，又迟疑了一下："哦。"这才慢慢地挪动脚步，跟了上去。

什么也没有，是一辆空巴士。

这辆车是准备把午饭运来之后，再把这群辛苦徒步了一上午的尊贵客人接回火星小镇基地的。车上配有一个司机外加两个工作人员。车子里还放着一箱备用的矿泉水，不久前拖动保温箱的摩擦痕迹都还在。

但是车上没有人，一个人都没有。从登上车门第一刻，一眼都能看到车上是空空荡荡，袁振民还是一排一排仔细地看过去，走得很慢。就像是寻找一个不知道去哪里的小东西，翻遍了每一个角落之后又把已经看过的地方再重新翻一遍，好像那个小东西能从明明找过了的地方凭空出现一样。

一排排座椅走过去，空荡荡的，一个人也没有。没有人缩在角落，没有身体躺在座位下面，什么也没有。

车钥匙拔下来以后被扔在了扶手箱边上，这个在无人区没两年就养成的坏习惯被袁振民骂过很多回，直到现在依然没改。袁振民把钥匙揣了起来。

斑马还在用他的手机拨号，还是一样的：信号有，虽然不是满格但是有，拨号没有任何反应。

"还是没有信号、没有网？"袁振民问他。

斑马惊讶地抬起头，说："袁镇长，不是你说的很快就会有网了吗？为什么网还没好？"

袁振民不知怎么回答，到底什么情况？人呢？一队的人呢？应该在这里守着的工作人员呢？

为什么偏偏这时候手机没有信号、没有网？

"人能去哪儿呢？"七月说，也不知道是自言自语还是提问，"好端端的这么个地方，人还能去哪儿呢？"

反正没有人回答。

袁振民思考了一会儿，说："我把车开上去，我们在集合点等他们。等半个小时。"

车开起来之后，她又说："先什么都别给人说。"

留在原处的二队里面，除了王侃瑜和郑莹莹，还没有人发现事情不对。包括队长分形橙子在内，大家都累得没有关心别人的力气，吃完自己的盒饭喝完水，这才终于觉得自己重新活了过来。

"怎么还是没有网啊？"有人抱怨道，"不会一直都没网吧？"

"今天走了这么多路，微信运动我说不定能拿第一。"

"没有网，你知道什么叫没有网吗？微信运动不用网的吗？"

"不是吧，那我不是白走了？"

"队长，不是说有冰西瓜吗？冰西瓜呢？"

"是赢了的队伍才有冰西瓜。"

"那我们赢了吗?"

"队长,我们赢了吗?"

"不知道。要问袁镇长。袁镇长人呢?"分形橙子这才找到了郑莹莹,"袁镇长他们人呢?"

郑莹莹张着嘴,却不知道该怎么回答。还是王侃瑜救了她:"他们去一队那边了。等一会儿吧。"

车的发动机传来爬坡咆哮的声音的时候,大家都激动了起来。终于可以瘫倒在柔软的座椅上休息一下,车爬上坡,在众人身边停下,已经吃完午饭的人们立刻拥上车来。

"哇!好热,开空调!咦?袁镇长,怎么是你在开车?"

"冉爷他们队伍人呢?"

"袁镇长,不是说还有冰镇西瓜吗?"

人就是能这么无视掉眼前明显的异常,没有人注意到早上了车的斑马和七月古怪的脸色。令人很惊讶的是,袁振民这时候仍能故作无事,再次摆出自己职业的微笑:"各位老师,上午的徒步就算告一段落,我们在这里休息半个小时,然后就回基地。"

有个声音从后排传来:"所以到底是一队赢了,还是二队赢了啊?"

"就是啊,就是啊。袁镇长,谁赢了?"

袁振民坐在驾驶座上,没人能看到她的脸色如何,但是离她最近的斑马还是明显感觉到她声音颤了一下："这、这个答案，等我们回到火星基地就知道了。大家少安毋躁。"

她打开驾驶室那边的门跳下车。王侃瑜悄悄走上来，凑到斑马和七月边上，压低了声音问："什么情况？"

七月没说话，朝她示意，下了车。王侃瑜和郑莹莹跟了下来。

等了好一会儿，斑马坐在车上没有动。

车上没有人奇怪为什么要在这里傻等半个小时，等什么。好几个人累得躺下闭眼睡觉去了。醒着的倒是有人问张冉他们一队是不是坐了另一辆车早回去了，是不是冰镇西瓜已经被一队吃光了，引来一阵叹息。

更多的人还是烦恼为什么还没网。没那么累了，屁股和腰靠上了柔软的垫子，就习惯性地刷起手机来，然后发现没有网。"我的微信运动啊！""我朋友还等着我发冷湖的照片呢……""还别说今天，昨天银河的照片我都没发朋友圈，唉……"吵吵闹闹，浑然不觉。

余澄灰闭着眼睛，但这些声音一而再、再而三地扎进他的心里。

王侃瑜和郑莹莹跟着七月下了车，袁振民一个人走到离车十几米远的山坡旁，望着远处的戈壁怔怔发呆。三个人走到近前，郑莹莹连问了两声"他们人呢？"，不见自己领导回答，七月告诉她，人不知道去哪里了。

"那现在怎么办?"郑莹莹问。

等了几秒,袁振民回答道:"我们等半个小时。等半个小时再看不到他们,那肯定是工作人员带他们回基地了。那我们也回基地。"最开始的惊惶慢慢压制了下去,袁振民把事情往自己可以接受的方向去想,"说不定他们已经回去了。"

"走回去?放着车不开?"七月不合时宜地问。

"……可能是怕我们没车,把车留给了我们,"她说,"有这种可能。可能他们有点儿什么事情。"

"那为什么不留个字条?"七月说,"就算没法打电话,但至少可以留个字条啊。"

袁振民终于控制不住了,对七月吼道:"那你说是怎么回事儿?!你什么都知道,你来说?!"

不光七月,王侃瑜和郑莹莹也都吓了一大跳。七月更是愣在原地,嗫嚅道:"我……我不知道啊……"袁振民的目光要把他瞪穿:"问问问,你哪儿来的那么多问题?那你说他们人去哪里了?就这么五公里不到,他们人能去哪里呢?两个小时……两个小时二十六分了,从他们离开流星湖到现在,就这么大点儿的地方,人能去哪里了?我也可以问啊,你来告诉我啊?啊?"

郑莹莹吓坏了,她见过自己领导发怒,对着下属骂人,当面对着公司老板拍桌子,但还从没见过袁振民这样失态。"袁经理!袁经理!您别急,"她忙上前拉住袁振民,"别急,别急。"她也不知道该说什么好。

袁振民甩开郑莹莹的手,深吸了两口气。只用片刻她脸色就重归和缓,旋即对七月低下头:"七月老师对不起,我有点儿上火。对不起。"

"没事,没事。关键是,嗯……我们现在怎么……"他想问"我们现在怎么办?",话说了一半去发觉这还是一个问句。他不知道这时候该不该再问袁振民问题。

还是王侃瑜接过来话:"那我们就在这里等半个小时吧。"她又补充道,"我们各自在边上找个视线比较好的地方,都注意一下周围。袁镇长你是这个意思吧?"

袁振民感激地点了点头,补充道:"不要走远了。"

车上想必会有人好奇他们在搞什么,为什么不现在就回去。但这时候顾不得那么多。他们身处戈壁的一处高地上,四面亿万年风蚀留下许多不知该叫石柱还是小丘的起伏;虽然只有几米高,但挡住了人的视线。

袁振民爬上一个小丘,朝流星湖的方向望去。

四年前,她第一次来这里。她永远记得自己第一次亲见雅丹地貌时候的心情。

雅丹,来自维吾尔语,意思是具有陡壁的小山包。这种地貌的基质是亿万年前的河湖相土状沉积物形成的沉积岩,经过长期风蚀,形成了许多走向平行的土包、岩壁和沟槽。

这样的地貌使视野层层被阻,四野所见净是荒芜,无处可去,不知道前路何方。

"如果你不想去做这个项目,那你可以走。"在北京望京的会议室里,四年前,空降来的副总当着所有高层的面这样对袁振民说。她四下环顾,曾许诺过这个副总位置明年一定是她的董事们没有一人跟她目光相接。

那时候她已经三十四岁,在北京早就成家立业,每个月等着还房贷,正是上有老下有小的年纪。

"董事会决定,公司管理层需要年轻化。多引入三十岁以下、更有拼劲的年轻人。不光是我们,这是这个时代的需要嘛,要跟得上时代啦。"先前老板开会的时候轻描淡写地说,一群四十往上的高层纷纷点头。

往哪里走呢?

四年前,袁振民就是在这个位置望着这片戈壁。

三十过半的一个女人,北京和冷湖两头飞,四年里一大半时间在戈壁,一小半时间在北京。与其说这是负责一个项目,不如说是流放。四年前,公司里谁都觉得这个项目绝无成的可能,不过是年轻副总带来的公司"结构优化"的一环而已。

也就是在这个位置,她看着绝望的戈壁,想到了科幻这一条不是路的路。"异常光波辐射",尴尬吗?尴尬。但这是她下了多少功夫软磨硬泡终于请来了李淼之后才拿到手使用的。找科幻作家,写宣传稿,上媒体,砸钱。在公司仅有的那点儿预算上跟老板拍板,顶着副总的冷笑签生死状,咬着牙承诺压得自己呼吸不过来的业绩。

然后一点点,黄色的戈壁上出现白色的基地舱。有了客人,旅行社和学校推上去了冬令营夏令营,一年一年，回到北京，从"哎呀，你们火星那边咋样呀？钱够花吗？"阴阳怪气的声音，慢慢变成了"火星那边怎么样？听说不错啊"。

这个死缓俱乐部，在她脚不沾地的努力下，走到了二〇二〇年。副总大人大概是没想到会走到二〇二〇年，更没想到会走到这样的二〇二〇年。文娱市场发生巨大变化，副总大人操刀"结构优化"的重点项目在二〇二〇年可以分成两类，第一类叫作政策明文规定禁止举办，第二类叫作群众注意新常态下卫生安全，能避免尽量避免。唯独这个死缓俱乐部地处戈壁，一没有人员聚集，二连细菌都活不下去，忽然之间竟然连预约报名都要靠抢了。

于是开会的时候老板又轻描淡写地说："这几年的发展证明，还是有经验的沉稳可靠，是我们公司的中流砥柱啊。"一群经验丰富沉稳可靠的高层端着保温杯纷纷点头。

当然，有的人脸色铁青。听到过有多少人风言风语自己能待多久？袁振民没有算过。

不过应该还没有四年前背后议论自己能待多久的多吧？

没有看到人影。任何人从流星湖出发，往这里走只有两条路可以选，不管怎么走，也早该走到了。

他们一定是回去了。应该是出了事儿，可能摔伤了，可能是高原反应，然后开车的小张和徐青他们两个人把一队领回基地了。不会是骨折什么的吧？那就麻烦了。这一路坡还挺高的。为什么会选这么难走的路呢？唉。不，应该不会，如果是比较严重的事故，那肯定会开车回去。车既然还在，那肯定不会出什么大事儿。

不会出什么大事儿的。

连字条都不留一个。没带笔吗？没带笔随便找个石头划拉一下也行啊？这两个小伙子太不会做事了。回头得考虑换掉。

等一下回去开车顺着流星湖到这边的方向走一圈，看看能不能遇见他们，或者能不能发现什么踪迹。要是有人会看脚印追踪就好了。

前几年还记得拿无线电对讲机，现在修了通讯塔后也疏忽了。回去就采购一批能在方圆十公里通话的大功率对讲机，还要搞一个应急联络流程出来，好好培训一下员工。

袁振民脑子里一笔带过到底发生了什么，往自己熟悉的项目管理和经营思路上去了。她慢慢地镇定了下来。

三十分钟很快就过去了。没有人过来。不要紧，回基地里就能看到一队的人了。只希望他们没出什么大事故。应该不会。当然不会。

她往回走的时候，抬头看到头顶的太阳。正值中午，太阳悬在天顶中央，透过墨镜直视去，那太阳周围好像有一圈重影。

倒也没有多想，袁振民和三个人会合。刚一见面，七月就说:"你们有没有觉得断网断得太巧了?跟昨天晚上观星时候看到的那个会不会有什么关系?"

他显然是这半个小时顶着烈日一直在想这个问题。袁振民却没有心思纠缠:"回基地再说。我开车,回去的路上你们几个在车上注意一下周围,看会不会看到一队的人。"

车一路颠簸着朝基地飞奔。袁振民开得很快,乘客们在座椅上坐不稳,巅得都要飞起来。巴士从戈壁风蚀的沟底开过,本来预计回来的时候带大家好好欣赏一下这里的景色,这时候就不可能顾得上了。大半乘客都睡着了,斑马也闭上了眼睛,不知是真睡还是装的。

另外三个知情人连眨眼都不敢,一路搜索,不放过一丝可能的影子。但什么也没看到。

车又开了半个小时,这才看到火星小镇的白舱。从小镇东边那个唯一可容车驶入的缓坡开上去,袁振民加大油门冲到主舱门口一个急刹,摇得一车人都醒了过来。她连开巴士车门都忘了,自己推开驾驶舱门就跳了下去,冲进基地里。

"门还没开呢,袁镇长!"西夏大喊,"急什么呢?"却没人理他。

过了五分钟,袁振民仍然没有回来,车上的其他人慢慢意识到事情有点儿不对。

终于镇长回来了,爬上驾驶室,也不理大家的话,打开了车门。

二十个人走进四个小时前离开的火星小镇里，里面空无一人。前台，工作舱，睡眠舱，主舱一楼、二楼，两个卫生间，一个人都没有。

　　不光一队的十八个人没有回来，连整个火星小镇十二名工作人员的班组都消失了。

　　依旧是，没有网。

10　星彩

"他们人呢?"

开口的是陈茜老师。她是上海人,一头短发,经常被不认识的人误以为是男孩子。陈茜有些社交障碍,从到冷湖以来就尽量避开人群,少和人说话,一直就没什么人注意到她。

每个人都察觉到事情不太对头。

袁振民没有回答。

"他们人呢?袁镇长?"陈茜又问,"一队他们人呢?"

"我不知道……"

"什么叫你不知道?"陈茜问,她急了,"之前你不是说他们已经回来了吗?这都已经快一点了,她中午的药还没吃呢,她的药还在我这里,应该中午吃饭的时候就吃的。她不能停药的啊！"

"谁不能停药？什么药？"七月问，他和陈茜网上很熟，也不知道她说的是什么。

陈茜愣了一下，发觉不该说这么多，人往后一退。大家一脸茫然地站在基地餐厅，西夏上前大声喊道："怎么了，怎么了？大家别急，都找地方坐下歇一会儿。休息一下。"他一面说，一面拉过袁振民到一边，压低了声音问，"怎么回事？"

"你们别偷偷摸摸的，"有人叫嚷，"是出什么意外事故了吗？"

眼看就要乱起来了，西夏人往袁振民和郑莹莹两个工作人员（还都是女士）前面一站，把她们两个和这群花钱请来的贵客们隔开，用力地挥了挥手说："大家先安静，都是出去有身份的人物，别一点事儿就起哄好吧？不管有没有情况，我们自己别乱，行吧？"这就没法私下问了，"袁经理，是出什么事情了吗？"

称呼变了，袁经理，不再是镇长，悄声无息地卸下许多她承担不了的责任。

"我不知道他们人去哪里了，"袁振民说，"我以为他们应该回基地了，但是基地里没有人。而且不光是一队的人，我手下的员工也都不见了。我不知道他们去哪里了。"

"她中午的药还在我这里，药还没吃……"陈茜慌张地说。

七月拉着她，低声问："什么药？谁的药啊，为什么在你这里？"

陈茜犹豫了一下，这才小声对七月说："百忧解……"

七月这才明白过来，百忧解，治疗抑郁症的药物，重度抑郁症必须服用。他记起一队有另一个上海来的年轻女孩子，眼角总是垂着，因为不熟，他也没搭过话。"你先别慌。"重度抑郁症病人发病很容易主动停药，最好有信任的人帮助。

"她要是不吃药……"陈茜快哭了出来。

"他们能去哪里呢？"西夏问，"就这么大的地方，从这里到流星湖，从流星湖到终点，不就这么大点儿的地方，他们能去哪里呢？我们不是开车一路都经过了吗？"

"我开车回来的时候沿路仔细找过，让七月、斑马和侃瑜他们也帮忙注意了的，都没有看到啊。我也不知道他们还能去哪里啊！"袁振民完全慌了。

陈茜一把抓住七月的袖子，问道："你早就知道他们不见了？你为什么不告诉我？"

七月全无防备："我……"

"她要是出事儿了可怎么办？！"

西夏说："都是成年人了，这么大点儿地方就算迷路也没啥的。这才几个小时而已。"

"其他人是无所谓，她没吃药犯病了怎么办啊？！"陈茜说着抽泣了起来。

就在七月和西夏都不知道该怎么办的时候，年长的女作家林晓老师走上来，抱住陈茜的肩膀说："没事儿，没事儿，茜茜，不会有事的。我们一起想办法。别哭，别哭。"

"姐姐，"她一面哭一面说，"我们现在必须去找她。时间久了，她的精神会崩溃的。"说着，她起身就要往外走。"姐姐，你能陪我去找她吗？"

"等一下！"七月这时候终于反应了过来，陈茜瞪了他一眼，他往后缩了一下，还是上前拦住了她，"等一下，你去哪里找？你会开车吗？"

"你会开，你要来吗？"陈茜瞪着七月大声道，"你如果早告诉我，我肯定不会丢下她自己回来这边！"

七月理亏，但是一把拉住她说："好了好了。你现在脑子不清醒，我问你，我们不知道她们在哪里的原因是什么？"

陈茜被问蒙了："你在说什么啊？"

"是因为手机没有信号，我们联系不上，"七月说，然后转过头叫，"分形橙子，你以前在华为上班，你懂不懂通讯基站？"

二队的队长分形橙子正呆坐在椅子上，被七月一喊茫然地抬起头来："啊？硬件我多少懂是懂一点儿，你是说……哦。但是我是做技术开发的，不是做维护的……"

"别管那么多了，"七月问袁振民，"手机基站就是旁边那个对吧？没几百米远那个土堆上那个。"袁振民点头,他才回头来对陈茜说:"你别忙,我跟分形橙子现在去看看那个基站,说不定橙子能修好。"

"我……"分形橙子刚要说什么,就被七月和西夏同时摇头示意,他就闭了嘴。袁振民说:"楼上有五金工具,是他们科学夏令营用的,东西很齐,需要什么……"不等他说完,分形橙子就已经起身上了楼。

一时下面变得非常安静。谁也不说话。本来听说一队的人连这里工作人员全都不见了大家都很慌,陈茜这么一哭,别人反倒都不好再对袁振民她们公开发难了。

没两分钟,分形橙子挎着一袋工具下了楼,对七月说:"那我们走?"

七月嘱咐林晓:"姐,你照顾她一下。"

还没走出半步,陈茜再次一把抓住七月:"如果那个基站修不好怎么办?她都晚吃药两个钟头了……"

林晓忙说:"没事儿,没事儿,"一面轻轻拍着她的肩,"要是修不好,姐姐再陪你去找她们。姐姐会开车。"

"对,"七月说,"我们肯定不能让这些人就这么不知道下落啊,袁镇长也不能让人在她眼皮子底下出事啊。对吧,袁镇长?"

"啊?哦。"袁振民慢慢回过神。

"真修不好,我们也得一起去找他们。"七月说。陈茜的手这才慢慢松了劲:"不要骗我。"

"不会。"陈茜终于放手。七月跟着分形橙子出了门。

基站就在方形舱体连成的火星小镇边上,也就一百多最多两百米远。

等出了大门,分形橙子这才说:"七月老师,我可不能保证能修好啊。"

"我知道,"七月回答,"就算修不好,你能弄清楚什么故障不?"

"没有专业设备,我也不敢保证,就……看吧,"他想想又补充,"不过以我在非洲那边恶劣环境的经验啊,大多数故障都是接头腐蚀、接触不良什么的。看吧,也有可能很简单。"

"早知道应该昨天没网的时候就让你先来看看。"七月说。

"这,谁能想到会出这种……"

两个人都不说话了。

爬上小土坡,走到基站铁塔下面,分形橙子说着:"箱子的钥匙我肯定没有,我拿了个锂电钻,直接撬就……咦?"

"怎么了?"七月顺着对方的目光,望向基站铁塔底座上的设备箱。铁塔虽然高,但上面只是信号放大天线,核心工作设备都锁在这下面的设备箱里面。

必然上锁的,要不分形橙子也不会准备拿电钻撬。

但是,用不上了,锁头上都是被暴力破拆的划痕凹坑,不是电钻,是用一字螺丝刀硬敲进锁芯,硬拧开的。

两个人对视一眼,都是大惊。"快打开看看!"七月叫道，分形橙子掏出一字螺丝刀，顺着撬孔拧开，锁芯已坏，不分吹灰之力。

不出所料，箱子里本来就乱七八糟的线路被人为剪断了许多，翻出几十根铜丝来。

"谁干的？"分形橙子问，"这是怎么回事儿？"

两个人都觉得一阵透心凉。"人为蓄意破坏，"七月说，"有人专门要断我们的网。那……"

他没敢往下说。

那，今天三十个人消失不见的事情……

"能修好吗？"七月问。

"如果只是剪线的话好办，等我接上去看看。"

分形橙子从这团乱麻里有条不紊地理线，无数来回穿梭、团在一起的五颜六色的线让七月头晕。他叹了口气，抬起头，朝远处望去。

"要花段时间。"橙子说。

"能修好就行。"

七月站在一边，回头望向火星小镇基地。那里面，有人故意破坏了基站，让大家和外界失去联络。

为什么？

那些人，一队的十八人，还有基地十多个工作人员，到底出了什么事儿？

一队绝不会是迷路走丢了。

他想着想着，视野里静默的雅丹戈壁慢慢地让人感觉有些奇怪。

最开始他以为是飞蚊症，就是那种人多多少少都会有一点儿的病，视野里出现若有若无的飞虫一样的影子。随着人年纪变大，眼球内部老化，多多少少都会有一点儿。那是眼球玻璃体内部的浑浊物引起的，越干净的视野里越容易产生飞虫影的幻觉，作家这种成天盯着白屏幕稿纸的人尤其常有这种感觉。

所以七月是过了好一会儿，揉了两遍眼睛，才意识到视野里的东西不是眼珠里的。

最初是半透明的影子，那种折射率不同的透明物——水、玻璃——在光扭曲之后勾勒出的若隐若现的轮廓，很多，铺天盖地的。也不像飞蚊症一样会因为玻璃体的流动在视野里缓慢飘动，而是静止在空气中，慢慢地、慢慢地显形。像羽毛，像绒丝。

等到七月被风吹得脸上冰冷，他才惊觉，风很大，从沟谷中刮过。亿万年来塑造了雅丹地貌沟壑的风从来都很大，但是这些东西，一动不动。

七月被镇住了，脖子僵硬，伸手过去拍身边的分形橙子："橙子，不太对头。你看得到吗？"

他没有低头去看橙子，这东西像是出问题的游戏特效，像是自己公司的游戏引擎出故障以后，画面崩坏把特效乱填的样子，七月生怕一转头眼前这些奇怪的景象会消失。"橙子？橙子？！"

起先，分形橙子没有回话，七月叫到第三声，这个青海本地人反倒突然叫起来，吓了他一跳。

"该死!"

七月这才低头,问道:"怎么了?"

"线我接完了,没用。该死!"橙子说,"电路被那人用高压击穿了。"

"击穿?"七月这才看到橙子手里拿着一根满是尘土的黑条,很眼熟,是打火机里火花打火的东西。

"妈的,废我老半天劲!芯片都弄坏了,为什么还要剪线啊!该死!"分形橙子大为光火,"肯定是外行人,又懂一点儿。修不好了,没办法。"

"橙子。"

"交换机芯片坏了就没法了。"

"橙子。"

"妈的,累死我了。"

"橙子!不太对头!你看看周围,你能看见吗?"

分形橙子满头大汗地抬起头来,脸色瞬间就变了。

"我×!怎么回事?!"

他错过了七月看到的那段过程,但他看到了接下来更惊人的一幕。这时候原本茫茫无垠的戈壁已经看不见了。

天地之间被淡淡的光的绒丝填充,乍一看是整洁的白,但那白正慢慢地丝丝分开,沿着光谱展开成数不清的颜色,一根根很细的丝一样,光的纤维正焕着七彩在天地间恣意生长。

他们出来的时候,远处的地平线清晰可见。十几分钟前，七月以为自己得"飞蚊症"的时候，地平线就看不清了。等那些在大风中纹丝不动的影子白得不可能是幻觉的时候，今天徒步走过的那些戈壁山谷就已经被遮住了。

等"白"——这个无数波长的辐射总和在眼中呈现出的颜色——把自己拆开，显出里面亿万波段的幻彩时，百米外的基地只剩下一个模糊的影子。你甚至不知道是真的看见了那堆方舱的轮廓，还是大脑记忆填上去的想象而已。

"交……交……交换机芯片坏了，"分形橙子抓住一丝自己能理解的思绪说，"修不好，修……"

"别管基站了！"七月说，"我们回去！快回去！"

快回去，快回到那个破坏基站的人藏身的火星小镇里。

他们往回走。先是走，可脚步不自觉地越来越快，从而变成了疾走，变成了跑，最后逃命一样狂奔了起来。

"小镇"已然看不见了。

空气里面有什么。

废话。

不，是光里面还有什么。光掩盖住了什么，有什么……

也就不到两百米，半分钟不到的路程，好像特别长。

七月听到身后传来奇怪的声音，他惊魂回头，却是分形橙子在喃喃自语。

气都要喘不过来了，还有力气说话？

然后他汗毛倒立起来。

分形橙子嘴里不断重复的是：

"异常光波辐射，异常光波辐射，异常……"

方舱的轮廓几乎是撞进了他们的视野。突然，白色的塑钢墙就出现在眼前，他们跑偏了，但没有偏太多。幸而基站不过一两百米远，要是再远一些，这点儿偏差再多五米，他们就会和基地当面错过。

分形橙子冲上去，却发现后门关上了，推不开，锁着。

他们是从正对基站的后门出来，也就是男睡眠舱的那扇门。这扇门被关上了。

"开门！"橙子一面敲一面喊，"开门！我们回来了！"

门里没有人回应。

为什么要关门？为什么没人回答？人呢？

两个人都没有说话，停下的脚步又加快，顺着舱壁的白墙绕着往正面的入口跑。白色塑钢墙上淌着五颜六色的光，没有一丝黑色的影子。两个人的脚下也没有影子，不光脚下没有，淡淡的光融化了他们脸上、身上和衣服上所有的沟壑。

终于到了正面的门，关着。

七月和橙子面面相觑，两个人被锁在了外面。橙子正要砸门，七月抓住他的手，伸手指向餐厅那边的落地透明窗。

外面的虹光照进去,能看到里面簇拥挤在一起的人影。外面亮,里面暗,再加上窗户镀膜,看得不是很清楚。

橙子跑到窗户边,脸贴着玻璃往里面看,然后用拳头砸起了玻璃。咚咚的声音响起,里面立刻传来一片惊惶的尖叫。里面的声音吓得七月一哆嗦,橙子也不管,脸贴着玻璃吼着:"开门!开门!怎么回事儿?开门!是我们!"

尖叫又持续了一秒,这才听见乱七八糟的说话声,然后三个人影小心翼翼地靠近了窗户,走近了,才认出是西夏、袁振民,还有余澄灰。

"干什么呢?快开门!"橙子继续喊,拍打着玻璃。看清了两人的脸,袁振民这才掏出了钥匙,跑到门后,打开锁上的门。

就听见掏钥匙的时候手一直抖,哗啦啦的一片响。

门一开,两个人立刻挤进门。"你们怎么回事儿?"七月话还没问完,就听见一个尖尖的女声在里面惊叫:"快关门!关好门!"

这个声音比平时说话高了八度,显然是被吓坏了,但还是能听出说话的是王侃瑜。袁振民忙不迭地拉上门,重新锁上。

"你们没事儿吧?"余澄灰问,上上下下地打量了两个人一番,虽然是问话,却保持着一定的距离。

"外面的光,是怎么回事儿?"分形橙子问,"你们看到外面的光了吗?什么都看不见了。"

"为什么要锁门?"七月问,"把我们锁在外面干什么?"

"你们在外面看到什么了吗?"西夏问。

人人都在发问。放眼望去,除了他们五个人,剩下十多个都远远挤在餐厅正中央,茫然无助。

"看到了什么?外面的光,你们看不到吗?"分形橙子说,"铺天盖地彩色的光,你们看不到吗?"

西夏还没回答,就听见王侃瑜尖叫:"不是那个!光里面有什么,有什么东西在彩光里面!我看到了。我在睡眠舱那边看到了。"

"侃瑜,冷静一点儿,"安慰她的还是年长的林晓,"可能是你看错了。"

"没有!"王侃瑜叫道,"真的没有。真的有什么奇怪的……"

"好啦,你的想象力太爆棚了,"说话的是程昔,声音不大,凭他的圈内的地位话里自透着一股威严,"刚才你不还说七月和分形橙子两个肯定也回不来了吗?这会儿不是编小说的时候,小姑娘你消停一会儿吧。"

"我真的……"王侃瑜还想争,这时候另一个更高的女声压过了她:"侃瑜你闭嘴!闭嘴!闭嘴!我听够了!他们都好好的,他们都没事!你不要再乱说啦!"是陈茜。

刚回来的两个人这才大概猜到这段时间发生了什么。

"你们没看到什么奇怪的东西吗？"为求保险，西夏还是多问了一句。

"你是说怪物？"七月回答，"比外面的光更奇怪的吗？没有。"

听到他的回答，挤在一团的人们这才松了一口气。

"如果不算基站是被人为破坏的话。"分形橙子说。这群人好像忘了他们出去是为了什么，听到这话才重新想起来。

"什么？"西夏、袁振民和余澄灰异口同声。

分形橙子简单地说一下基站被破坏的情况。话还没说完，又听见王侃瑜说："外面就是有什么，就是那个东西破坏的基站，看吧……"周围人都露出不耐烦的表情，分形橙子也烦了："听着，你说的那个什么怪物还是什么的，它抽烟吗？"

"啊？什么？"

"它抽烟吗？"

王侃瑜没明白："什么意思……"

"我是说，你那个怪物，它抽不抽烟，是不是会随身带着一次性打火机，如果不是，它干吗要拿打火机的压电火花器去烧芯片？"

王侃瑜瞠目结舌。

"如果你那个怪物不抽烟的话，我猜昨天破坏基站的人应该不是它。OK？"分形橙子目光慢慢扫过房间里，

"昨天晚上,破坏基站的是一个人类,不是什么怪物。"他又等了一会儿,"你们还记得吗?昨天晚上最先是没了网络,然后到晚上观星的时候就看到异常光波辐射,然后今天他们人就不见了,再然后……"

再然后,就是现在。

在场的这二十个人都是业界精英,虽然都还在惊惶当中,但里面没有一个傻子。

"你的意思是说,"西夏问,"现在发生的这些事情,是……"西夏明显犹豫了一下,"是我们这里有人预谋安排的?包括失踪?"

一大半人,转头盯着袁振民。很显然,这里所有人都是袁振民公司邀请来的,火星小镇的一切都是他们的手笔。

异常光波辐射,也是他们官方宣传里的内容。

"袁镇长!"陈茜叫起来,"搞什么呀!拍真人秀节目吗?别玩儿了!她们人呢?"

袁振民正瞠目结舌不知道怎么回答,陈茜背后一个壮硕的大汉说道:"这恐怕跟她们没什么关系。他们公司手笔再大,再肯掏钱,外面这光恐怕也不是他们造得出来的。"

说话的是北京大学物理博士、科幻作家付强:"以我知道的这点儿物理知识,他们能弄出这样的场面,怕早拿诺贝尔奖、科技进步一等奖了。这个光,我不知道你们注意到了没有,我一直在看,外面风这么大,这些光根本不随空气流动。它的发光源到底是什么？就算是极光，也是带电粒子跟空气电离层的反应啊。"

在基站的时候，七月就注意到这点。那绚烂的光谱似乎是无所依凭地在空中展开。若说光源跟空气有关系，那些光却任狂风呼啸从中间穿过，岿然不动。若说光源跟空气没关系，眼前这个房间里，只有从外面映进来的光，不见外面那种悬空变幻的虹流。那不知道该说是有形还是无形的东西，总之是被有机玻璃窗户挡在了外面。

七月回头看了一眼自己背后禁闭的门。他完全想不起刚才进门的时候，来自不知何处的光彩是不是也跟着自己涌进了这个房间。

"这里面谁抽烟？"实在不知道王侃瑜到底以为自己看到了什么，之前这个女孩子是几个知道一队失踪的秘密的人之一，那时候那么镇定，现在却像惊弓之鸟一样，"你们听橙子说的，是一个抽烟的人干的。你们谁抽烟，站到那边去！"

付强说："我就抽，怎么了？程昔老师也抽。你要干吗？把我们关起来？这里抽烟的男人也有一半吧？你没听到我说什么吗？不管基站是怎么回事儿，是人为破坏的也好，不是人为的也好，反正现在外面这些奇怪的现象不是人能做到的事情。"

"就是，别发神经了，"有人小声嘀咕，"还不够见鬼是怎么着？"

"这不是我说的啊，"王侃瑜说，"这是分形橙子说的，他是专业工程师，他说这一切都是人为的，是一个抽烟的人。"

"分形橙子说的是，基站是人为破坏的，我没看到，这个我不发表意见，"付强说，"但是他说的不是现在外面这些都是人为的，这也不可能是人为的！外面这些奇怪的现象，橙子也不专业，对吧，分形橙子，你是这个意思吧？"

两个人都盯着他，分形橙子瞠目结舌起来："我，我，不是，我就……"

"你从外面回来，你看到有什么怪物了吗？"付强追问。

分形橙子这才摇摇头说："这倒是没有。"

"就算基站是被人为破坏的，就算是一个抽烟的人破坏的，也不一定是屋里我们这儿的哪个人。一队那么多抽烟的人，张冉也抽烟……"付强还要继续说，忽然旁边一个平缓的声音传来。

"不会有手机信号了，对吗？"

是陈茜。

分形橙子摇头。

"那现在怎么办？"陈茜说，"我得去找她。我们怎么去找他们？已经都快四点了，她四个小时前就该吃药了。现在怎么办？之前你们说有了手机信号就好办了。现在基站修不好了，该怎么办？"

"茜茜，别急。"林晓这头王侃瑜还没安抚下来，陈茜又冒了起来，她也不知道还能说什么。

"姐姐，你开车陪我去找她们吧。之前说好了的。我们走。"

林晓僵住了。"这……那时候外面没有……而且，而且，侃瑜说她……"

"你不是说侃瑜是看错了吗？外面就是光而已啊。你说好了你开车带我去找她的啊。"陈茜伸手去抓林晓抱着自己肩膀的那只手，林晓不由自主地收了回来，人往后一退。

"骗子。"

就连付强也说："现在不能出去，外面是什么情况，谁也不知道。你别着急……"

"别着急，别着急。你们还会不会说别的！你们都是骗子！你们之前说好了，如果没信号会陪我去外面找人的。他们三十个人失踪了，你们都不关心，不去找他们吗？你们光顾着自己！在网上一个个都哥们儿朋友姐姐妹妹的，当着你们的面失踪，你们连找都不去找！"

没有人接她的话。"姐姐？我不会开车啊。要不我就自己去了。袁镇长，你答应过我的……"陈茜目光一个个扫过，大家的眼睛纷纷望向地板，不敢回应。

"我陪你去吧，"谁也没想到会是七月说了话，他像是自言自语，"我是从外面回来的，外面没有什么。之前我也答应了你，我开车陪你去找他们吧，这样奇怪的现象，不能放任他们丢在外面。"

陈茜还没说话,西夏先开了口:"七月你别冲动。"

"跟冲动没关系。我从外面回来,外面确实没有什么,就是这个光,不知道怎么回事儿。但是我也从光里回来了。关键是那么多人失踪了,不能就真的不管了。"他说,"袁镇长,保证所有人安全是你的责任,你得带我们两个去把一队的人,还有你手下工作人员都找回来。"

袁振民不知所措地看着他,七月继续说:"这地方你熟悉,我们开车出去,最多一个小时,至少把方圆几公里都转一圈。这是你的职责,对吧?"

袁振民已经被连番的怪事打懵了,人有些迟钝。没错,这是自己的职责。她点了点头,摸着包里的车钥匙:"那我们开车去把小镇方圆十公里找一圈……"

"袁镇长!"付强在一边叫道,"如果你出去,现在这里面这十多个人怎么办?现在这里只有你们两个工作人员。郑莹莹一个人知道这所有东西怎么处理吗?你不能出去。"

"老付,你官威挺大的啊。这不是你们学院吧,我们也不是党员,你一个学院党委还管不到这里吧?"七月抓过袁振民手上的车钥匙,"袁镇长,走啊。"

付强把大门一拦,他的身材比七月大了整整两号,更别说跟陈茜这个上海姑娘比。"干什么?"七月问,"把门让开。"

"袁镇长,这里面水电食物,可都只有你知道怎么回事儿。我们不知道东西在哪儿,也不知道怎么用。你要出去，这十七个还在的人怎么办？"

"那外面的人就不管了吗！"陈茜大叫，付强没有理她，只是坚定地盯着袁振民。

袁振民退了回来，有些愧疚地看了陈茜一眼，从付强身边绕过，往餐厅人群那边走去。陈茜想要伸手抓她，被付强强壮的身体挡住了。见袁振民退回去，付强松了口气，把挡住的门让开了。

"我认真地劝你们，不要出去。这外面不是我们见过的任何一种东西。"

"你知道这话没用的，"七月说，"而且我已经外面从那里面走过一遍了，没有什么的。"

"在临界质量之前，原子弹只是一个金属球而已。"

"如果这东西有危险，难道这透明有机玻璃能保住你们？"七月说着，打开门锁，推开了铁门。

这一次他终于看到，光的丝绦迎面涌来，像烟一样顺着门缝涌了屋里。他盯着这些虹彩的"烟气"，那浓重的无形彩色很快在室内纠缠了起来，重新汇成淡淡的白光，然后就散在了虚空里。

外面像是一个眩晕的梦，只有五米内的东西能看到一点儿轮廓。车有雾灯，有远光灯，但是有用吗？他不知道。

两个人很慢、很慢地走下方舱的台阶，走进光里。

"别去。"门关上前最后的喊声听起来只是走一个最后的形式，反而是门关上的嘭的一声，听起来那么的急切、真诚。

隔着餐厅的落地玻璃，七月和陈茜的形状被一重重光慢慢吞没，褪成两个黑色的轮廓。

没有人说话，甚至连呼吸的声音都没有。随着两个轮廓变成线框，变成火柴人，西夏、斑马和付强几个人追着影子，慢慢走到了玻璃边，头凑了上去。

两个影子终于不见了。

过了一分钟，两分钟。什么也没有。

那辆车离门口不过五十米远。两辆车（本来应该是三辆）并排停着，一辆考斯特，一辆越野车。袁振民这时候才反应过来，应该给他们小车越野车的钥匙，不该给能载二十个人的考斯特。五分钟过去了，没有车引擎打火的声音传来，没有看到车亮起的灯。

忽然，从不知道什么方向传来一声凄厉的尖叫。即使关着门、没有窗户开着，也没挡住这声惨叫。甚至听不出这是陈茜还是七月的声音，不知道是女人还是男人发出的，甚至不知道是不是人的器官能够发出的。屋里的人面面相觑。"怎么回事？"付强问。

"去开门，"西夏说，"出去看看。"

"不要！"缩在后面的王侃瑜大声叫道，"不要开门！不能出去！"

一声巨响结束了他们正要开始的争论，一团黑影从空中划过抛物线横飞过来，猛地撞在付强面前的有机玻璃上，整个正面的透明墙"嘭"地摇晃起来。

贴在墙边的三个男人吓得往后一退，付强跌坐在地上，在背后一片男女的同声尖叫中，这才看清砸过来的是什么。

半个身子。从腹部被扯断，只剩下上半身，脏器从腹腔下拖出，沿着透明玻璃弯曲的弧度慢慢下滑——七月的上半身。

七月瞪着眼睛，嘴竟然还能动，他挣扎了一下，似乎是想要说什么，但是已经不可能发出声音来。

紧接着，外面传来一声低沉的吟声，声音来自头顶上，似乎就在舱体正上方，那声音频率很低，但不是野兽能发出的那么单调的咆哮，里面嵌套着曲折语一样婉转的复杂变化。低频音透过舱顶传了下来，响在每个人耳蜗里。

然后发生了不知道该让人宽心还是更惊恐的一幕。一个瑜伽球大小的灰色胶状球体慢慢地从头顶垂直降了下来，落在七月还没死透的身体上。胶状物挤压变形，盖住了鲜血淋漓的残体，一点儿一点儿地，蠕动着，把这具残骸挤压着，吞了进去。离得最近的付强甚至能听见能看见骨头向内爆裂的声音。

也许是那胶状物自己有黏性，也许是它用无数变化的肌肉缠绕，反正胶状物爬着，把爆出的肉块粘了回去。也不知道是几秒，还是几分钟，甚至更久，亲历这一幕的人已经失去了时间的概念。但这从天顶拉着长索降下的东西终于把那些肉块舔了干净，慢慢地缩回成一个球。

那东西,慢慢地离开地面,朝上,朝看不见的空中,朝一个若隐若现、不知道是真实还是幻觉的不知道离地多远的黑影升了上去。

斑马突然爆发出大笑,笑声里已经完全失去了理智的痕迹。

"我们去东边找水,"他说,"我们去东边找水。你们知道吗?七月给我说,我们去东边找水。"

斑马指着玻璃上的残迹:"这是他说的,是他自己说的。"

11　污迹

　　最开始差不多每个人都在尖叫。有的人喊:"那是什么东西?那是什么东西?"有的人喊:"救命,救他,快救救他。"有的人只是单纯地尖叫。
　　但最后还是归于了安静,很长、很长时间的安静。
　　有无数问题,但谁也没法回答。怎么回答呢?那是什么?那是怎么回事?那是从哪里来的?
　　这里,不是连细菌都没有吗?
　　"火星小镇"真的不大,即使现在里面只装着十八个人也显得拥挤。没有人离开餐厅去别的房间,没有人敢靠近玻璃。
　　余澄灰望着玻璃上那团肮脏的污迹,这才真正意识到,自己原来担心的那一切,现在都没有意义了。什么钱啊，什么天线传媒版权采购啊。自己费尽心力来到冷湖，谋划了一大堆，想要掌握自己的命运，冥冥中却另有一个命运在等着自己。

程昔在他旁边，拿起桌子上的水。那只手一端起杯子就开始颤抖，水从杯口洒了出来。余澄灰忙伸手去帮他，程昔像是触电一样猛一哆嗦，一杯水整个泼了两个人一身。

"您没事儿吧？"余澄灰突然有些愧疚。如果不是自己，程昔本来压根儿就不想来冷湖。

程昔抬头看了他一眼，满是惊恐，没有回答。

歇斯底里之后随之而来的安静，是那么可怕，不知不觉，一个小时过去了。突然西夏从背后过来，小心翼翼地看了余澄灰周围几个人的脸色，最后轻轻拍了下余澄灰的小臂，说："你过来一下。"

余澄灰这才注意到，付强、袁振民和郑莹莹三个人不知道什么时候离开了人群，走到了房间的角落里。付强和袁振民正低低地争执着什么，声音压得很低。也有人偶尔抬头看他们一眼，但没有人有这个精力关心他们在干什么。

路过王侃瑜身边的时候，这个姑娘抱着自己的膝盖缩在桌子下面，四面用椅子把自己围住，嘴里一直念念有词地念着："我就说过有东西有东西，我就说过……"

估计其他人不太能听见他们说话的时候，西夏问："你还好吧？我是说，能帮上忙吗？"

像王侃瑜、程昔或斑马他们那样，就是帮不上忙了。

余澄灰点头："还行。"付强审视地看了他一眼，点头招呼示意，他跟袁振民说话正说到一半："那水至少这么多人喝一周肯定是够了，还有多少吃的呢？"

"吃的是昨天送的，半成品是按六十个人三天的量准备的，另外还有一些方便面饼干之类的，十八个人，正常消耗的话，够一周，问题不大，"这些具体实在的、可清点掌握的事情让袁振民恢复了神志，不再像先前那么失措，"我真正担心的是电。"

"电？"西夏问，"你是说，发电机？"

袁振民点头："发电机在房间外面。吃的都在这后面，水虽然大部分都存在外面的二号舱旁边，但至少这边省着用不洗澡什么的也够用。但是发电机，万一出问题，我们就得……就得走出去。"

"我们的计划是守在这里面，等人来救？"余澄灰问，"会有人来救我们吗？不是没法跟外面联系吗？"

袁振民说："冷湖镇每周有两趟车来给这边送补给，上一次是昨天，他们应该后天会再来的。到时候他们肯定会发现不对。驻防的部队他们肯定会来救我们的。"

"不知道这个东西到底有多大范围，"西夏说，"如果范围很大的话，说不定已经有人知道出事了，已经在想办法。"

这个笼罩在火星小镇的光到底有多大范围呢？没有人知道。当这些虹光在空中出现的时候，他们都在餐厅里，等待着七月和分形橙子的消息，等待着手机信号恢复。他们都没有看到这些"光"是怎么在空中显形，从虚无中分裂出彩色。等发现的时候，这个小镇基地已经被死死地笼罩住了。

光，是不会留下缝隙的。

但听西夏说的这话，余澄灰似乎看到从雅丹戈壁的某种缝隙里，这些光朝四面八方喷薄而出，从无人荒漠向有人的地方漫涌过去。光像黏稠的液体一样从火星小镇喷出，淌过戈壁，淌过石油基地荒芜的遗迹，朝冷湖镇，朝茫崖市扑过去。

那钓鱼一样从天空上抛下黏球、吞掉七月尸体的巨大怪物，就隐在光里，借着虹彩的浮力，朝城市遮天蔽日地去了。

这画面让余澄灰一哆嗦，他忙说："我们能坚持一周，肯定会有人来救我们的。"

目睹了那一幕之后，没有人再有勇气去想一队那十八个人，还有原来应该在基地里的那十二个人现在是什么情况了。大家都默契地不再提及。

"最大的问题是电，"付强说，"但是就算没有电，也不是什么太严重的问题。有水有食物，能维持生存，够了。"

余澄灰突然觉得自己听到一个声音低声说："如果没有什么从外面进来的话，那是够了。"

那个声音很耳熟，像是七月的声音。这不合时宜的话,也像是他会说的,如果他还活在这里。

"吃喝没有问题,但大家的精神能支持多久?"西夏说,"这就不太好说了。"

顺着西夏的目光回头,一边是缩在桌子底下、用椅子腿把自己团团围住的王侃瑜,像是受惊的小鹿瑟瑟发抖,死盯着脚下的地板,根本不敢抬头;另一边还有一个重庆男人,编剧斑马,他一个小时以来一直昂着头,死死地盯着七月留在玻璃上的那团污渍,走得近,还能听见他的手一遍又一遍地在桌子上划拉,用手指在桌上写字:"去东边找水,去东边找水……"

甚至不好说谁更糟糕一些。

"保持大家的理智,"西夏说,"现在,最清醒的可能就是我们几个了。"

听这话,余澄灰突然有一种无比荒谬的感觉,竟然有一天,自己能得到这样的评价。

付强说:"应该不至于,现在大家都吓坏了,过会儿他们就慢慢恢复过来。"

"过会儿他们脑子就会重新转起来,"西夏说,"那时候才是最糟糕的。"

"不至于吧?"付强说。

"你还年轻,"西夏摇头,"到时候你就知道了。你永远不会想到在极端条件下人会变成什么样子。"

付强并不认可,张了张嘴,又觉得也没有继续争的必要。余澄灰突然想起来,这两个人是校友,都是北大的毕业生。

"小余。你跟我去清点一下吃的,"西夏说,"差不多也该准备晚饭了。"

其实没有人觉得饿,但是现在,他们是靠着理智而不是本能明白,不饿,也必须吃东西。

他们两个跟着郑莹莹去了后面的储物间。

储物间的门是关着的,平时只有拿东西的时候才会有工作人员用钥匙打开,自从他们从外面回来以后,这扇门就一直没有开过。开门前,余澄灰突然有一种惊慌的预感,整个人僵住了。

叫出声的却是西夏:"等一下!"

这时候门已经被郑莹莹拧开了锁,听到西夏的声音她回头,手上的一点儿力气带开了门。

门吱啦——一声,有些润滑不良地慢慢打开。

没有开灯,一片漆黑。但是,并没有什么被锁在里面。只有货架、箱子,以及从纸箱里露出的各种包装。

余澄灰听见自己和西夏都缓过了一口气。"我们得准备点儿能当武器的东西。"西夏说。

武器?对付什么呢?那个把七月从腰生扯成两节,然后弹出黏球粘回去的怪物吗?余澄灰听见心里的声音问。这时候很奇怪,他突然想到那个瑜伽球一样,直径超过一米的东西到底像什么了。

像深海安康鱼头顶的"钓竿",再加上变色龙那个能弹出几个身子长的弹簧舌头的混合体。

按这个比例，弹出这个器官的怪物，那个隐在光里的东西到底有多大，到底应该长什么样子？

应该是一个比蓝鲸更大，投下的影子比这座火星小镇更大的东西。

武器？余澄灰忍不住笑出声来，连忙捂住了自己的嘴。西夏听他呲的一声，回头看他捂着嘴，却以为他害怕："等下我们去楼上看看，那边有扳手、电钻什么的。"

扳手，电钻。余澄灰用力地点了点头，而心底只想狂笑。

库存的食物很多，绝对够用。主要是类似方便米饭这类的东西，一袋袋无菌包装里面都是做好的小份饭菜，只需要加热一下就可以吃。而且就算不加热，也是熟的。正如袁振民说的，吃喝这些，不成问题。

西夏看到了什么，突然愣了一下，然后走上前，从靠后的地方拖出一个箱子。他犹豫了片刻，撕开包装，从里面掏出一个易拉罐，就听噗的一声，带着淡淡酒香的泡沫从易拉罐开口涌了出来。

他也不说话，咕咚咕咚一口气把整整五百毫升的啤酒灌了下去。

有那么一瞬间，余澄灰真的感觉西夏从这个分崩离析的世界里逃了出去，那神情如果拍下来，绝对是个完美的啤酒广告。西夏打了一个酒嗝，长长舒了一口气，这才问："你们要吗？"

郑莹莹点头，余澄灰却不敢要："这个你们喝了藏起来，别被其他人看到了。"

西夏惊醒，连连点头，递给郑莹莹一罐之后，恋恋不舍地把另一罐已经抽了大半出来的啤酒塞了回去。然后用别的东西把啤酒箱遮了起来。

他们取了十八人份的速食餐，打开加热箱烧了一大箱水，把这些真空包装的东西整个丢了进去，捞出来，没有拆开，连袋子放进不锈钢的餐盘里，端了出去。

他们五个人一个一个地把餐盘端给大家，惨剧已经过去了将近两个小时，这时候眼看已经到六点，但显然这点时间对大家来说还远远不够。回答只有："这是什么？""我不饿。""吃不下。"

甚至没有人说谢谢。

几个人反复跟人说着同样的话："必须吃点儿，不管饿不饿。多少吃点儿，不吃不行。"

谁也没有想到会犯下多大的错误。说到底，还是因为他们五个人自己也吃不下，所以没有一个人先把真空铝箔包装拆开。

出状况的时候，饭已经基本发完了。余澄灰扒开椅子围成的阵，蹲下去小心翼翼地正在劝王侃瑜出来，话还没说完，背后就发出哗啦乱响，紧接着是喉咙深处翻江倒海的声音。

第一个吐的是分形橙子，他本来还算情绪稳定，所以拿到餐盘之后没多久就撕开了菜品的铝箔包装。那泛着红油的土豆牛肉咖喱一挤出来，分形橙子就觉得不对，红色、粉色和黄色的膏状物铺在餐盘的凹槽里,他马上就想起在七月尸体消失前的最后一幕——尸体被那从天而降的东西在有机玻璃上碾成了浆汁。

有第一个人呕吐,不用说一句话,信号就像瘟疫一样传染开了,就连没有拆开包装的人也跟着吐了起来。伴着此起彼伏的呕吐声,房间里转眼就散发着绝望的酸腐恶臭。

连西夏、袁振民和郑莹莹都吐了出来。好在大多数人有了反应之后还是尽力地控制住自己,懂得往卫生间跑。即便如此,整个餐厅还是洒满了秽物。

过了十多分钟,此起彼伏的呕吐才终于停了下来,整个火星小镇基地不大的舱室都已经被这绝望的酸腐占满了。更糟糕的是,要去除这种浓烈味道的最好办法是开窗开门通风。

而他们连想也不敢想。

一时半会儿,大家是没有可能感觉到饥饿,也没有勇气去强迫自己补充自己应该补充的食物了。

外面,天,竟然还是渐渐地黑了下来。

12　罪

打扫完房间里的呕吐物之后,已经又过去了快一个小时。不应该浪费水,但又不能不清洗,把这些东西从厕所里冲掉,袁振民和西夏他们甚至不敢提醒大家水的事情。

余澄灰发现自己暂时失去了感觉疲惫的能力。按说自己忙里忙外不断折腾了这么长时间,早就该累得不行,但神经似乎屏蔽掉了这种功能,他不觉得累,像一个机器一样工作着。等他忙完,这才发现其他人早就瘫在了椅子上。

却没有看到西夏。周围找了一圈,也没有看到这人。

自从回到基地之后,面对接二连三的突发情况,本来的负责人袁振民已经没法完全承担这所有一切,算是半个活动主办方的人的西夏就一直在分担。

找到西夏的时候,他躲储藏间里,脚下的空啤酒罐已经有三罐了,脸也涨得通红。

"别喝了。"余澄灰抢过他手上的啤酒,这罐也已经喝了一大半了。西夏木然地让他抢过酒,倒是没做出什么让人担心的过激举动,只是长长地叹了口气,说:"我知道。"

"去卫生间洗把脸,醒醒酒。别让人看见。"余澄灰说,他是完全没想到,有一天他会这样发号施令。

西夏点了点头,却没有往外走。他问:"小余,你说外面的那东西,是从哪里来的?"

"我不知道。"

"总不能是外太空吧,"西夏说,"总不能真是多少亿光年外的外星生物吧。"

"那地球上也不会有这样的东西吧。"余澄灰说,又想起那个胶状的球体,坠着长长的线,从天而降。不能去想那个东西,一旦唤醒那一幕,那个东西就像在他脑子里有了生命。那个"线"的尽头,隐在光里的东西,被他的记忆唤醒,在他脑子里长出了眼睛,注视着他。

天花板的后面,传来若有若无的低鸣声音。余澄灰甚至抬头往上看了一眼。

"那东西到底是什么啊?那外面,除了那个东西,还有什么其他的吗?"西夏借着酒劲问,"你说,其他人是不是一早发现不对,逃掉了呢?他们逃出去没有?"

清醒的人是不会问这些问题的。都是聪明人,知道这些问题没有答案,懂得把这些没有意义的问题咽在肚子里。

"我不知道。"余澄灰回答。

"真的会有人来救我们吧?"西夏又问。余澄灰一哆嗦:"不是你自己跟袁振民说的……"

西夏挥手把他打断:"我一直在想,如果他们发现一种这个世界上从没见过的现象,一种这个世界上从没见过的东西,是应该闯进来冒着把这个东西弄死的危险来救几十个人,还是……"他沉默了一会儿,"你明白吗?"

余澄灰脑子嗡的一声。

西夏还要再说,这时候外面突然传来了吵闹的声音。余澄灰几乎得救一样转回头去:"出什么事儿了?我们出去看看!"

与其说是吵闹,不如说是惊叫。走出储藏室,余澄灰听清了惊叫的内容:"不要,不要!走开!不要!"

是一个男人的声音,极度惊恐中这声调已经高得异常,听不出是谁。西夏被这一激,酒一下醒得差不多,两人快步冲进餐厅,看见大家远远地围在餐厅的角落,那个尖叫的男人缩在墙角,双脚乱蹬,指着人群中间一个人不断尖叫:"走开!不要啊!"

这个人很年轻,也就跟余澄灰一样差不多二十来岁,今天之前余澄灰都没有见过他,不记得他的名字——他没有太多心思去注意这趟"任务"以外的人的名字,只知道他好像是一个做科普的网红大V。

但这人指的人,他却很熟悉,再熟悉不过了。那个人是程昔。

程昔一脸迷茫地站在离对方两米多远的房间中间,手足无措地站在那里。

"怎么回事?"西夏问。程昔茫然回答:"我不知道。真的不知道。我什么也没做。"

郑莹莹在一边目睹的事发过程:"我也不知道啊,程昔老师刚才只是从这边走过去,可能是不小心,撞到了他的椅子。然后他一回头,就好像被什么吓到一样尖叫,就从椅子上摔了下去,一边叫,一边连滚带爬跑到这边。"

结果还是西夏蹲下去,抓住这人的胳膊,又示意程昔再后退:"老古,老古?怎么回事?冷静一点儿。没事儿的。"连叫了好几声,这个人高马大的家伙才终于停止了尖叫,但还是指着程昔:"是他,就是他。不要靠近他,就是他!"

"什么就是他?"西夏说,"你看清楚,那是程昔老师。是你的偶像程昔老师。"

"就是他。我没认错。就是他。就是分形橙子说的,就是他。"

在一边的分形橙子反倒愣住了:"什么?我说什么了?"

西夏想把他扶起来,但老古可比他还高、还壮,还是余澄灰过来,两个人一起才把他扶起来,郑莹莹推椅子过来让他坐下，他却还是没有止住颤抖。一个可能有一米九接近两米高的男人，哆嗦成一团，场面非常古怪。

"就是分形橙子说的，就是他，就是程昔老师，没有错。"

"我到底说什么了？"橙子忍不住了。

程昔一直退到了房间的另一边，老古这才缓过神，指着程昔，说出完整的话来："你说基站是有人破坏的，就是他，就是程昔老师。"

突然间，房间里一片死寂。地方不大，所有人都听得清清楚楚，惊恐的目光齐刷刷地望向程昔。

"你胡说什么？！"程昔叫起来。

"我昨天晚上看到的，就在吃饭以前，"老古说，"我在外面抽烟，看到……"

"你不要乱说！"程昔说着便要冲过来，老古又吓得惨叫起来。还是付强及时挡住了程昔："老古你接着说。"

程昔拼命挣脱，可付强力量比他大了太多，被生生摁住了。

但是，老古其实比付强更高、更壮。

"我看到程昔老师从后门出来，手里拿着打火机。我不是程昔的粉丝吗？我以为他出来抽烟，就想正好一起抽根烟，聊几句。"

"但是还没来得及打招呼，就看到他走得很快。一直往基站坡那边走。我就想，他肯定有事儿，我就不好耽误老师的事情。"

"他胡说！"程昔大叫，"骗子！我没有！"

"我就在后门这边看到他一直往基站铁塔那边坡上走。那时候我烟抽完了，就回了房间里面。"

"胡说！我根本就……"

"你看到程昔老师走到基站设备那边吗？"西夏问。

"没有，"老古说，"那边也看不到那铁塔脚下，山坡是挡住的。"

"那……"

"我从外面回到房间以后没多久，手机上不了网了。现在想起来，就在他走过去以后没两分钟。"

"这能证明什么？"程昔说，"我根本就没有去过基站那边！"

"除了你就没有别人了，那时候外面我就没有看到别人在那一片地儿。"

"那只是你没看到而已。你自己说的，你根本看不到铁塔脚下那边！你根本什么也没看见，对不对？你为什么要诬陷我？不对，不对，我明白了！"程昔激动地跳了起来，"是你对不对？是你弄坏了基站，现在害怕别人发现，所以诬陷给我！"

老古愣了。

"你想起来我看到过你在断网的时候出现在那个地方。那时候那块没有别人了。你自己说的，"程昔说，"你怕我想明白过来，把这个事情说出来，所以想要先发制人，把它诬陷给我，对不对？是你！破坏基站的人就是你!"

房间里其他人已经傻了。之前分形橙子说基站是有人蓄意破坏的时候,外面还没有怪物,七月还活着,王侃瑜还只是"看走了眼"。而现在,完全是两码事了。

真的有一个人破坏了基站,这个指控到底意味着什么,这根本就不可以往下深想。房间里的其他人左一眼、右一眼地看着老古和程昔,眼里说不清是几分茫然、几分恐惧。

"我……"老古叫道,"我为什么要破坏基站?我有什么理由要破坏基站让大家断网?"

"那我又有什么理由?我又能有什么理由?你说啊?"

"因为你就不是人类,"老古说,"老付,你小心,程昔根本就不是人类!他是天狼星人。"

"你说什么?"听到这话,程昔笑了起来,"你再说一遍?你们听见他说什么了吗?"

本来还小心控制着程昔的付强和西夏都疑惑地转过头来。老古看到大家的眼神:"你们忘了几个月前,程昔在签售的时候遇到的那个女的吗?那个拿刀捅他的那个女的?你们肯定都知道的啊。我们那时候都以为那个女的是疯子。她说:'你暴露了我们天狼星人的机密!你这个叛徒!大统领要你的命!'你们记得吧?她不是疯子,那个女人说的肯定是真的!"

"老古,你得休息一下。"人群中有人说。

"这人疯了,"程昔摇头,"破坏基站的是不是他我不知道,但是这个人肯定疯了。"

西夏给了余澄灰了一个眼神,意思是把老古控制住,想办法送他离开这里,远离程昔,让他冷静一下。余澄灰刚刚从一边靠过去,老古就明白了过来,猛地晃动粗壮的手臂不让他们靠近。"等一下!等一下!我有证据,我有证据!我想起来了!打火机!分形橙子,打火机。那是一个白绿相间的打火机对不对?你有没有在基站那边看到一个白绿相间的打火机,那就是程昔用的!"

程昔原本放松的身体一下就僵硬了。所有人都望向分形橙子,橙子愣了半秒,手伸进腰间的工具袋,掏出了几块打火机的碎片。白色和绿色的塑料。

"这是我在设备箱边上找到的。弄坏芯片的火花器,是这个打火机里的。"

橙子把这些碎片撒在身边的桌子上,然后从工具袋里抽出了扳手,面向程昔,往后退了一步。他没有说话,但这个动作已经表明了这一瞬间从他心中转过的一切。

"骗子!"程昔说,"这不是我的打火机,这是他的。他栽赃我。"

这时候,老古马上从怀里掏出了银色的打火机:"我的打火机是个Zippo。Zippo用的是打火石,根本就没有压电火花器!"

然后他又问:"这个不是你的打火机,那你的打火机呢?"

这时候,郑莹莹开口了:"昨天吃了晚饭,程昔老师给我说他打火机找不到了。我给他从储物间里找了一个。那时候已经没有网了。"

袁振民也在一边喃喃地说:"程昔老师昨天来了这里就问我这里网是怎么通的,是不是只有这一个基站信号,会不会断网。"她又找补一句,似乎说了就能抹掉前面说的:"但也不是他一个人问我这个,也有别人问过,我就没在意。"

"老付!过来!离他远点儿!"老古再一次这样叫,付强触电一样跳了起来放开程昔,几步退到两米开外。

西夏、付强和分形橙子三个人把程昔围成一个扇形。分形橙子从工具袋里摸出一把螺丝刀递给西夏,付强扶着折凳,如临大敌地盯着程昔。

"你们都疯了吗?你们也相信我是天狼星人吗?"程昔高声叫道,"是我啊,你们正常一点儿!袁镇长,西夏,是你们天天求我,我才来这个鬼地方的,你们想一想,我怎么可能做这些事情?付强,你自己说的,这些事情根本就不可能是人做的!"

这时候,他们都想起半年前签售会上的那个漂亮的女人。她拿着刀,跳过桌子,一面扑向程昔,一面喊:"你暴露了我们天狼星人的机密!你这个叛徒!大统领要你的命!"

那是一个精神病。一个生活在自己妄想里,分不清现实和小说的病人。

真的吗?真的是精神病吗?

那个女人后来呢？没有人知道她的情况。

没错，这一切，这些光，这些怪物，当然不可能是人能搞出来的。

"把他赶出去。"人群里有人说。

"这肯定不是程昔老师，这是个怪物。"

"把他赶出去！快！快把他赶出去！"

程昔向大家伸出手，魅力十足地说："是我啊，你们……"这时候却引来一声他此生从没听过的惊叫，那声音里充满了厌恶和恐惧，好像他的手是长着无数眼睛的触手。"他的手，他的手要干什么！"伴着这声尖叫，面前这群人反射性地躲避，好似迎面泼来硫酸一样。

"把怪物赶出去！把这个怪物赶出去！快啊！快！"一个塑料椅子从余澄灰和付强中间飞了过去，程昔狼狈地躲过。扔椅子的是王侃瑜，她的力气比表面上看起来要大得多，没有砸中，她又抓起另一个椅子，余澄灰忙拦住她。"你干吗拦我？他不是程昔老师，那是个怪物，他会把我们都吃掉的，就像吃掉七月和陈茜一样。"

这时候，已经有人从楼上的"冷湖科学实验室"的工具间里拿来更具威力的东西。胳膊长的羊角锤，管钳，锂电钻。一个小扳手飞了过去，打在程昔肩膀上，他惨叫了一声，后退了一步。

"袁镇长，去打开门，把这个怪物赶出去。快去！"

"我不是怪物！"程昔说，"我没有。你们都疯了吗？外面，外面……"他抬头看了一眼七月留在玻璃上的血迹。"不不不，我没有……"他抓住旁边的柱子，这时候又一个椅子扔了过来，打在程昔手上，他没有松手，青筋迸出的手立刻就紫了。却马上有人尖叫："他不会流血，看到了吗？他不会流血！"

袁振民询问地望向西夏他们，但没有一个人回应她，帮她做决定。没有人帮她说不，但越来越多的人加入"袁镇长，去开门！"的呼喊。王侃瑜终于等不及，冲上去从她口袋里抢过了钥匙。袁振民这才知道这个练过巴西柔术的姑娘动作有多快，根本连阻止都来不及，她已经跑到门口，拧开反锁的门。

但那门只开了一条缝，她就触电一样逃了回去，头也不敢回。

这时候，大家才注意到，外面已经渐渐地暗了下来。

是的，尽管外面是这个样子，但还是随着太阳的西沉在慢慢变暗。也许这些虹彩并没有那么无源无痕，它或许和月光一样，来自恒星核聚变喷薄而出的光能反射。

虹光从那条门缝往里爬，像是数不清细小的触手，伸不进多远。

程昔惨叫起来："不！不要这样，不！"这时候有人已经找来扫把和铝管，当作棍子或长矛，越过西夏他们的包围圈，远远地开始攻击程昔抓着柱子的手、他的脚，把他往门那边赶。

"大家不要这样，"西夏说，"先冷静一下。"但这些人并没有理他。弥漫在空气里的酸腐味道已经污染了每个人的眼睛,这些通红的眼珠这时候只想把程昔赶出火星小镇基地,他们甚至并不在乎他是不是罪魁祸首,他们只是需要做点儿什么,做一些极度可怕的事情来换取一点儿安慰。

程昔很快就撑不住,手一旦放开,就再没有机会抓回柱子了。他跌倒在地,然后抱头缩成一团:"不,求求你们。求求你们。"

大家听见他说出这么一句:"余澄灰,救我,救我。一切都是因为你。基站是我弄坏的,但我不知道会出这样的事情。我只是想拖过今天,拖过天线的终审会。我怎么知道会出这样的事情。小余,求求你,救我……"

对程昔的攻击暂时停了下来,几个人不解其意地看向余澄灰。这时候,余澄灰停转了半天的大脑终于运转起来,这才恍然大悟。

基站是程昔破坏的。这就是他到了冷湖火星小镇以后却没有马上去找天线姜总的原因。他根本就没打算按余澄灰的安排老老实实地听话。也许是最开始就没有,也许是在石油基地废墟那里改了主意,而这已经不重要。到了火星小镇这里,程昔看到了基站铁塔,找袁振民问清楚,知道那是这里唯一的通讯出口。

天线传媒的终审会。这个名词好像已经很遥远,已经完全没有意义了。但正是这个东西,让余澄灰借钱、求人,要来这个地方,让程昔被威胁,用自己的职业生涯作为绑架的肉票威胁,来这个地方。

正像余澄灰心里那个声音不断告诉他的那样:"你以为,程昔会老老实实听你的摆布吗?"

程昔会老老实实地告诉姜总,他退出,去买余澄灰小说的改编版权。完完全全,老老实实,按余澄灰安排的去做。甚至还为余澄灰站台,告诉姜总,你们可以在宣传物料上写"程昔盛赞,比自己写得更好的杰作"。

但是在遥远的北京,在天线传媒的总部,在终审会结束之前,整个公司除了姜总没有人知道这一切。在终审会结束、拍板、盖章、决议形成之前,决定买程昔的《归路银河之歌》,而不是余澄灰的《穹笼》的公司决议形成之前,这个火星基地偏偏是没有网的。

这个世界呢,错过了,就是错过了,是不会有回头路的。

程昔会老老实实听余澄灰的,但命运不会给余澄灰机会。一个糟糕的网络故障,就能毁掉余澄灰所有安排计划。

到时候,既然事已至此,天不遂人愿,也没有办法了。能怎么样呢?程昔会掏出一百万,甚至两百万,余澄灰没有任何选择。从此以后,余澄灰的名字就再也不会出现在这个圈子里。

重要的不是钱,从来就不是。重要的,是不能让这样一个人在圈子里站稳脚跟,然后一点儿一点儿地,永无止境地把自己吃掉。程昔太清楚余澄灰这样的人了。

他们是同类。

"小余?"西夏问他,"他什么意思?"

余澄灰听见自己慢慢地答道:"我不知道。"

"余澄灰!你!你!"程昔厉声叫了两下,然后哀求道,"等一下,等一下。把门关上,求求你们了。我都告诉你们,我把一切都告诉你们。有两本书,有两本书在我的箱子里,我全都告诉你们,别把我赶出去。"

杂志是付强小心翼翼地从箱子夹层里取出来的,对着两本杂志,程昔絮絮叨叨地讲了二十分钟。

他费尽心机想要掩盖的一切,现在却像抓住救命稻草一样不厌其烦地把细节讲给大家听,生怕大家不相信自己抄袭。

只是抄袭,只是偷了别人写的,换了自己的名字。从《大众软件》开始讲起,自己怎么剽窃的《服务器战争》,怎么改了名字,怎么颠三倒四地删改,变成《天津异事记》,怎么变成了自己的作品。又怎么被人抓住,怎么被威胁,然后一切的一切,怎么疯了心,弄坏了基站。

一切都是因为抄袭,他不知道什么异常光波辐射,不知道为什么会发生这一切,真的。看着眼前这些人的目光从恐惧慢慢变成鄙夷和轻蔑,程昔甚至从心底生出平生最大的安心来。

一直到他快要说完,在旁边沉默了很久的西夏突然爆发出大笑。

"了不起,哈哈哈哈,了不起,太了不起了,"他说道,"庙小妖风大,池浅王八多。你不知道什么异常光波辐射,不知道为什么会发生这一切。你只是打算弄坏基站,这都跟你没有关系。好好好。"

西夏连说了三个"好":"张冉他们就是因为你才失踪的!七月和陈茜就是因为你才死的。害死他们的不是什么怪物,不是什么异常光波!就是你!"他说着,一脚猛地踹翻程昔面前的桌子,桌子朝程昔的胸口狠狠地撞了上去,两本杂志径直打在脸上。这脚下去,西夏自己也因用力过猛失去平衡,扑通一声,摔在了地上。

余澄灰上前扶他,西夏一把甩开了他的手,怒骂道:"滚!我他妈的就是个傻子,现在也明白你为什么要跟我们自驾过来了!"西夏跳起来,"亏他们几个还私下担心你,还商量能不能帮你推荐点儿资源。七月死了,老梁和冰狗多半也都是完了。我都不知道你这个王八蛋跟那个抄袭犯哪个更无耻!给我滚!趁我还没失去理智,要把你跟他一起扔出门外之前,给我滚!"

说着,西夏扭头往后面,储藏间的方向走去,才走了两步,突然又回过头来。"海子为什么卧轨?他根本就没有疯,他只是不想跟你们这样的玩意儿生活在同一个世界上!"他指向窗外,"那个怪物都比你们干净,比你们干净一万倍!它都不会吃你们,你们这种人的味道会恶心得让它吃不下饭!"

西夏摔开门,从储物架最里面扯出啤酒箱,一屁股坐在箱子上喝了起来。

13　异界

储藏间的酒只有一种,雪花的勇闯天涯。非常糟糕的酒,只有八度的麦汁含量,百分之二点五的酒精度数。这种酒有一个雅称,叫"工业尿啤",寡淡,又没有冰过,温乎乎的,喝起来那个味道实在让人难以下咽。

如果是平时,西夏绝对不会喝这样的东西。这时候,他像抓住救命稻草一样,一罐接一罐地往下喝。

发现有酒,就陆续有其他人过来拿,没多久,十八人已经没几个没在喝的。当然,除了余澄灰和程昔。大家像避开瘟疫一样避开他们两个,但这已经很好了,至少没有把他们扔出去。

二点五度的啤酒本来是管不了什么用的。但是这些人没有吃晚饭,又吐掉了大半午饭,就这么点儿酒精竟然还是从胃里爬进了神经。

有人开始哭:"我才二十六,我想回家,我还不想死。"有人沉默不语,闭眼瘫在椅子上。有人走到玻璃旁,直勾勾地望向远方。

过了好一会儿,付强走过来,面无表情地给余澄灰递过来一袋饼干,一言不发地走掉。他给每个人都拿去了饼干,有的人可能终于觉得饿了,有的人可能只是为了下酒,反正不少人是吃了。这就是能给余澄灰和程昔最大的善意了。

房间的灯打开之后,人们才注意到外面慢慢地暗了下来。

其实随着太阳的西沉,外面一直在逐渐变暗。只是一来虹彩已经笼盖了一切,二来夕阳落下时所有人都被程昔的事情搅昏了头脑。所以直到灯被袁振民打开,大家才意识到,是的,外面逐渐暗下来了。

笼盖四野的虹彩之前遮蔽了太阳,但太阳落下了,这些光也淡了。这让大家重新注意这些特殊的光。袁振民不承认这就是所谓的"异常光波辐射",她自己再清楚不过,这个李淼四月一号发在微博的名词根本就是随口胡编的。但这没法阻止所有人在脑子里都把它叫作"异常光波辐射"。

当这些光变淡,慢慢遮不住天顶本来的颜色,学物理的付强这才回想起一个很重要的事实:不管外面的光有多绚烂,只要不看外面弥漫在空气里的色彩,你看到的所有东西的颜色都没有发生变化。

人眼能看见物体是因为光，物质反射、折射、吸收不同的光谱，形成了它们的颜色，在眼里构成了色彩与材质。这个过程一方面当然有物质本身决定，更重要的，是光源自己的光谱特性。红光灯下人眼看到的颜色跟绿光灯下当然是不一样的，荧光灯下人眼看到的也绝对跟日光下不同。

当虹彩遮住太阳之后，他们看到的东西却和自然阳光下没有什么不同。那些虹彩重新汇聚之后的总光谱，跟阳光并没有区别。

这是什么意思呢？他不明白。

付强自己也没有坚持住，喝了酒，只喝了一罐。餐厅地板上和桌子上的空罐子越来越多，冷湖无人区黑色的夜空慢慢在头顶显形。

但已经不再是昨夜那种静默的黑，那种让漫天繁星像压在头顶的黑不复存在了。

取而代之的，是一种五彩斑斓的黑。

这实在是一种扭曲的形容，但除了这种扭曲，似乎也找不到更好的词汇来描述发生在眼前的一切。

夜空下，原来浓厚地弥漫在天与地之间的那种丝卷的虹光越来越薄，最后只剩下水波纹一样浅浅的光。这些光聚集在天顶的繁星周围，像是群星从亿万光年外伸向地球大气层里的触须，不断地消失、重现，如有生命的藤蔓。

忽然间，有人惊呼起来，"看那边，那是什么？"话音未落，就在天顶西北方向天鹅座的位置，传来一声长长的低鸣声。更准确地说，他们是**看见**声音传来。先是一点儿亮斑，随即幻彩的波纹从天鹅座附近的夜空极速展开，掠过整个天际。在那道淡彩波纹抚过基地正面的玻璃窗的时候，他们的耳朵里听到了那声悠扬而复杂的低鸣声。

"是声波点亮了空气。"有人说，带着微醺的声音。来不及细想这句话，整个夜空就已经被这道低鸣的波光唤醒了。此时，弥漫在空气里的微光不仅不像白天那样遮挡了所有的视野，反而勾出戈壁天地的轮廓。在声音的起点——天空中，虹彩勾勒出的一个巨大的影子，缓缓地飘来。

太远了，靠人眼无法知道那东西有多远。明知不可能，但仿佛是从天鹅座的深空那里，穿过一千四百光年远的茫茫宇宙游来。不过刚才那道激起幽光的声波泄露了真相，那道波纹从起点亮起到掠过玻璃用了十秒多不到二十秒，三百四十米每秒的声速，它离这里直线距离只有几公里。

余澄灰记得这个声音。几个小时前听到这个声音的时候，七月的半个身体被碾碎在玻璃上。

但看到头顶上的景象，他这时候很难感觉到恐惧。

一个巨大的影子飘浮在空中，仿佛《逍遥游》里面的鲲。几公里远的黑色的天幕上，虹彩的光丝如同乌云的金边，绣着那东西不太真切的流线外表。那种变幻不定的边缘外缓缓地朝下面伸出细长的须，这么远的距离中，只有十来根比它身体更长的光丝在不断向下、向四面探索，缓慢地伸出、收回。它没有腿，没有支撑，就这么浮着，移动得很慢。

即使几小时前见过那一幕，余澄灰这时候依然觉得那东西像是童话梦境中的存在，美得摄魂。地球空气中是不可能存在这样的生命的，它似乎全然不受重力的影响。

十几秒、几十秒一次，间隔不定，那东西发出阵阵短暂的低鸣，有些像鲸类的歌，悠扬复杂。引发空气中神秘虹彩的不可能是声波本身，因为戈壁的风没有停，而风的振动也没有在黑暗里撕出气流的轨迹。某种他们不理解的力量让这东西的声音和空气中的虹彩共鸣，波纹一次次快速地扫过空气，映出了虚空中原本看不到的东西。

随着扩散，声音的光浪渐淡，黑暗中，有更多陌生的东西，如深海被波浪惊动，其他东西的荧光被唤醒，被赋予了能量，半透明的光蠕动起来。

像被催眠了一样，火星小镇里的人们忘记了之前的危险，一个个走到了玻璃窗边。开始亮起时，他们只看到光点，那些绚丽的轮廓离地很高，至少有二十层楼高。凝神仔细看，才能隐约分辨出那些东西的模样。

余澄灰看到一个水母似的软冠，也许是头，向前向后，都拖着长长的腕，腕细而长，比"头"长得多，像纺织厂机器出错绕乱的线头。那生物用腕在空中攀着什么，黏黏地往前走。

它攀着的是长长的昆虫节肢状的枝干。开始看到还以为是长到天外的植物，但那枝干动起来，才发现那不能算植物——至少不是地球生命谱系里的植物。半透明节肢用关节连着，构成悬在天上的复杂的网。"鲲"的波纹过处，一小段时间之后，它才亮起幽光。从这么远看，这些节肢每个可能有一两米长；仔细看，每个节肢都在慢慢移动，不断地和之前连接的一段断开，然后生长或缩短，连往另一处关节上。整个"网"不断地改变。怎么看，也找不到从地上来的支撑，或是从天上更高处吊下来的挂连，找不到它是如何悬在高空的，仿佛这个网已经成了天穹的一部分。这是一个还是一群生命？

就在余澄灰为此着迷的时候，餐厅楼梯上响起了往上走的脚步。回头望，是西夏，他手上还抓着啤酒。一个人打开楼上的灯，走了上去。楼上是整个小镇唯一的二层，是这里的主活动室，之前创作研讨会，给孩子们的科普活动都在那里举行。但现在除了去厕所，已经很久没人愿意离开餐厅，何况是去楼上。余澄灰没有去自讨没趣。

"太美了。"旁边郑莹莹低声地赞叹。不光是她，大家都忘了去纠结这些东西从何而来。绚烂的异界如梦如幻地降临在眼前。"怪物"们离这里很远，自顾自地在高空缓慢地游弋着，并不在乎地下的这一切，散发着飞翔之物不该有的宁静味道。

过了好一会儿,余澄灰听到头顶上传开一阵铰链的响声。他刚刚隐约觉得不对,就看到一黄一绿两道光柱朝上面照了上去。绿色的光柱很细,是昨夜的指星笔,相干性很好的弱激光笔直射在"鲲"的身体上。黄色的是一只强光手电,光柱是一道越来越大的手,在天空中探索,想要摸到上面那些异类的脸。

光柱很亮,很干净,没有被玻璃遮挡过,没有浑浊的有机玻璃折射和散射的漫光。

有人走到了室外。

两道光刺破了黑暗,空气中原来半透明荧彩一下就黯淡了,光柱过处,连星光也开始熄灭。LED的光谱撕开梦的滤镜,照亮了那些怪物的身躯。它们不再只是黑暗里用荧光勾勒出来的半透明幽影,突然被地上的光赋予了实体。"线头水母"身上是蜥蜴般灰色的粗皮,攀在"网"上的线头触腕一下子缩回再从圆形的头冠里伸出,片刻之后,这个不断蠕动的球张开两片蝙蝠肉翼一样的翅膀,那拉长的肉膜下面无数经脉疯狂跳动,如即将爆炸的血管。

像猎鱼的军舰鸟一样,它们从上面扎了下来。直到这时候,他们才知道到底有多少这样的怪物。落下的瞬间这些身体亮起了荧光,光芒像炸开的烟花一样,拖着尾往下坠,射向基地的白房子。

尖叫立刻在耳边响起来。几秒之后,第一个"水母"

毫不减速地直撞在了余澄灰右上方三米开外的玻璃上，嘭的一声，似乎整个房子都一起震了一下。

不知道多少人在尖叫，往后逃跑。

至少玻璃没碎。玻璃竟然没碎。那东西在玻璃外变成一摊，连肉翼都被撞成了一团。就在这撞击发生的那一瞬间，其他本来扑向这里的同类突然拧转了方向，如同碰到礁石的鱼群一样极速地划过弧线，返身散开。绝大多数都避开了玻璃，飞回空中，只有极少数擦撞在墙外，传来让人呼吸停止的咚咚声。

悬在半空的怪物再次变了形状，膨胀起来，映着房间里透出的灯光，那些灰色的皮肤下"嘭嘭"地暴起大大小小的空泡，撑得整个身躯不断无规则地扭曲变形，它们外表上原来可以称作器官的结构被撑得来回乱动。

余澄灰曾在玩具厂打过一段时间工，最低级的工作：回收生产线上质检不合格的塑料玩具，进熔炉销毁。面前的这一幕，让他想起高温炉里融化的塑料玩具。

忽然间，余澄灰看到已经呈一摊的"水母"开始蠕动。那东西的灰色皮膜都已经撕裂了，里面黏稠的东西涂在玻璃上，但它没有死。他原以为是内脏、血液的东西搏动起来，开始回缩，相互拉拽着移回皮肤下面，甚至把爆裂的皮膜拖动着拼回去。

就像是一群把烂掉的帐篷架起来阻挡风雨的背包客。

这生命的结构到底是什么样的？

现在不是应该想这些问题的时候。第一只怪物拖着自已破烂的皮在玻璃面上开始挣扎，几秒之后，就有两只怪物缓缓地飘落下来，粘在了玻璃上。原生质黏液从灰色厚皮下渗出，凝成须足，它们蜗牛一样缓慢地爬起来。

"把它们赶走。它们要进来了，快想办法把它们赶走！"几分钟前还在感叹好美的郑莹莹发出惊恐的尖叫，后退躲开。后退中，人绊倒在椅子上，扑通摔下去，女孩子痛得一声惨叫。

也不知道是谁反应过来："关灯！关灯！快！"袁振民忙撞开桌椅朝开关冲过去。啪的一声，楼下的灯关了。

但是二楼依然灯火通明。指星笔，强光手电，也还亮着。

第四个，第五个，第六个，越来越多的怪物落了下来，粘在玻璃上。老古抓起椅子，用椅子脚敲打怪物落足处的玻璃，就像驱赶讨厌的虫子。

随着敲击，怪物在黑暗中闪烁起斑斓的微光，最开始的时候好像奏了效，怪物朝一边挪动。马上分形橙子也举起椅子加入进来，然后更多人拿起棍子或拖把，要加入驱赶的队伍。可是这时候，怪物们有了新的回应。

空中越来越多扭曲的气球降落下来，接二连三地铺在玻璃上，大概是有信号交流，专在同伴附近落下。不到两分钟，满满一面落地玻璃上已经全是这种丑陋的东西，相互拥挤着，好像玻璃感染了病毒，长出巨大的丑陋疱疹。

不管单个怪物想不想躲开，这时候已经没有空间让它移动了。敲击触发的闪光反而像连上了电路，顺着一个个紧挨的怪物身体往旁边传出去，流动着亮起、熄灭，仿佛舞台彩灯。有机玻璃外面不知道粘了多重的怪物，靠得近的人能听到嘎吱嘎吱变形的声音。

这些东西震动起来。一个的话，可能只能叫作颤动，但整整一面半玻璃墙、还有开始落在同伴身上的这么多怪物，像脉冲一样震动起来，整个钢筋框架的屋子都开始颤抖。片刻之后，传来有机玻璃难听的嘎嘎声。

有一米多宽、两米多长的一扇玻璃上，一道裂缝，从上往下，在四分之一的位置快速长出来。幸好是有机玻璃，如果是钢化玻璃，这一整面墙已经粉碎了。

"天哪。"后面有人惊叫。余澄灰听到一个男人抽泣："妈妈……"

没人想知道这玻璃碎掉以后会发生什么。

"别打了！停下来！"付强在一边喊，"撑住！顶住玻璃！"椅子和拖把这才停了，慌里慌张地顶在裂缝后面。

那只是一个裂缝，普通的塑料裂缝，虽然长，但是最宽的地方也不到十分之一毫米。余澄灰看到贴在裂缝外的须足顺着缝爬了进来，速度很慢，但一分钟之后，缝隙的这一面看起来就如同发了霉，绒绒的透明丝越来越长。

橙子手里的拖把打了上去，不知道他是怎么想的，拖把顺着缝往下拖，似乎那是污渍可以擦掉。丝足闪烁着，抓住了拖把，橙子发觉不对还想要抢，拖把头已经死死地粘在上面。眼睁睁地，裂缝开始被撑开，就像小学课文里发芽以后撑开头骨和岩石的草籽。

这时候，林晓老师冲了过来，一道蓝色的液体从她手里的管子里喷出来，撒在玻璃缝上，浓烈的化工香味马上弥漫了整个房间。几乎就在接触到液体的瞬间，闪光的缝隙顺着熄灭了，丝足也焉了下去，蓝色黏稠的液体淌到拖把上，拖把掉了下来。

都不用问，洁厕灵的味道。先前处理满屋呕吐物的时候，有几个人找出了洁厕灵和空气清新剂来处理冲下秽物的厕所。

顺着裂缝，大概有七八个怪物爆闪了几下，掉下玻璃。其他的怪物反应很快，几乎立刻就放开，在外面飘了起来，飘得很犹豫、很慢。余澄灰有一种感觉，其中有一些在注意同伴的尸体。

一时间，房间里什么声音都没有。大家心头泛起一阵劫后余生的庆幸，手中的拖把或椅子落回地上，人也瘫坐下去。但也就几秒时间，就看到那些怪物旋转着飘荡的轨迹，朝上面转了弯。

二楼的灯还亮着。不光是灯，引来这些东西的手电也还照向头顶，照着那个"网"，而指星笔的激光目标一直没变，还指着"鲲"。

付强爬起来就往楼梯跑，这时候一个人影已经抢在他前面，三步并作两步地蹿上楼梯，啪的一声关上二楼照明灯。气喘吁吁爬上楼了，穿堂风从二楼露台的门吹过来,他才认出那人是余澄灰,正往露台的门冲过去。

其实不用看到人,他也知道露台外面的人是西夏。这时候已经没时间去想西夏是怎么了,付强跟着余澄灰跑出门,听到啤酒罐子被踢飞的声音。地上三个罐子乱滚,西夏躺在椅子上,两只手抓着指星笔和电筒,在胳膊肘旁边是纸制的半打装啤酒易提盒,啤酒还剩三罐。

就算是百分之二点五酒精度的水啤,西夏看上去也至少喝了一打了。

"鲲"还在遥远的天上,似乎没有理会自己巨大身躯上的这一点儿绿光,强光手电想必也是照不到那么远,但看上去总觉得和刚出现时相比,它离这里的距离似乎近了。

上百个"水母怪"已经慢慢飘过几米的层高,从露台栏杆下面升起来。"关灯,关掉!"余澄灰大喊,西夏转头来看了一眼,没有理他。"走开!"他说,黑暗里,那血丝密布的眼睛里满是疯狂的光。

"马上关掉!"付强喊,"快回屋里来!马上!"

西夏头也没回。"它们在等我们。"他说。

"什么?"两个人都没听明白。

"它们在等我们。"西夏重复道。

一股恶寒从脊椎爬上来。这时候,从天顶那里,"鲲"悠然的歌声传来,光浪正面涌过,穿透了它们的身体。

"你们听不见吗?它们在等我们。"

14　牧者

一定会有人崩溃，这一点也不出人意料。从下午开始王侃瑜就一直处在惊恐当中，斑马像复读机一样一直念叨着"去东边找水"，连袁振民的眼神都经常是空洞的。但第一个崩溃的人竟然是西夏。就在不久前，西夏还在叮嘱这几个人，务必要保持冷静、保持理智。他是喝了不少酒，但压塌他的绝不会是雪花。

像加拿大盛产的北美云杉一样，即使里面早就被蛀空，即使在突然倒下的前一秒，它看上去也还是那么的高耸入云，那么的参天蔽日，似乎能永远立在大地之上。

几十个水母怪从二层露台栏杆外升起来，离西夏五米不到，可他一点儿关掉手电回到室内的意思都没有。不仅如此，他还高声地叫着："它在召唤我们，星空的使者已经等我们很久了，我们的命运……"

显然是等很久了。水母怪没有什么耐心听他赞美自己属于命运的哪个部分，丑陋的皮膜撑起，长出了三只蝙蝠肉翅。显然，这些东西是没有所谓固定形态的，不对称的飞翼用某种无法形容的节律拍打着，水母怪布朗运动着绕露台盘旋。

"抢他的手电！"余澄灰对付强说，两个人一起扑上去。西夏没有抵抗，任由他们一人一支把手电从手中夺下。灯光终于关掉了。

就在这时候，余澄灰听到耳后传来风声。他反应倒是快，连忙低头往旁边躲闪，那东西从余澄灰右脸旁边擦过，撞在了肩膀上，然后朝外飞去。余澄灰感到自己肩头衣服被抓住猛往旁边扯，整个人都一晃。回头，那丑陋的怪物就在自己面前不到一米远，怪物"肚子"上渗出的蠕动丝足已经拉出了几厘米，抓住了他的外套肩膀位置。

这么近，那些微光莹莹的透明丝足就在离他脖子不远的地方不断蠕动，碰到什么就死死粘了上去。他身上穿的还是活动方发的防晒皮肤衣，价格不菲，很薄，很坚韧。水母怪跟他头差不多大，没有足够的力量撕烂衣服。

这反而更可怕。怪物就在他肩膀旁边十厘米不到的地方拼命拍打着翅膀，更多的黏性丝足从皮肤的孔隙里伸出来，向四处挥舞。这些丝足只比蛛丝粗一点儿，但没有人想知道碰到脖子、碰到脸会怎么样。

空气中扑面而来一股从未闻过的酸腐气息，让人想起伤口腐烂流脓的怪味。余澄灰跟水母怪拔河一样来回扯起来，这时候他懊悔起来上来前居然没记得带一瓶洁厕灵。那怪物的三只翅膀不适合朝一个方向用力，便滑稽地胡乱翻飞。

几次尝试都没有把猎物抓走之后，余澄灰耳边传来皮革撕裂的难听声音。水母怪身体表面裂开许多蜂窝状的扁平六边形，从六边形开口处，他看到怪物体内浑浊蠕动的流质快速凝聚，变成一个个黑色的球。

那些球抖动起来，向余澄灰的眼睛聚焦，跟他对视起来。余澄灰感觉到从脑干往上一股恶寒蹿上来。那是眼睛。

"帮我！"他连声大喊。也不知道是因为声音，还是因为眼睛，更多的水母怪向他们围近了。

付强在一边早就慌作一团，一直没敢上来插手，这时候才想起自己包里有工具。他从口袋里掏出一把重型刻刀，手指在发抖。刀还是不久前才在二楼"冷湖科技营"那边拿的，不熟，惊恐之际，手滑了两次，才终于把刀刃推到头。

这不是许多只怪物，在下面的经验让他们知道，这是一个"群"。转眼间，已经有另一个水母怪抓住了余澄灰肩膀上那只，两只一起往外拉，余澄灰已经站不稳。

六边形里转动着黑色的眼珠，从眼珠里面，慢慢地伸出应该叫触手的东西。触手有目的地朝余澄灰的脸抓来,余澄灰开始尖叫。

付强手上十厘米的刀刃,晃动中不知道能砍到哪里。

第三只水母怪落下来,粘在第一只身上,第一只已经被拉得很长。余澄灰一面尖叫:"我×,我×!"这时候他突然惊醒,拼死扯开拉链,从外套里退出了一只胳膊,这让他更难用力。拔河般,力量一波一波地把他往外拽。但这时候,付强找到了机会,扑上前用刀划开了袖子。

三只结群的水母怪抓着外套的袖子一下冲到外圈,更多的怪物像食人鱼一样扑了上去。只几秒,那号称堪比防弹纤维强度的高科技皮肤衣就碎成了片。如果刚才没有脱下那件衣服,余澄灰真不知道现在空中变成碎片的会不会是自己。再多两个,他就会被整个人拖进天上。

"That's magnificent.(这不可方物。)"旁边,西夏痴痴地望着那些东西,甩出一句英文。付强喘着粗气,抓住他的胳膊:"快下去。"西夏根本不理。

"别管他了,"余澄灰说,"手电已经关了,趁现在快走。"

付强闻声一愣:"你要丢下他不管?"

"你要留下陪葬?"余澄灰也问,"它们要回来了!"

"不行!"付强用力架起西夏,虽然他很壮,但很难拖走西夏。上一次西夏在海子纪念馆失控的时候,是七月和梁清散两个人才把他架走的,现在那两个人一个横死，一个失踪。"帮我！"付强对余澄灰大喊。

余澄灰犹豫了一下，看了一眼离自己并不远的水母怪们。"帮我！快！"付强又喊，他这才上来拖住西夏另外一只胳膊，把他往里拖。一面拖，西夏一面喃喃道："这是一切的归属，这是一切的救赎……"

"闭嘴，"付强说，"要不我找块抹布塞进去！"

很幸运，那些水母怪并没有如他们害怕的那样趁机扑上来，也没有聪明地拦在他们距离门边的几米路上。两个人艰难地把西夏拖进门，余澄灰转身关上了门，锁上，推过一个桌子，顶上。

有用吗？如果它们真要进来，这挡得住吗？没人知道。

"你们不能阻止宇宙的规律，"西夏没有闭嘴，"你还没看出来吗？它们是这个世界的未来，它们是我们的归……"余澄灰扯下外套残存的半片，团起来塞进西夏的嘴里。

"你要我们把你捆起来吗？"付强架着他胳膊高声问，"你要害我们都死在这里吗？"

又拼命挣扎了好一会儿，西夏狂乱的眼神终于显出一丝理智的痕迹。他用舌头抵着那团衣服，费了点儿力气把它吐了出来。望着余澄灰的眼里的疯狂慢慢变成了轻蔑和厌恶，他转过头去望着付强："你不能阻止命运。"在付强捡起那团衣服前，西夏用力摇起头："要堵我的嘴你最好找块脏抹布来，擦过厕所的也可以，但不要用他穿过的衣服。"

余澄灰不敢看付强是什么表情。片刻的安静之后,听见他叹了口气。"你如果能保证不再喝酒,我可以不捆你。"

"啊?"余澄灰一惊,"他这样会害死我们的。"

"闭嘴!"付强骂道,随即压低了声音,"我不提你要丢下他送死的事情,你也别废话。你没有这个资格。"过了一会儿,他又补充说:"西夏还没害死任何人,你可不一样。"

这句话,让余澄灰手脚都冰冷了。"我不是……"

"闭嘴!"付强厉声道,"没有人想听你们这些鬼话了。不想被捆起来、嘴里塞着抹布丢进睡眠舱里的话,都给我闭嘴!你们都一样!"

余澄灰呆呆地望着他,脑子里空落落地想,自己拼死跑上来,不是为救大家吗?自己到底图什么?

我到底做错了什么呢?抄袭的是程昔,又不是我。弄坏基站的也是程昔,也不是我。

自己做的所有事情,不过是尽全力去争取自己想要得到也应该得到的东西而已啊。难道这也有错吗?

刚才为什么不自己回来,关上门,把这两个人锁在外面呢?

让西夏口中"一起的归属"解决这一切,那不就好了吗?

所以,是为什么,自己这么蠢?

整个火星小镇的灯光全部关闭之后,好像地球上所有人类的存在都消失了。

外面那些光反而显得更加明亮了。十几个人蜷缩在黑暗的房间里,他们到现在也不知道这些漫布冷湖天穹的虹彩是怎么回事儿。昨夜半夜观星时它第一次出现,相比起来,那时候这现象还很微弱,而到了今天下午就强得遮天蔽日。

回头细想,"遮天蔽日"是不妥帖的。太阳一旦西沉,这虹彩也黯淡了。现在,只有星光和这些怪物在空气中引发丝丝虹彩。而人造的光源射出去,不论是强光手电、荧光灯,还是指星笔,都没有变化。

冷湖空气里的某些东西一直在,没有人知道是什么。

不过至少没有东西再试图打开玻璃,挤进房间里。哪怕是暂时的。有机玻璃的缝还在,在一楼似乎能感觉到风嘶嘶地从那道足有一米长的缝里吹进来,基地墙外对着那道缝的下面躺着几只水母怪的尸体,但没有光照亮那里,就可以假装这些都不存在。

人们在餐厅或坐或卧,三三两两地挨在一起。之前付强、袁振民他们几个人结伴去睡眠舱那边取了薄被和毯子过来。夜晚的戈壁非常冷,但他们不敢开空调,谁也不知道中央空调外机那巨大的声音会不会惹出什么麻烦。

也许西夏是疯了,可他说得并不错。外面的那些东西丑陋、可怖、恶心,但绝不简单,绝不是无脑的虫子。

何况，外面有的不只是"水母怪"而已。

房间里只有三个人是独自待着，余澄灰、程昔，还有西夏。

入夜的惊惶混乱终于慢慢平复，"鲲"有形的歌声还在一波波扫过天空和大地，那些环绕在群星周围的星之彩也一样若隐若现，但大家总还是适应了。大半人吃掉了饼干果腹，然后终于有人趴在桌子上睡去了。

有呼噜声响起来的时候，真的，连房间里还醒着的人也觉得平静了下来。可能这是此生中唯一一次，所有人都觉得打鼾的声音竟也是美好的。

余澄灰怎么也睡不着，只能趴在桌子上望着窗外。光在夜空下淌过，仿佛是从世界的尽头流下来，溢向人间。迷迷糊糊间，余澄灰想起上古的神话，共工怒触不周山，天穹洞开，洪水从天顶无穷无尽地涌下来，把整个世界淹没。

他突然有一个奇怪的想法。神话里淹没世界的，真的是洪水吗？也许是光也不一定。来自恒星的光，来自远远近近的星空深处划破混沌的光。

人总是害怕黑暗，但真正的黑暗并不可怕。真正的黑暗是虚无的，纯净，安全，一无所有。可怕的是光。有了光，才有了存在、有了物质、有了生命。之后，才有相互捕杀和相互吞噬。当黑暗被光划破，一切恐惧和邪恶才污染了纯净。

余澄灰乱七八糟地想着，迷迷糊糊间，他好像听到外面传来脚步声，门嘎吱作响。哪里不太对，他爬起来，循着声音往外去。二楼关上的露台门被人打开了，那个厚重的铁门不知为何不停拍打着，传来曾经在哪里听过的"啪啪啪啪"的声音。一股寒风吹来，余澄灰像被催眠一样走了过去。

它在召唤我们。一个声音在他心里说。

他就知道有什么不对，但这时候，身体已经不受自己控制了。余澄灰不记得自己是怎么走过去的。露台边有一个影子扶着栏杆站着，星光中认不出这人是谁，他只觉得栏杆看起来有些古怪。

"他们终审会已经开完了，你听说了吧？"那人说，"他们不识货，要不要我帮你找人问问有没有别人对你这个长篇有兴趣？"

余澄灰想起有人跟自己说过这类话，那时候还在没心没肺的自驾途中，他们几个人是那么愚蠢又快活。那是七月。

七月转过身来，指着头顶："你有没有觉得这些星星看着很奇怪？"

在心里的某处，余澄灰知道眼前的一切都不太对，但自己还是跟他聊了起来："哪里奇怪？"

"天鹅座应该在那个位置吗？"七月指着天空说，余澄灰看着银河却认不出来，七月接着说，"北斗七星，那个样子也太奇怪了吧。北斗是这样的勺子形吗？"

余澄灰找到了北斗星，听他这么说，那样子的确有些奇怪。

"我们到底在哪儿?"七月问,"我们还在地球上吗?"

这个问题让余澄灰毛骨悚然。他终于记起来哪里不对,七月已经死了。他没有说话,眼睛盯着七月的手,那双手一直抓在栏杆上,即使说星星的时候也没有用手去指。倒不是他的手有什么奇怪,奇怪的是那个栏杆,那个栏杆像是昆虫的节肢。

或者说,像是水母怪曾经攀在天空的网。

他想往后退,这时候身后传来另一个人的声音:"我昨天拍了星空,我们对照一下就知道了,现在看到的星空是不是跟昨天的一样。"声音是标准的北京北城口音,不用回头,这声音只能是梁清散的。

两人把他围在中间,他已经不能动弹,然后一个屏幕凑在余澄灰面前。不知道为什么,余澄灰搞不清楚这个屏幕有多大,是相机的屏幕还是笔记本电脑的屏幕。屏幕上的照片也不是星空,而是冷湖石油基地,许多小孩子的衣服、裤子和鞋子扔在黄沙半掩的地上,很新。

余澄灰看过这张照片,在去了冷湖石油基地之后,梁清散给他们看的,他把照片存在电脑里,改了后缀名。照片不停地往后翻,类似的画面,从不同角度拍摄的有好几张。

突然,一张从没见过的照片出现在面前。在这些衣服旁边,画面上出现了很多孩子的腿和脚,镜头只拍到腰。几十个几岁大的孩子站在荒滩下,整整齐齐,面朝镜头，却没有被拍到面孔，只有被镜头拦腰切断的下半身。

"哦，对了，我找到那些孩子了。"余澄灰听见梁清散在自己背后说。即使在恍惚中，他也知道会有一些非常可怕的话从这个人嘴里说出来，这个已经消失在戈壁的人。

一声长长的低鸣打断了梁清散要说的话。梁清散和七月抬起头来，两个人的眼睛同时失去了焦点，身体僵直。他们同时张嘴，发出完全同步却陌生的声音：

"牧者，来了。"

"鲲"，不知道什么时候，已经到了头顶上方。没有影子，但它挡住了头顶的星光，淡淡幽光显出一个巨大的轮廓，离火星基地不到十米。

余澄灰没有见过真正的巨鲸——不是指逆戟鲸、海豚这样的小型鲸类，而是抹香鲸、蓝鲸那样的庞然巨物。他只在纪录片里见过。那巨大的影子从小船下缓缓游过的时候，人类看起来还不如它的鼻孔大。无论你用善良、温顺、温柔还是什么别的词汇来形容那种巨物，当那些人的命运就掌握在某个不能理解的巨物的随意一个动作下，余澄灰真的不知道他们怎么还敢在这样的地方航行。

余澄灰身体僵硬，完全不能动弹。然后，顺着一声复杂的长鸣，周围被明亮的光笼罩，七月、梁清散、笔记本、露台，全都被吞没了。

他睁开眼醒过来，发现自己倒在桌子上睡着了。没有什么死人和照片，唯独光和低鸣是真的。

那个庞然大物离这里的距离比梦里还近。那些球——那些他们曾经做过无数猜测，想知道到底是从哪里垂下来，把七月的残体碾碎、抓走的怪球——浆果一样密密麻麻地结在巨物靠下的一面，它们搏动着，像无数心脏。

或者更像里面有什么东西想要挣脱。

"这就是结束了。"余澄灰想，玻璃、铁门、房间框架，没有任何东西挡得住它。

他不知道周围有没有别人醒着。巨物身体从外到里流淌着渐变的光，它看起来真的并不恐怖。但水母怪也曾看起来可爱、梦幻、无害，直到被电筒照亮。

基地外不远，两辆车并排停着。如果自己现在逃，趁它还没袭击这里的时候逃，有机会逃出去吗？

就在这个想法刚刚冒出来的瞬间，已经占据了餐厅正面整个天空的巨物忽然有了反应。一个球竖着裂开，露出表皮下一直翻动的东西。

一只眼。黏稠的光晕在浑浊的珠子里缓慢转动，在外壳裂开的瞬间凝固了下来。那不是任何动物的眼，但余澄灰感觉它像从快速眼动的梦里惊醒，发现了自己。转瞬间，几十只眼顺次睁开，球体转动，一堆眼球，比火星小镇房子可能都要大的一堆眼球，凝望向他。

他听到了声音，一个陌生而熟悉的声音，像是梦中的七月、梁清散，也像是西夏。

牧者来了。它在等待，在召唤。

球慢慢伸了出来，后面不太粗的触手灵活地推着它们，朝房间的玻璃靠近。

他要过去。余澄灰终于明白自己该干什么。他推开椅子，站起来，走向玻璃。

几十个眼球靠了过来，与他隔着玻璃相望。余澄灰伸出手贴在窗户上，几厘米厚的玻璃外几个比他人还大的眼睛贴了上来，用目光罩住了他。

余澄灰曾有一段时间很喜欢去动物园，一待就是一天。在里面，他花过很多时间和各种动物对视，有的目光迟钝，有的目光温柔，有的目光凶猛，但没有任何一种接近眼前这种感觉。这是深不见底的渊薮，里面蕴集着无数魂魄，只淡淡地望他一眼就把他拉了进去；当他坠进去的时候，那些魂魄已经远去，漠然无谓飘向人类无从理解的轨道去。伴着贴在头顶的歌声，光耀以顶上为中心往茫茫戈壁扩去，余澄灰头脑里一半想尖叫、要发疯，一半却感到这么久以来从未有过的宁静。

脑子里浑噩地撕扯中，那巨物已经半个身体飞过整个小镇的建筑体。随着它的移动，原来凝视着房间里的眼球收了回去，后来的球睁开眼睛，补位，巨眼的波涛覆盖了房间的三面玻璃，不断滚动着。

如果打开灯，照亮它，会看到什么呢？余澄灰心中一个声音这样问，眼前这个巨大的光之精灵会消失，变成一个无比恐怖丑陋、拖着黏液烂皮的怪物吗？它会在一瞬间改变，扑下来，把这个建筑像空易拉罐一样捏扁吗？如果它想的话，余澄灰毫不怀疑它可以。在这个几十公里别无他物的无人区，这个火星小镇完全可以像自己突兀出现一样在顷刻间消失，绝不可能留下石油基地那样让人凭吊的遗迹。

阻止他开灯的，说不清到底是理智还是疯狂。

那些眼睛肯定看透了基地里所有的一切，仍只是顺着身体的波浪靠近又远离，没有任何一个器官表现出想要进来的兴趣。但两个球爬向了外面的地上，抓住了什么东西，一个接一个，放出扭动的软体把那些吞了进去。过了一阵，余澄灰才明白过来。

它在吞噬地上水母怪的尸体。早些时候想要从缝隙里钻进房间，却被林晓老师用洁厕灵喷上，扭曲着死去的那些水母怪。

原来那些活着的水母怪呢？不知道，看不到，反正不在附近，也不知道是被吃掉了还是逃走了，又或者还有别的什么可能？

它大半个身体已经越过了头顶，眼的波浪也弱下来。余澄灰突然知道自己应该要干什么，他放开隔着玻璃试图抚摸那些深渊之眼的手，朝大门走去。

我在干什么？有一个声音问，另一个声音回答，它在召唤我，它在等我。

余澄灰的脚步越来越快，门越来越近。十米的距离，穿过乱七八糟的桌椅板凳，走过过道，他站在门前，拉动了反锁的扣。

这时候,背后一只手死死地钳住了他,抓住他的后背,把他拖了回来。余澄灰挣扎了,但是身上没有几分力气。

那个人喘着粗气把他拖回了餐厅中央,将神志不清的余澄灰朝柱子上一扔,撞得咣当一声。头这么一撞,疼得他清醒了几分。

这时候余澄灰也看到了救自己这人是谁。

非常意外,是西夏。他应该说谢谢,但这句话还没到嗓子眼,就听到西夏说道:

"你不配。"

西夏的声音狂热又轻蔑:"你不配被召唤。你不配牧者的净化,牧者等的不是你。"

余澄灰心头狂跳,西夏为什么也把那东西叫作"牧者",他是从哪里知道的这个名字?

或者说,他们是从哪里知道的这个名字?

西夏转过身,对着餐厅大声叫着:"看到了吗?那就是牧者,听到它的召唤了吗?看到我们的归属了吗,你们这些迷途的人?"

黑暗中半罐啤酒不知道从哪里扔了过来,泼出酒水打在西夏胸口。"疯子!你还没有把大家害够吗?那东西不就是你用手电才引来的吗?"

余澄灰环顾左右,这才意识到,所有人都醒了。但更多的人没有说话。

第三章

先知与奇迹

15　先知

天亮的时候，袁振民他们几个拿了食物和矿泉水给大家，是面包和袋装糕点。这些东西的营养和口味当然不比包装速食饭菜，但有了昨天糟糕的经验，谁也不敢保证打开那包装又会勾起什么说不清的连锁反应。

这些小点心还多，就算只吃这个，也够撑过今天一整天。至于今天以后怎么办，那是今天以后的事情了。

林晓老师他们几个都去主动帮袁振民分发食物，手头有事情做，就可以避免自己去想不该想的事情。

比如昨天晚上发生的那些。

玻璃的裂痕犹在。窗户外面朝阳正升起，夜里消失的彩色光雾已经重新出现，虹彩里红色调格外浓烈，像是冲天而起的火光。在火星基地往外看，整个星球似乎都在燃烧，火焰舔在小镇的玻璃和墙壁上，不知道这个方块的舱体还能抵御多久。

地上已经看不到那几个水母怪的尸体了。"牧者"用眼球把那些尸骸捕获，带走了。但是牧者又去了哪里呢？它的低鸣不知道什么时候就停止了，不知道它离这里有多远，究竟在哪里。余澄灰疑惑起来，昨夜的那一切真的发生过吗？也许是自己的妄想？

袁振民把小蛋糕和面包放在西夏面前，西夏像是从来没有见过这些东西一样迟疑地看了半晌，抬起头来问："这是什么？"

西夏的声音和问题吓了袁振民一跳。她一厢情愿地认为过了半天西夏就会恢复正常，昨天只是成年人喝醉之后短暂的失控而已，听到这问题就不知所措起来。"吃的。西夏老师。"她回答。

"吃的，"西夏尖锐地笑起来，"吃的。对，吃的。你们打算假装昨天什么也没有发生，我们是吃了早饭开冷湖科幻研讨会，然后下午发冷湖奖，晚上咱们再篝火烤肉欢送大家离开，对吧？"

这突然的一通话让袁振民瞠目结舌："不，不是……"西夏一把将早点扫落在地，站起来用那种疯狂的高音叫道："世界已经改变了，你们还没有明白吗？你们在这里等什么？等人来救我们吗？不会有人来的，你们还没看出来吗？"

房间里的一共就十来个人，都紧紧地盯着他。"别说了。求你,别说了。"有女孩子求救一样望着西夏。他置之不理:"你们要怎么办?这里的所有人,你们还要继续逃避吗?你们想要什么样的命运?你们没有听到召唤吗?"

"好了,西夏老师。闭嘴,"还是付强站了起来,"我一直很尊重您,请您不要再胡说八道了。要不然的话……"

"要不然的话怎么样?"西夏抢白道,"又像昨天那样拿抹布塞我嘴里?你可以堵住我的嘴,你堵得住牧者的嘴吗?你能阻止它的歌声、它的召唤吗?你们没有听到吗?那歌声不是通过空气传来的,你们都感觉到了吧?但是你们没人敢说,对吧?那歌声是从我们每个人的脑子里传来的,你们都听到了,对吧!"

他一声声地追问,前面还好,到后面不光付强,所有人都呆住了,不能答话。那东西为什么叫牧者?为什么每个人都知道它叫牧者?每个人都听到了它的歌,都看到了伴着声浪在空气里相随的光。那声音真的是通过空气传来的吗?一时间,所有人都恍惚了。

见人们被镇住,西夏伸出双臂高声呼喊:"世界,已经毁灭了。那个肮脏的世界,被商业、被谎言污染的世界,出卖自己灵魂的骗子横行的世界,已经毁灭了!"

"你吓到大家了,"林晓说,她是在场人里仅有的跟西夏年纪相当之人,即使是这时候,她声音依旧很温和,"别说了。"

"吓到了？"西夏虽然听起来疯狂，但也不一定愚蠢，"那就对了。我们就应该害怕。我也曾经和你们一样，就在昨天，我还在当一个鸵鸟，还想方设法地无视发生在眼前的一切，假装异常光波辐射只是一种幻觉；假装一队的人和这里的工作人员是不知道干什么去了，等会儿就会回来；假装等在屋里手机就会有信号，就会有网；假装我们这群人会齐心协力、众志成城；假装冷湖以外一切正常；假装外面已经发现这里出了古怪，已经派人来救我们，我们只要等着就可以。就算亲眼看见七月和陈茜死在了外面（有人低声插嘴"没有看见陈茜"），看到了怪物，还是假装会有人开着飞机坦克干掉这些怪物，把我们救出去。

"但是现在！"西夏原本就很高的声音竟然拔得更高了，"现在我看清了真相。牧者让我看到了真相，你们却还在拒绝接受！没有人会来救我们，这就是我们的归属，我们必须在这里做出选择！"

"什么选择？"王侃瑜问。西夏还没来得及回答，就被人打断："别理他，他已经疯了。袁镇长，你就由着这个疯子在这里胡说八道、妖言惑众吗？"谁也没想到说话的居然是程昔。袁振民一直就在西夏旁边站着，听到这话却也不知道该如何表态，只嗫嚅道："我，我……"

"把他关起来，"付强说，"找个房间把他关起来，锁里面。他还没惹够祸吗？昨天晚上那些东西，如果不是他根本就不会冲我们来。早就该把他关起来。"

"对！"终于有人想起来西夏喝醉之后登上露台用手电照亮水母怪的事情，"把他关起来，找地方反锁起来！"

面对指控，西夏气势丝毫不减："惹祸？我让你们看到的是真相。让你们看到了那些东西真正的样子。你们难道以为没有我，那些东西就不知道这里有人，就会放你们在这里安安静静地当鸵鸟吗？小付，你告诉我，你现在打算怎么办？你什么时候当上这里的负责人了？好，就让小付同志领导大家，那么这位领导，你打算让现在这些人怎么办？你有什么计划？你要把我关起来对吧？关了我之后呢？"

西夏是一个可怕的人，人们本来就被恐惧压制着，他这几句话，大半人就转过头去望着付强。每个人都叫付强老付，西夏也是，这时候却变成了小付。付强并没有想过这么多，满脑子只是制止西夏那邪教般的疯狂行径而已，自然就懵住了。西夏见状，就从喉咙深处发出"呵呵"的冷笑声，一面笑，一面摇头："你们根本不知道，也没想过要怎么办对不对？等不存在的救援，是吧？等多久呢？今天，明天，后天，如果还没有呢？这里的吃的、这里的水、这里的电，尤其是电，发电机再节省，最多还能坚持三天。"

除了袁振民，这里没人比西夏更清楚这些。其他人甚至没有空出心智去想这些，也没有听人说起过。

"但是大家也不用太担心，"西夏声音突然和缓了，像催眠一样，"牧者是不会给我们那么多时间的。"

"你们都看到它了，和它对视过，"他的眼神狂热起来，"这个铁皮房拦得住什么？它连水母怪都挡不住，就算没有牧者，这个房子能过得了今晚吗？你们每个人都知道答案！你们看到了牧者。小付，你是物理博士；小古，你是生物教授。你们来告诉我们，你们学过的东西能解释这一切的存在吗？"

当然不能。这不需要物理博士或生物教授解释也知道不能，科幻作家多多少少要有些科学常识，引力、浮力、空气动力、材料结构、骨骼支撑……一切的一切，没有一个能解释为什么这些东西能浮在空中，为什么牧者不会被自己身体压塌。

"我们的知识、你们自以为是的智慧，在它们面前一文不值，"西夏的布道继续，"先进的科技与魔法没有区别，"他在这群科幻作家面前引用科幻大师克拉克的名言，"我们面对的是魔法，你们却还在什么'理性的怀疑'……"

布道突然被打断了。"说得好，"余澄灰冷冷地说，"这位最后的怪物先知大人，别废话了，你的信徒的命运是什么？你既然不相信会有救援，那你要你的信徒干什么，拿着手电站在二楼露台上，召唤那个'牧者'来把自己吃掉？迎接像七月那样美好的命运归宿吗？"

还不等西夏回答，余澄灰掏出了半件皮肤衣扔在桌子上，对大家说："你们知道七月是怎么变成两半的吗？我知道。被水母怪粘住身体两头，拔河一样被活生生撕成两半。然后你们都看到了，被牧者愉快地吃掉。那些水母怪会相互粘在一起，把你抓走。不是咬死，是五马分尸一样被扯碎。你们细皮嫩肉的脸比这个皮肤衣结实吗？"

讲道理，这衣服其实是付强用刀割开的。但余澄灰讲述的画面感都让人不敢去检查这衣服。

"如果不是我和付强，先知大人你现在已经被水母怪抓在天上，扯成碎块了。来，告诉大家，让他们迎接这样的命运。来！"

哪知西夏一笑，说："你有没有想过，同样在露台上，为什么它们要抓的不是我而是你呢？你说我手里拿着电筒引来了怪物，为什么它不抓我呢？"

"因为我救了你。"余澄灰的气势断了，他知道对方要说什么。

果然。

"不，因为你是抛弃了灵魂的垃圾，而我不是。"

趁着余澄灰无从反驳，西夏已经不再跟他纠缠："选择吧，被牧者选中的朋友们，是要迎接新世界，迎接人类的归属和命运；还是被抛弃，在这个肮脏的旧世界跟这些骗子站在一起？"

说着西夏转身推开椅子，主动朝后面的睡眠舱那边走去，走过付强身边的时候，他说："不用把我锁起来，等到这些罪人被净化的时候我自己也会锁上门，不会让他们进来。你还有机会。你还可以选择。他们已经没得选了。"

斑马一言不发地起身，跟着西夏去了。跟着他的还有另一个男人，是他的导演哥们儿。王侃瑜也站起来，左右看了看。林晓伸手拉她："侃瑜你干什么？"她敏捷地从一边闪过，让人拉了个空。

三个人簇拥着西夏，已经快走出餐厅通道门，这时候分形橙子看了一眼角落的程昔。他扔下不知道什么时候一直抓在手里的那半个打火机残渣，对西夏叫道："西夏老师！"

西夏回头，分形橙子问："那七月又为什么……"

"我不会骗你说我知道，我不知道，"西夏坦诚地回答，"但是我相信，一定有他的原因。"分形橙子点头，也不知道是他接受了这个答案，还是只是需要一个回答来说服自己，他也跟了过去。

余澄灰料到自己会被找，也料到对方会不情不愿，但尽管如此，付强的话还是让他很不痛快。对方在余澄灰从厕所回来的路上，在过道拦住了他，开口第一句话是："我给你说实话，如果可以，我压根儿不想搭理你，但是现在没有办法。"

付强自顾自地说："至少所有人里面，你是最不会被西夏蛊惑的。"

客气了，余澄灰心想，你干吗不直接说实话，你找我不是因为觉得我多理智冷静所以不会被蛊惑，而是因为西夏说我不配。当然,他只是点头表示明白。然后问:"你后不后悔?"付强不明白这话从何讲起:"后悔什么?"

"我是说,你后不后悔没听我的,昨天晚上抢了西夏的手电以后就不该费力救他。要是那时候我们直接回来关上露台的门,不就没这事儿了吗?"

听这话,付强脸色一下就变了,露出厌恶的表情,余澄灰就明白他完全没想过这点,愚蠢。"那是一条人命啊,西夏就算发疯,也是情有可原,也不能想着要害死他啊!"

"只希望将来他害死我们的时候,他也能像你这么想。"听了余澄灰这话,付强深吸了一口气才冷静下来,摇摇头:"算了,不说这些没用的。说正经的吧,情况越来越不妙了,得想想怎么办。"

"怎么个怎么办?"余澄灰说。付强反而没有直接回答,把话头拉了回去:"有五个人完全失去了理智,"这说的是西夏的牧者邪教和他的信众,"而且再这样下去,还会更多。"

见过那些东西之后,所有人的世界都在崩塌。不管是作家,还是导演、编剧、电影人,这群人都是"文艺工作者",比起普通人,他们更敏感。西夏会说是因为牧者的召唤,如果没有那么疯狂,可能是因为巨大的压力下大脑感知在重建,一些不应该听到的声音、从来没有过的思绪不时地跳进意识里。

每个人都必须抓住什么来维持自己的理智,免得疯掉,即使抓住的东西是一个疯子的呓语。

"没错,要不了多久,他们就会发动圣战,用异教徒来作为祭品,让他们飞升,进入牧者许诺的乐园,"余澄灰坦然说,"第一个祭品不是我,就是程昔。"

付强诧异地看着他,过了几秒才勉强说:"不会的。不至于。"余澄灰一笑,付强忙岔开话题:"总之,我们得趁早考虑怎么办。你得承认,西夏说的有的东西确实需要考虑。"

"比如?"

"很有可能不会有救援来了,"付强说,"我倒不是说外面世界已经毁灭了。我的意思是……"

"外面多半会放弃我们,尽量少干预冷湖这个鬼地方的什么鬼异常光波辐射,在花时间准备好之前避免和这些人类科技还没法理解的怪物接触。你是这个意思吧?作为物理学家对你们同行行为进行判断,结论是我们这些微不足道的人类没有这些东西值得多,对吗?"

付强本来准备了一大堆解释,这时候却统统用不上。他重新打量了余澄灰,这是一个看到一篇十多年前的小说就敢胁迫本圈当红大佬的狂徒,很难说是因为疯狂扭曲让他敏锐,还是因为敏锐才这么扭曲。

余澄灰没有告诉他这一路上自己那些零零碎碎、难以言明的见闻,这时候它们都串了起来。哈里哈图那个对冷湖石油基地消失欲言又止的本地人;梁清散在石油基地发现的幼童衣服;那个不知道哪里不对,但就是让人不自在的戈壁里的检查站。也许……

再想下去，自己会和西夏一样。余澄灰忙收了思绪："很可能你是错的，救援说不定已经在路上了，那当然最好。但假如没有人会来救援，我们怎么办？"

"我们得准备想办法逃走。"付强说。

"你还记得七月和陈茜吗？"

这个不是问题的问题，付强显然不需要回答："你还记得吗，辐射刚出现的时候，七月和分形橙子在外面检查基站。他们在外面待了很久。"

"至少半个小时吧。我没有注意时间，只看外面去了。"

"而且那时候，王侃瑜就已经说自己看到了外面有什么东西。她的衣服被撕破了。"

"水母怪，"余澄灰点头，这点，他太有发言权了，"你是说，那时候水母怪已经出现了，但是没有攻击七月和分形橙子，虽然他们在外面待了很久。这是为什么？"

"不知道。可惜王侃瑜和分形橙子现在……要不说不定能问出点儿什么，"付强说，"不管怎么说，当时他们离开这里的距离比现在车离我们的距离远得多。这至少说明有希望跑到车里。理论上有希望。"

"就算我们能到车里，"余澄灰说，"然后呢？那个巴士车，牧者……"

提到这个名字，突然两个人都沉默了。不需要去想它的身躯本体，那眼球如滚动的潮水从火星小镇上避开的场面当时他们看着并没有觉得多可怕,甚至有些梦幻,但事后回想起来,脑内每一根神经都在尖叫,几乎快要引发癫痫。

连牧者这个名字都是有毒的,这名字到底从哪里来,怎么连交流都不用就在所有人脑子里得到了统一?

"得……"付强吞口唾沫,高壮的身子弓起来,缩了几分,"得试试。只能试试。"

"所有人都带走?我是说除了西夏那边的。"

付强再次把眼睛瞪大。"当然了。要不呢?"

余澄灰突然觉得很开心。一切曝光之后,自己就不再抱希望这里还有人能对他有什么好感,自己的科幻作家生涯基本就到此为止,也不用再假装什么去逢迎别人。做一个干脆利落、不必伪装自己有多糟糕的人,这让他舒服。"首先,你得确定有多少人愿意走。其次,就算都愿意,十……十三个人,只能坐那辆巴士车,你有A1驾照吗,会开吗?我不会。"

"袁镇长会。"

"对,袁镇长会。假如她不肯走呢?她去当西夏的信徒了呢?或者……她死在去车子的路上了呢?"

付强不知道该怎么回答,当然,这一切都有可能发生。"总应该会有别人会开巴士车吧。实在不行,C1照的应该也……"

"这里可是戈壁,不是高速公路。你有A照都不一定能不翻车,而且路上还会有……别的东西,你明白吗?

别说什么应该。"

"那也只能……"

余澄灰摇头打断了他："要是这样，风险也太大了。连我都不会跟你去冒这个险，其他人就不知道有谁会愿意了。"

"那，你是什么意思呢？"付强听出他另有主意。余澄灰看了他一会儿，开口说："那边还有一辆七座车。谁都能开，越野能力比巴士好得多。"

"那剩下的人呢？就丢下不管了？"

余澄灰直勾勾地看着他："等有六个人肯跟你走，你再考虑这个问题也不迟。"他知道自己应该补充一句没有用的安慰，什么"等这辆车出去了，再找救援来救他们"之类的话，好让对方得到一点儿良心上的安慰，但他没有。他故意没说，付强的纠结让余澄灰从内心感到一阵爽快。

承认吧，每个人都是自私伪善的，谁也不比谁好多少，不管你怎么伪装。

余澄灰甚至补充道："你本来也得丢下斑马侃瑜他们几个。"

在那一瞬间，付强看着他的眼神闪出一抹恨意。

"我先去挨个问问大家的想……"

话还没说完，餐厅那边突然传来一声尖叫，声音是林晓的："老古，你干什么！"

然后一串叫声传来。

16　归来

老古全名叫古奇，跟某国际一线奢侈品品牌同音，听起来很不像中国人的名字，却是他的本名。因为发音，潜移默化间所有人只叫他老古，但其实他才刚四十岁，远算不上老。这个年纪他已经是生物学教授，非常了不起。

只是在现在这种状态下呢，这了不起的履历对他帮助不大。自从记起程昔的事情之后，老古就一步步滑落深渊。在他还不敢把看到程昔走向基站的事情说出来的那段时间里，教授回忆起半年前的八卦消息，完全放弃了自己所有的科学逻辑，真心实意地觉得程昔是天狼星人。

事后，尴尬和羞愧在无人知道的时候慢慢涌上来，尤其是他是生物教授啊，天狼星人是怎么回事？老古明白，说出那句话的时候，所有人都觉得他是个白痴，就跟刀刺程昔的那位疯狂女粉丝一样。况且那个女粉丝是个中专生，不是教授。

老古开始担心以后别人会用这句话来耻笑他，他只是一时犯蠢，谁还没犯过蠢呢？在这天接二连三的巨大刺激下，耻辱变成了一种执念：我要破解这到底是怎么回事，我得搞清楚这些怪物的秘密，我得让大家知道我只是一时犯蠢，我不是个白痴。

这种执念反而成了老古心智的救命稻草，在其他人顾着赞叹、恐惧、崇拜这些怪物，或和这些怪物战斗的时候，他一直在观察、思考，不是以视作怪物的切入点，而是以视作生物客体的切入点试着去理解它们。

这太难了。老古是一个做微观方向生物学研究的，他甚至没有经过什么博物观察的专业训练。他至少需要一个微观样本，这样才能回到自己熟悉的细胞尺度上的秘密去。

老古的坚持终于在早上得到了回报。除了他，谁也没注意到玻璃上七月"余迹"发生的变化。那道体液残迹在清晨铺上了很薄的一层白丝，像是实验室琼脂培养基上的某种菌落成熟的样子。

但是冷湖是没有细菌的。他很清楚这一点，这里甚至比撒哈拉沙漠更不适宜微生物生存，这里不仅干旱缺水，而且土壤高度盐碱化，是典型的微生物绝境。

那这些白丝是什么？

在西夏开始布道、大家开始争吵的时候，老古一直盯着这东西看，谁也没有注意到他。毕竟这会儿每个人都不正常，他的行为在其中已经是非常正常的了。几个小时过去了，他除了吃饭、去厕所，其他时间一直盯着这东西，甚至连西夏疯狂的布道、人群的分裂都没有注意到。

最开始他认为是某种不属于"这里"的菌丝，随着其生长发觉不对。菌丝是很简单的，只知道往外长，堆成毛毛的一蓬，但这片尸液残迹上的白丝慢慢形成了结构。随着太阳升起，外面的彩光从清晨浓烈的赤红渐褪回昨日的虹彩，复杂的光照环境很不适合观察这些不明显的东西，老古自然也没法把整个过程看得多么清晰。

但在这种的环境下，白丝的改变看起来异常梦幻，丝绒鞭毛一样看似胡乱搏动着生长，跟其他丝绒拥挤、碰撞、融合、握手、扭曲。只看一根丝，它似乎只是在随机地乱动，但慢慢地，有了编制交缠的粗索状结构，也有本来长丝的地方空了出来——不光白丝没了，连"培养基"，七月的尸体残迹也没了。

就在付强在过道拦住余澄灰的时候，老古终于意识到了眼前发生的是什么：白丝织造出一两毫米粗的长条，长条相互褡裢，相接之处略膨胀起来，一个不是很大的网渐渐呈现在面前。熟悉的一幕开始出现，大致的网开始搭成之后，每个长条开始断开原来的连接，朝别的地方转动，形成新的连接。整个东西开始怪异地变幻与蠕动。

昨夜漂浮在天顶，供水母怪攀爬的那个无边无际的网。

网出现的时候，玻璃外原来属于七月残骸的那些痕迹已经完全消失了。

老古突然有了一个奇怪的想法，这些不断改变两端连接、两头大、身子细长的"节肢"或者说"长条"，有那么一丝像神经。而那个网，像是某种抽象出来的脑神经连接网络，连接的变化有如思维的流动。

就在老古出神想象的这么短短几秒，网松开了玻璃。它跟变化前的尸液不一样，不是粘在玻璃上不能动的，像一张薄纱，它晃晃悠悠地飘了起来。

老古本能地冲了上去。他的反应从来就没这么快过，伸手操起角落的一根扫把，跑到窗户边，推开离网最近的一扇窗户。窗户是那种只能朝上斜开一个很小角度的安全窗，其他人就看到老古用一个非常扭曲的姿势把扫把艰难地够出去，整个人挣扎着往窗户缝里挤。

这个姿势实在太过癫狂，林晓当时就尖叫起来："老古，你干什么！"

其他人追着他那拍打的扫把头部看过去，这才发现那个奇怪的网。过了一会儿，这些人陆续知道自己看到的是什么。

网的轨迹非常诡异，通过这么一个狭小又方向朝下的窗户缝，老古手中的拖把能活动的范围实在有限。第一把扑了个空,他肩膀被拉到几乎脱臼都没有觉得疼,在眼看网快要离开能够及的范围,老古敏捷地单手让扫把转动起来。

扫把头最外侧的塑料丝碰旋转着拍在网的边缘,像清扫蛛网时一样,几根长条被扯下卷在了扫把上。

房间里有一小半人大概猜到那是什么,虽然未必知道它是从七月的尸骸里长出来,但也明白老古在抓的是什么。看他得手,人从窗户缝缩回来,又小心翼翼地把扫把收回来,生怕碰掉了上面采集的"样品"。离得最近的郑莹莹就尖叫起来:"别拿进来!拿开,快拿开!"

这尖叫声好像回到了幼儿园或小学,被淘气孩子往衣服上扔毛毛虫的反应。不光是郑莹莹这个姑娘,在这诡异的噩梦摧残下,男男女女的心智都在急速倒退,逐渐丧失成年人的冷静沉稳,变得简单粗暴,而且容易盲从。

听着郑莹莹的尖叫,知道和不知道怎么回事儿的都往四面退去。完全不知道发生了什么的付强和余澄灰赶回来,就看到老古捧宝贝一样端着一根扫把,他周围大半个餐厅空无一人。

"拿个干净的容器过来!"老古喊,"陶瓷、玻璃的最好,不锈钢的也行,最好能盖住!快!"

付强不明白,但老古这时候已经完全是教授的姿态,一副非常清楚自己在干什么的样子。他跑去边上找到了两个不锈钢盆,拿了过来。

"拿好！别动！"两个人小心地把扫把头护在中间，老古仔细抖落扫把头上的东西，三根弯曲的长条和灰尘、干饭粒一起落进盆里。白色长条略发灰，直径约有两毫米，长在五到十厘米之间不等。付强这时候才问："这是什么？"

老古没有说话，只顾着看盆里。那三根长条落在不锈钢盆里不久就开始扭动，像线虫。但那不是运动，而是挣扎。它们在寻找什么，很快就彼此末端抓握起来，但这种抓握相连只持续了很短时间，只有三根长条，它们不断改变链接的需求显然是不可能得到满足的。不到一分钟之后，它们就明显地失去了力量，接着突然狂乱地扭成乱麻又短暂地静止，最后再乱跳了几下，就不再动了。

"袁镇长！"老古端着盆对袁振民大叫，"我记得二楼是不是有显微镜？能用吗？"

二楼是有显微镜没错。给孩子的科普夏令营里有一个项目是取戈壁的土壤和水样，在显微镜下观察里面有没有细菌，跟从其他地方的样本对比，让孩子切身感受："冷湖是没有地球细菌的火星领土"。

袁振民还没回答，郑莹莹就在一边大叫："你们要干什么？你们把怪物放进来，要把它养大吗？你们疯了吧？"她对袁振民恳求道，"老大，他们盆子里的是外面的怪物，是活的。会害死我们的！"

袁振民看了看她，又望向老古和付强，郑莹莹见上司没有反应,脑子里嗡地一响,失控地尖叫起来:"不要!我不要像昨天那人那样!我不要变成那样。"这时候她突然想起什么,冲向餐厅角落,抓起备在那里的洁厕灵。在阴差阳错阻止了水母怪之后,他们找出了所有的洁厕灵,放在房间方便拿到的角落,而且拧开了螺旋盖子以防万一。

"该死。"一股蓝色的黏稠液体从空中射来,老古根本来不及想别的,把两个不锈钢盆一扣直接塞进怀里,转身用外套紧紧护住。洁厕灵从他的头发一直淋到腿上。"别这样!只有这一个样本。我们得搞清楚这是怎么回事儿才能对付它啊!"

"你会被它五马分尸的,"年轻的郑莹莹手持洁厕灵指着老古说,"你们这些疯狂的科学家,你们自己的小说里都这样写。你们会害我们一起被它扯成一截一截,就跟昨天那两个老师……把它拿出来,要弄死它……"

旁边的人傻站着,不知道该帮谁,谁说的都有道理。
"这些样本已经死了。"
"骗人!已经死了,那就再让我用洁厕灵保证它死彻底了。"

"污染了,就没用了啊。"堂堂教授、博士生导师,可怜兮兮地哀求一个二十出头的小女生,其实不光是求她。老古很明白大家的犹豫。郑莹莹说得对,自己把自己作死,还把所有人都拖下水的科学家,他们自己小说里写得可太多了。"你们可以把我关起来,把显微镜和材料给我,找一个房间把我关在外面,行不行?我们必须搞清楚那些生物是什么来头。那是生物体,不是神仙鬼怪。"

可能是最后这句话说服了一些人。那不是神仙鬼怪,是生物体,只有弄明白这个,才能抵挡住西夏那样的疯狂诱惑。"按他说的,找一个房间把他关在里面,可以吗?"付强问袁振民。

"那边工具间可以,"袁振民说,"有铁栓可以从我们这边别住。"郑莹莹还想说什么,林晓拉住她:"没事儿的,再找两个人拿着武器守在外面。"

老古宝贝地护着那点儿样本,尽管得到了允许,但还是害怕有其他人突然袭击。铁门关上,只剩下他和儿童科普生物实验便利套装在房间里之后,他才把不锈钢盆从怀里掏了出来。

旁边就是水池,老古脱下衣服,没有时间去清洁渗入头发的洁厕灵。他三下五除二在水池边用剪刀剪掉了自己不长的头发,又冲洗了一会儿,不能意外让毒素污染样本。

三个长条已经不是长条了,变成了线头一样的几团,打着结。老古戴上手套,小心翼翼地取出一个,切下一点儿,用玻片碾碎,涂抹上去,放到了那个最大只有五百倍的单目显微镜下。

他其实做好了没有任何有用结果的准备,这是做了多年研究的基本素质。不对结果抱有过于乐观的期待，才能忍受枯燥重复的工作。

没有想到的是，物镜第一次从二十倍打到一百倍，微调完焦距之后，老古就有了发现。

细胞意外地大，形状很奇怪。这些巨大的细胞形状也很不一样，完全没有正常机体组织细胞那种整齐统一的模样。更奇怪的是，这巨大的细胞内部，细胞质内有好些从未见过的泡状结构，不属于老古熟知的任何一种细胞器。

生物的细胞非常复杂，但简单一点儿划分，真核细胞其实也就是细胞膜、细胞质、细胞核三个大块。细胞质中容纳着很多种细胞器，这些细胞器功能在生命活动中极其重要，比如叶绿体提供光合作用、线粒体进行有氧呼吸供能。老古是做结构生物学的，细胞的微观结构他熟得不能再熟了，闭着眼都能画出每种细胞结构的五种变体画法。细胞本身形状奇特，这不意外，但有不认识的细胞器？

这就好像找新元素的时候，在原子里发现了绕原子核旋转的不是你认识的电子。

其实，我们地球生命现在的细胞形成，并不是"突变"—"进化"这么简单。植物的叶绿体和真核生物的线粒体，都不是原来的细胞进化来的，而是抢来的。

"叶绿体"本来是某种原始藻类，被另一种细胞吃了进去却不知道什么原因没有被消化，像是绑票绑成了压寨夫人一样，出现了拥有叶绿体的细胞。这种细胞获得了藻类那样光合作用的能力，在此基础上进化成了植物这个谱系。

线粒体也是类似，但更重要得多。氧气曾经对地球生命来说是有毒的（直到现在，氧化依然是生物病变的核心因素），直到某种厌氧细菌把线粒体绑架进自己细胞质里。能利用有毒氧气来供能的线粒体从一种独立生物被吞噬成一个细胞器之后，真核生命才真正诞生，地球生物开始能够获取比厌氧生物高出千万倍的能量，我们今天的地球生命圈才得以诞生。

老古不知道这个细胞器是什么，有什么作用。

但是他开始怀疑以前对这个过程的形容比喻有哪里不太对。

也许正确的说法不应该是，叶绿体、线粒体被吞噬、被绑架。

而是，寄生。

老古豁然开朗。他原来想象的是变异，光波辐射引发的变异。但是变异造成这一切的可能性，就像猴子在打字机前写出完整的莎士比亚戏剧一样，只存在理论上的可能。

但是一种全新的细胞器呢？想象一下原核生物和真核生物的区别吧。原核生物只有单细胞，而一个线粒体的加入，诞生了飞向太空的人类。

那是从生命底层的重铸，一种级数级别的爆发。

诞生的不是一种生命。那是一整个生命界。

在这个生命界最简单的生物眼里,人类也就是靠鞭毛游动的细菌那种级别的玩意儿而已。

一时间,老古完全忘记了自己的本来目的。他是要搞清楚那些生命的秘密,找到逃离这里的办法。这时候一点也想不起。

心绪这么飘荡着,视野里的细胞慢慢因为重力挤压移动了过去。一个比先前看到的巨大细胞小得多的细胞出现在眼前。过了好一会儿,老古才惊觉眼前的东西有什么不对。

这个细胞有些内陷,但是这不是关键。关键是,它没有细胞核。

几秒之后,老古明白了什么。推动载物台上的玻片,疯狂地在样品里寻找起来,找回了先前看过的那个巨大的、形状不规则的细胞。

老古知道了一件自己根本不想知道的事情。

没有细胞核的小扁球,本来是红细胞。巨大的不规则细胞,本来是巨噬细胞。找到的还有嗜酸性细胞……现在它们虽然跟之前并不完全一样,但还保留着原来的基本形状,也许过一段时间,这些基本形状就会消失,不过现在暂时还没有。

换句话说,血细胞。这就是它们看起来形状不那么规则整齐的原因。

并不是那些生物在七月尸体残迹里留下了种子,把那些体液作为营养、培养基，在里面长出新的生命。

是七月作为人类的细胞改变了，变成了另一个生命界的存在。

老古立刻意识到，这也许意味一个非常可怕的可能。

他猛地站起来，因动作太急差点儿摔倒，腿撞在桌脚。这时候顾不得疼，老古拼命敲打外面的门。

没有回应。他这才想起来之前的约定，先敲两下，等外面回应敲一下，自己再一强两弱敲门，重复两次。

按约定，老古敲了两下。

外面没有回应。

他等了一会儿，只好又敲了两下，用了很大力气，敲得咚咚巨响。

过了快一分钟，就在他觉得自己被锁死在里面的时候，外面终于回应了一声。

咚，咚咚。咚，咚咚。

门开了。门外，一张惨白恐慌的脸盯着老古，是付强。就连昨夜水母怪快要撑开裂缝的时候他脸色都没这么难看过，老古本来要说的话一下被惊得缩了回去。

"怎么了？"

这时候老古看了一下墙上的钟，居然不知不觉已经过去了两个多小时，这一天已经过了中午。

老古看到了西夏和他的信徒们站在通往外面的过道一边，其他人自觉地隔着过道离这些人很远。

终于动手了吗？这是老古的第一反应，但马上他发现不是,两群人并没有对峙,反而都紧张地望着过道尽头的大门。很多人手里都拿着称得上是武器的东西:缠在棍子上的菜刀,拆下来的铁管,削尖了头的木杆。很显然,这段时间里他们都给自己找了事情来做。

门上的锁哗啦一声,开了,袁镇长开锁之后飞也似的逃了回来。付强开门之后应该回去,但他这时候只觉得脚挪不动步。

门打开,携着虹彩的光,一堆什么东西涌了进来。

几乎所有人都往后退了半步,他们面前还有用桌子仓促搭建的隔离带。

虹彩进入房间后迅速散去,露出那一堆走过走廊的东西的面目。

一个磁性的男声愤怒地喊:"搞什么啊?怎么回事儿?我们在终点那边一直等,没吃没喝什么都没有。人都去哪里了?我们又累又饿又渴,等了一个小时一个鬼影子都没看到。最后只好又走了两个多小时才回来!好容易走回来都快累死了,门为什么都不给我们开?你们要搞什么!出事了怎么办?出事了谁负责!"

一队的队长张冉愤怒地咆哮着。

随着虹彩散去,他背后的队员一个个现了出来。

梁清散,冰狗……一队队员一个也没少。

疲惫,茫然,愤怒,看上去在荒凉的戈壁走了大半天。

只走了大半天。

17　奇迹

当人处在绝望的时候,就总是希望会有奇迹发生。

但奇迹真的发生的时候,人又总是拒绝接受。

余澄灰的鼻翼颤动,因为紧张而大口大口地吸气。可能是幻觉,他好像闻到微弱的酸腐的味道。张冉还在发火,房间里没有人回应。他甚至觉得就没有人听到张冉在说什么。

张冉终于发觉事情不对,桌子、椅子、长棍、钢管,一个拒马阵拦在面前,房间里所有人都严阵以待地守着,望着自己。张冉本能地转身回头往背后看了一下,他完全没有想到这阵势是在对付自己。

"搞什么啊?"张冉没有看到任何可疑的东西,回身迎着袁振民走过去。刚挪了半步,面前七八个带刃不带刃的家伙齐刷刷地挺了起来，指向他的胸膛。他这才知道屋里的人的敌意对着的是自己。

"你们干什么？！"他大叫，"都有病啊？"那茫然愤怒的样子绝不像是装的，微妙的面部肌肉表情很自然，不像故事里的画皮。"袁镇长！"在这里所有人遇到问题第一反应都是找袁振民，"你们搞什么鬼？这是什么设计的剧本游戏吗？一点儿也不好玩。快放下，我们都要累死了。"

袁振民心里翻覆着很多个问题："你们去哪里了？你们居然没事儿？"但张嘴问出来的是：

"你们到底是什么东西？"

"什么叫我们是什么东西？"张冉惊呆了。后面有一个年轻姑娘有气无力地叫道："别玩儿了，我们已经不行了。什么破活动，我以后再也不来这种地方了。"一面说一面从张冉身边走过，径直往里走。一柄绑在拖把棍上的尖刀和一个磨利了的空心钢棍立刻横过来朝她腹部戳了过去，张冉见状忙把她往后一拉，姑娘这才察觉到危险，吓得尖叫了起来，眼睛四面寻找。

"陈茜！茜茜呢？茜茜，你们干什么？人呢？出来跟我说话，你们在疯什么啊？"

这句话让不少人一下明白了这个女孩子的身份，之前半明白半糊涂的，大概知道是谁但人名对不上人的，这下都醒悟了过来。陈茜就是因为找她，昨天下午才非要出去的。

"你们昨天去了哪里?"余澄灰人站在后面,声音却很清楚,"外面那些怪物,你们一整天在外面都没有遇到它们吗?你们怎么活下来的?"

这才是应该问的问题。

"什么什么?"张冉眉头紧皱,"昨天?什么昨天?昨天我们不是刚到冷湖吗?"这位一队队长这才看到躲在后面的余澄灰,"说话的是余澄灰老师吗?什么叫昨天我们去了哪里?昨天我不是跟你一个车从冷湖镇到这里的吗?中间我们就去了石油基地遗址,还能去了哪里?怪物,什么怪物?你到底在说什么啊?"

"那是前天的事情,"袁振民说,"我带你们去石油基地遗址是前天的事情。"

"啊?"张冉略一愣,然后摆手,"哎呀,别胡闹了。恶作剧到这个程度就过分了各位,饭也没吃水也没喝,真的会出事儿的。"

梁清散大声说:"这乐子够大了,再大就要出人命啦。行啦,让我们吃个饭喝个水眯瞪一会儿再陪大家演好吧?谁搞这么一大套,太下本儿吧?没这必要的。是有摄影机记录我们的反应吗?拍够了吗?"

"就是就是!""别闹了,累死了。""这样搞以后谁还肯来你这儿啊?就算是我们没花钱,你们报销费用,也不能这样玩儿我们啊。"

挤在门口的众人你一句我一句地闹起来。又听见那个小姑娘问:"茜茜呢?陈茜人呢?茜茜,你给他们说一下，我不适合跟他们玩儿这个的。"

这女孩儿的话让里面严阵以待的人们脸色发白。余澄灰突然想起，昨天陈茜曾说过，她是重度抑郁症，不能这么久不吃药。那已经是十好几个小时之前的事情了。到现在，这个重度抑郁症患者，已经整整二十四小时以上断了控制药物。

她看起来一点儿也不像。

"我们出去徒步是昨天的事情，"余澄灰大声说，"我们在终点一直没有找到你们，以为你们失踪了……"

"我们失踪了？"张冉打断了他，"我们还以为你们失踪了呢。我们还爬到高处到处找你们。实在不行了我们才决定自己原路回来的。"

余澄灰觉得自己本来就已经够混乱的头脑又往崩溃的边缘走了一大步："但那是昨天的事情了。那是昨天的事情，你们明白吗？我们已经回来了一整天了。"

"不可能。别玩儿了！"张冉也不耐烦了，"累了这么一天，我们不知道吗？我们一直在走，走了多长时间我们自己不知道吗？在这个鬼地方徒步二十多公里来回，你以为好玩儿吗？"

他说得那么肯定，一时间，房间里这些原来二队的人甚至怀疑起自己的记忆来。他们当时真的是在正确的目的地找一队的人，却什么也没找到吗？他们真的在回到火星小镇短短不到一天的时间里就经历了那么多可怕的事情吗？

张冉说的更像是真的，那些噩梦根本就没有发生过，现在还是徒步的那天下午，大家只是不幸当面错过而已。

"魔鬼！"一直沉默着的西夏突然爆发出疯狂的呼喊，"化身人形，满嘴谎言和诱惑的魔鬼！"张冉万不能想到西夏完全变成了另一个人，被吓得一哆嗦。

"它们会化身我们亲近的伙伴，用所谓理智和科学的假象来诱骗我们。它们要把我们从牧者的召唤和应许中骗走，它们会告诉你外面的一切不存在，什么也没发生。它们会用我们熟悉的面孔给我们送来死亡……"

张冉惊恐地看着这个完全陌生的西夏，用目光询问袁振民他们西夏在说什么。余澄灰突然想到了什么："手机拿出来，"他伸手，"手机！"

张冉不解其意，眼睛只顾着看西夏，不过手倒是乖乖伸进口袋掏出了手机。"干什么？"

"你的手机上是几号？七月三十一号还是八月一号？"

七月三十一号是昨天，他们出门徒步的那天。今天是八月一号。

张冉点亮手机，愣住了。

"是几号？是七月三十一号还是八月一号？问你呢？"余澄灰问，"是八月一号，对不对？"

"我手机肯定是出问题了。"张冉喃喃地说。

"是八月一号，"余澄灰也不知道自己该松一口气还是该更加紧张，"所以……"

"不是八月一号，"张冉说，"也不是七月三十一号。"

"啊?"

"是四月三号。二〇七八年,四月三号。"张冉把手机屏幕翻过来,虽然离得很远,但余澄灰还是看到了上面的日期,二〇七八年四月三号,下午两点四十七分。虚拟表盘上的时针迟疑地走着。

余澄灰呆住了。他慌忙掏出自己的手机,按亮。

下午两点四十七分,九月二十七号。打开时针APP,上面的年份,二一一六年。时针软件界面上一条红色的警告信息:"因无法连接到服务器,暂时无法使用网络提供的时间"。

"别闹了,"张冉这时候的声音已经带着哀求,"让我们进去,把这些玩意儿拿开。"

"不能放他们进来!"西夏厉声叫道,他的声音、他的话语更加疯狂,听起来充满了蛊惑的力量,"放他们进来,我们所有人都会死。他们已经不是你们认识的那些人了,你们还没明白吗?这些已经是被异常光波辐射感染的魔鬼了,哪怕放一个进来,我们所有人都活不过今晚。"

"西夏老师你胡说什么?"梁清散是跟西夏结伴自驾来的冷湖,更没法想象这个朋友是怎么了。西夏原来打理得很整齐的长发和长胡子现在乱成一团,蓬头垢面,眼窝底闪着狂乱的光芒。真要说谁被感染了,那应该是他才对。

"把他们赶出去!滚出去!"西夏盯着梁清散,那眼神像是看到腐肉,梁清散背后还有已经吓坏了的冰狗,

"魔鬼全部滚出去！"

"滚出去！"最开始是西夏的信徒斑马、王侃瑜几个跟着喊，不一会儿，这边的郑莹莹也喊了起来，不久，更多人加入。

西夏那蛊惑的力量不光是来自他的声音，他的疯狂、他的力量来自每个人心底不可说的愿望。没有喊的人又有几个不是这样想的？余澄灰恶毒地想，没喊的也许只是因为跟一队的面孔是朋友，拉不下脸而已。

"我们可以把他们隔离起来，"付强终于说话了，"把他们赶出去等于让他们去送死。我们可以用女士睡眠舱那边把他们隔离起来……"

"把这些魔鬼放在我的地盘旁边，"西夏说，"好主意，一举两得，等他们开始要我的人的命的时候……"

"那不是你的地盘，"付强说，"就算那是恶魔，你不是有牧者的神谕护体吗？"他转过身对屋里的所有人喊，"我们还不知道这是怎么回事儿，也不知道为什么他们会有一天时间消失了。但是我们都看到了水母怪会做什么，还有那些别的东西。这些人是我们的朋友，袁镇长，这些人都是你邀请来的客人。难道我们因为不知道怎么回事儿就把我们的朋友丢给那些东西吗？你们难道要像昨天一样眼睁睁看着这么多人，这么多我们的朋友，你们好好看清楚他们的脸！你们要他们都变成昨天七月和陈茜那样吗？"

房间里短时间沉默了，"滚出去"的喊声暂时停了下来。

这时候一个软弱的声音犹豫地问:"陈茜……昨天陈茜怎么了?你刚才说变成昨天陈茜那样,那样是指哪样?"

冰狗在后面拉着梁清散问:"他刚才是不是说小七?小七怎么了?小七人呢?怎么没看见他?"梁清散也叫道:"七月出什么事儿了?你刚才说水母怪,那是什么东西?"

"怪物?外面是有怪物吗?"很快就有人明白了过来,便开始尖叫,后面靠近门的人往前挤。一队也是十八个人,和里面人数相当。人一乱,前面的梁清散、张冉他们也急了,对付强、袁振民他们喊:"到底陈茜和七月怎么了?快说啊!"

"他们要冲进来了!"空气里的味道变了,后面谁都闻得出来,本来勉强被付强的一番道理唤醒的那点理智顷刻烟消云散,"他们要冲进来了!挡住他们,挡住他们!"

举起的棍子中就有往前乱打起来,企图护身的。这里面随便找一个人出来,都是万里挑一的精英人才,真的一棍子下去打到的不是清华毕业的,就是隔壁北大毕业的。只是人类就是这样,所有的智慧汇在一起,就被一种不知道是什么的东西吞噬,变成原始的血浆动物,开始愚蠢地相互残杀。

张冉见状不妙,伸出胳膊挡开一根打来的棍子,整个人开始往前挤。他正面是付强,比自己身材高大,张冉大喊:"付强,让开,要不会出大事的!快让我们进去!"

付强犹豫了一秒,侧着身子收起手里的武器。张冉人往前挤去,这时候西夏在一边尖声吼叫:"他们进来就会带来死亡!会害死每一个人!杀了他!杀了他!"

张冉怒瞪他一眼,大声咆哮着从面前乱七八糟的路障上扯下一把塑料椅,胡乱抡着挡开那些带刺的兵器,人就往里面挤。他练过一段时间的传统武术,动作还算利索。

这时候,一个影子忽然扑了上去,只听见一串女声撕裂耳膜的"啊……"的尖叫,一根削尖的空心钢管刺了上来,精准无比地穿过张冉的喉咙,贯通了他整个脖子。

袭击者疯狂地大叫,在刺穿了脖子以后也没有住手,空心钢管带着整个身体,把跟瘦弱完全不沾边的张冉一直往后推,人被推到半米外的墙上,尖头扑哧一声,没入墙板几厘米,才算停了。

张冉在生命最后时刻瞪着无法置信的眼睛,认出了这个袭击者。

他是跟王侃瑜一起在敦煌坐一辆车来的冷湖。这个热情可爱、笑语盈盈的丫头,就这么咬牙切齿地用钢管在自己脖子上留下了致命的空心窟窿,穿过颈动脉、气管、颈椎神经。

张冉想要说话,却发出一阵勉强的嘶嘶声。

到底发生了什么?

他头一歪,倒了下去。钢管穿进墙板尚浅,挂不住一个成年男人的体重,他的尸体就顺着管子往下滑。

所有人都看到了这一幕,房间一下子安静了下来。

还没等人们为死人开始尖叫,更可怕的事情就已经发生了。

顺着钢管淌下来的不是血。仿佛牙膏爆管一样,乳黄色的膏状物黏稠地从尸体裂口处挤了出来。

余澄灰的第一感觉,是张冉的身体里其实长满了畸形肿瘤肉块,就像个汽水瓶一样,普通的外表下压力早就大得惊人,全靠皮肤这点儿薄弱的防线支撑着。

王侃瑜这一钢管捅下来,不是杀死了一个人,倒像是戳破了一个魔鬼的气球。乳黄色的膏状物汩汩而出,把张冉脖子的伤口扯开,人头和躯干裂成两半,脑袋耷拉下去折在背上,只有一层皮粘连着。

身体只是一个容器,疯狂增殖的瘤块不断从里面挤出来,但张冉的尸体一点儿也没见干瘪变小。好像那是一个龙头,从腔子里连往另一个疯狂的异界,这所有东西就是从那个异界涌来的。

房间里原来严阵以待的人,有三分之一痴呆地看着发生的一切,一动不动,也不发声,好像站立着睁着眼睛失去了意识。剩下的大半一面惨叫,一面丢下手上的一切,跌倒,往后逃,捂上眼。只有几个人还能勉强清醒,他们用东西挡在自己和张冉中间,往后退,拖拉边上倒地的同伴。

余澄灰本来也躲在后面,他第一时间后退,退了两步脚下就踩到什么东西,听到塑料瓶之类的什么东西喷射的声音。他这才抓起地上的两瓶洁厕灵瓶子,大喊"付强,接着!"凌空朝前面扔了过去。

付强是离张冉最近的人,听到喊声,他回头,狼狈地接住开盖的瓶子。这时候不远处那些乳黄的膏液已经开始变化。那东西一块一块地开始分开,刚涌出的一大摊彼此拉扯分离,团聚成许多小团。

能看到什么东西在小团里拼命地撕扯、扭动。终于,其中一个撕开了膜,颤抖起来,抖掉体表的黏液。

那像是一个新生的畸形哺乳动物,硕大的头,短小的三条腿,身体干瘪。它昂起头,好奇地四面看了看,正面的脸上不定型地流动着一排十多个类似眼睛的黑点,那些黑点快速移动,停了下来,它盯着跌坐在地上的郑莹莹。

眼点和头快速地转了几下,十多个黑点就彼此碰撞汇聚起来,那张勉强能称为脸的部位出现了三个近似人眼的器官。郑莹莹看到歪歪斜斜地贴在怪物的头上的眼睛朝自己眨着便尖叫起来。

只有巴掌大的小怪物愣了一下,三只眼中间裂开一个口子,也从里面发出尖叫。短小得好似残废的三条腿爆发出意外的力量，朝郑莹莹扑了上去。

郑莹莹挥动手中的扫把，迎面拍了上去，小怪物被凌空击中，在空中翻了个跟斗却没有往下掉。三条腿裂开，展开三片膜翅，拍打着，盯着郑莹莹，又向她扑了上去。

付强的洁厕灵这时候终于喷了出去。它还小，还年轻，没能像昨夜攻击余澄灰时那样用三片膜翅飞出难以捉摸的轨迹。洁厕灵迎面喷在它身体上，它抽搐起来，坠落下去，掉在了郑莹莹腿上。

新长出的嘴发出和郑莹莹很像的惊叫，如双重奏。翅膀疯狂在女孩腿上拍打，刚刚形成的三只带睫毛的大眼扭动、溃散。郑莹莹跳起来把它抖在地上，一脚接一脚地踩上去，终于把它踩成了烂泥。

水母怪的孢子——还是该叫卵？——更多的小团裂开，这时候反应过来的也不止一两个，蓝色的洁厕灵喷上去，大多数幼怪还没甩掉黏液就抽搐着死去。

但总有跌跌撞撞跳起来、飞起来的。一个飞得异常熟练，躲过人群。好几次喷出的液体都扑了空。

昨天晚上，只有余澄灰、西夏和付强见过这东西飞行的模样，而西夏那时候喝得烂醉（虽然这时候这位先知也未必比烂醉清醒更多），不知道记得多少。这东西三片膜翼扑打飞行的模样有一种诡异又缺乏真实感的吸引力，让人移不开目光。

一根竹竿迅捷无比地将它拍了下来，痛击在那东西正中，把它重重地打到墙上。

"这是什么东西！"梁清散操着混乱中抢来的竹竿，指着自己打死的怪物说。他退了两步，摆着剑道的守势，颤动的竹竿指指怪物的尸体，指指付强他们。"这是怎么回事！"

张冉的尸体这时候已经只剩一摊黏液，连他的头和身子都看不出来了，上面还盖着过量的蓝色洁厕灵。

"看到了吧？"西夏伸出双臂，大喊道，"看到了吧？被污染的魔鬼会给我们带来死亡！你们都看到了吧？这些已经不是人类，是被牧者抛弃、被魔鬼污染的怪物！"

"撕下他们的伪装，把他们赶出去。把这些特洛伊的木马点燃，把他们烧干净！"疯狂的先知继续喊着，这会儿，已经不知道这些疯狂的话是不是真的疯狂了。

"张冉是怎么回事儿？"梁清散手中的竹竿乱颤，他是剑道初段，寻常几个人上来是近不了身的，"到底是怎么回事儿！"

"别装了！"郑莹莹伸手抢过付强手里的洁厕灵。余澄灰马上就知道她要干什么，慌忙拦阻："不要冲动！"但他离得远，根本来不及。大半瓶洁厕灵朝梁清散和他背后那些人激射过去。

剑道再高明，也挡不住泼来的液体。洁厕灵泼在梁清散的手上和头上。被堵在过道的好几个人的身上也溅上了。

余澄灰倒吸一口凉气，忙往后退了几步，等着灾难降临。连续大量使用之后，洁厕灵的存货已经所剩无几了，这里是无人区，又不是日用商店，任何化工品都不可能无穷无尽地有。

但是，什么也没发生。

他们没有抽搐死去，没有变形。他们还是之前的样子，除了措手不及、一身邋遢。

洁厕灵有强烈的刺激性，梁清散手上、脸上都在刺痛发痒，他强忍着不适，问道："刚才发生了什么？刚才张冉……怎么变成了怪物？谁来告诉我们怎么回事儿啊！"

他的表情、他的声音充满恐慌和震惊，一点儿不像作假，也……一点儿不像怪物。经历了刚才这一幕，这些人也模模糊糊地意识到了些什么。

一层一层复杂的恐惧，顺着这些人对刚才这些只言片语的理解，在他们心头重重剥开。

没有一个愿意来为这些失魂之人解答。西夏的呼喊又响起来："把这些怪物赶出去！赶出去！"

这时候，再没有一个人阻止。狂热的人群举着长枪凶狠地刺着，把失去了队长的十七个人慢慢地逼出过道，赶到屋外。

西夏上去关上了门，回过身来对屋里的人说："看到了吗？你们都看到了吗？我们是被牧者选定的，你们还要拒绝你们的命运吗？！"他的头发和胡子飘摆着，像一只斗胜的公鸡。

付强绝望地阖上眼。这时候老古走到他身边来，对他说："我得给大家采个血。我可能知道是怎么回事儿了。"

18　愚者

太多、太多的疑问。一个叠着一个，无穷无尽。

有一些人是习惯无知的，习惯了人生所遇到的绝大多数事情都是从来没有搞明白过的，习惯了考试的时候靠选择题都选 C 来得到自己的大部分分数，习惯了不需要理解和明白，只用依着葫芦画瓢照着别人怎么做自己就怎么做。

但也有些人拒绝这样，他们想要理解世界的一切，非要弄清楚所有事情运行的规律和原因。他们总想掌握一切运行的规律，希望能借此把未来牢牢掌握在自己手中。

只是人太渺小，世界太大，当走到人类能力的悬崖边缘、向那浩瀚的世界伸手之时，妄想理解一切、掌握一切的人多半会从这个悬崖掉下去，被巨大的世界吞噬。

真理很大，自己很小，有的人总是想站在悬崖边缘尽力伸手，朝外面多抓一把。再多抓一把。

他们抓得越多，手伸得越远，想在悬崖边缘站稳就越难。

所以愚者才是一切的开始和结束，所有人到最后会发现，在这个世界面前，自己永远是愚者。

一队的队长死在过道上，从尸体涌出无数乳黄液体，液体孵化出许多水母怪的幼体。其他人被赶出了房间，关在门外。这些人失魂落魄地跟屋内隔着玻璃相望。他们商量、争执了一会儿，朝基地旁边的副建筑走去，不多时就隐没在虹彩里，就像他们出现时一样。

副建筑只有两个舱，比这里小很多，只有睡眠舱和卫生间。但那里存着水，存着火星小镇基地主要的用水。

那又怎么样？就算他们不去"污染"那些水，这里有谁敢离开主舱室，去那个两百米外的副建筑取水回来吗？

老古说："我可能知道是怎么回事儿了。"这话不是跟余澄灰说的，他找的是付强。短短两天，"管事"的人已经悄声无息地换了几拨。最开始的负责人是"镇长"袁振民，初见她的时候，这个干练的短发女人眼睛里是闪着火焰的，这时候她已经变成了木雕、泥塑一般，痴痴地失了魂。主动接过袁振民责任的是西夏，现在他接过的已经不只是袁振民的责任，还有最后的先知、最初的预言者、开始与结束的指引者、牧者的人间行者等一大串责任,忙着劝说迷途之人回到正途。

付强一点儿也不想来当负责的人,他只是在昨晚动作快了一点儿,天塌下来的时候,剩下的人就主动放伸手快的人去扛了。同样都是北京知名大学的老师,老古是教授,付强离这个身份还有很长的距离,这也不妨碍老古主动来找他,把他视作负责人。

先知西夏在一边布道,可能两千年前的耶稣也是这副模样,余澄灰想象自己举着削尖的木棍当作长枪把这位先知刺死,立在门外,看牧者会不会来把他复活。这时候老古跑过来跟付强说:"我可能知道是怎么回事儿了。"余澄灰侧过头去,差点儿忍不住笑出声。

他脑子里有无数个声音同时炸裂。知道是怎么回事儿了。哪个是"怎么回事儿"?从前天开始降临在外面、漫布天穹的这些虹彩状的"异常光波辐射"是怎么回事儿?一队和原来基地的工作人员消失是怎么回事儿?那些怪物是怎么回事儿?牧者那么巨大的生物是怎么能存在的,怎么不被自己压垮,怎么浮在空中?自己脑海里听到那些不明所以的低语是怎么回事儿?张冉是怎么回事儿?一队这些人的回来是怎么回事儿?手机的时间时分一样、日期错乱是怎么回事儿?

知道什么是怎么回事儿了!

余澄灰强忍着心中狂乱的笑声发出两声哼哼,在旁人听起来像是因为恐惧发出的痛苦呻吟。

"你是用显微镜发现了什么吗？"付强问，他想起之前的事情。而且刚才混乱中老古挤到张冉的尸体（如果现在那还能算尸体的话）旁边，伏下身去采集了什么。

老古没有回答这个问话，说道："我要得给大家采个血。"余澄灰凑上前来，付强的目光只落在老古身上一秒，就回去警惕地盯着西夏，他还在喃喃不绝地批判着人类世界精神和信仰的堕落。

"采血？"

"对，我要采集大家的血样检查一下。我有一个猜想。"

"什么猜想？"付强问。老古有些犹豫："这个……可能……现在还不太方便给大家说……"

余澄灰突然截断了老古吞吞吐吐的话："你这个检查能让我们从这里逃出去吗？"

老古显然是没想到会冒出这么个问题，回头来望向余澄灰。"我没跟你说话吧？"

"古教授你有兴趣的话可以慢慢等在这里，爱跟哪个死人说话就跟哪个死人说话，我只想活着出去。恐怕这一点上，付强老师也跟我想法一样。你说你有个猜想，需要采大家的血来检查。我也正好有个猜想，我大胆猜一下，你那个猜想不会得到什么让人高兴的结果吧？"

也不等对方回答，余澄灰对付强说："如果你没改主意的话，我们最好抓紧时间，"他指着西夏那边，"事情比我说的还要糟糕，如果你还想问谁肯一起的话，最好赶快。"

"你们……"虽然没有明说,但老古一下就明白了过来,"你们想要走?你跟他?但是……"

"嘘……"付强压低声音,"你肯定都看出来了,这里情况越来越糟糕。等在这里不是办法。老古你跟我们一起……"

老古朝西夏那边望了一眼,又看了看屋外,目光最后停在张冉的尸体上。他猛地朝后一缩:"不行。"

"外面的怪物……"

"不是外面怪物的问题!"本来他们在低声商量,老古声音突然大了起来,"对,采血,你们两个让我采一点儿血。"

"我一定要确定这个事情,"老古接着说,"等我确定这个事情,再说能不能从这里走。你们必须相信我,我必须做这个检查。"

"你到底要检查什么?"余澄灰问。

"有了结果以后,我才能告诉你们。"

"要多久?"付强问。

"最多一个小时。"

"让他采吧,"付强对余澄灰说,又转向老古,"不要再去找别人问了,我们两个,加上你自己,三个人够了吧。不要再问别人,也不要让别人问你你要干什么。越多的问题,越多的麻烦。"

"但是所有问题先知都会有答案。"余澄灰补充道。

他们避开人群,挤到先前隔离老古的小房间里让老古采了血。没有取很多，老古只是用针在手指扎了个孔，挤出几滴而已。趁这个时间，两人商量起计划。

"我们分头去找人，看看有几个人愿意跟我们走。"付强说。

"也没剩几个人了吧？除开西夏的信徒的话。你还打算一定要开那个考斯特吗？"

付强深吸一口气，摇了摇头。

"我敢肯定至少有一个人是不会去西夏那边的。"余澄灰面无表情。

"程昔。"付强说话的脸色很难看。老古采血的手哆嗦了一下，没有搭话。

"还是别分头去问人了，"余澄灰说，"都你去吧。我去不合适。我去看看有没有什么其他东西需要带上的。能当作武器之类的东西。"

西夏已经结束布道，和他的信徒们离开餐厅，回到原本的睡眠舱，现在的新圣地。剩下的人更少了，只有七个。比较出人意料的是郑莹莹留了下来，可能是她的上司袁振民还没有接受启示的缘故。七个人里付强熟悉的只有程昔、林晓、袁振民和郑莹莹。

余澄灰没有管付强怎么去说服他们去外面赌命。他去找一些能比扳手、榔头更有效的东西，想办法增加这场赌博的胜率。

二楼满架的工具已经被大家搜刮过一遍，更糟糕的是瓶子里的洁厕灵都已经用光。余澄灰倒是找来毛巾吸了些喷在地上的蓝色液体，设想了一下能不能裹在身上当作铠甲、"避鲨剂"之类的，也不知有没有用，总之是收进了包里。

做着这些聊胜于无的准备工作，余澄灰的思绪不由自主飘到另一群人那里，被赶到屋外、去了两百米外副建筑的一队那些人。

如果还能把他们叫作"人"的话。

那些怪物——当然，就像张冉被戳破画皮露出来的那些水母怪一样，那些都是怪物——为什么要变成一队那些人的样子呢？那些怪物是有智慧的，余澄灰亲眼所见，即使不知道牧者和那种奇怪的网有什么程度的智慧，水母怪的行为肯定是有相当程度的智慧。

也许是那些怪物抓住了一队的人，把他们撕成了碎片，就像昨夜撕他的皮肤衣一样。用丝足抓住他们的皮肉，拔河一样合力把他们拉到空中，扑打着三只翅膀，用诡异的飞行轨迹把那些人一块块撕裂，吞下去，然后变成了自己吃下去的那块的形状。水母怪们相互碰撞着聚合在一起，无数肉块杂乱拼凑着，蠕动着摸索这个人体拼图原本的样子，最后重新拼回一具躯干，尸还而立，拖着迟缓的步伐结队朝生前的目的地走来。

余澄灰被自己的想象吓得打了一个冷战。

但是变成这个模样，有什么意义呢？为了骗开门吗？那为什么开门之后，他们没有立刻显形，对屋里的人动手？为什么张冉变化以后，他背后的其他人比屋里的人更加惊恐害怕，余澄灰当时还见到好几个人想要往外逃，如果不是拥挤中打不开朝内的大门，大概他们早就逃到了外面。

他们又为什么会老老实实地被逼着离开？那些人里梁清散和冰狗，余澄灰已经很熟悉了，当时他们的眼神、声音、动作，至少足够骗倒他了。

他们伪装得忘记了自己是什么吗？他们吞下了这些人的肉体、记忆、行为，完全化身成了这个人吗？

余澄灰在二楼的窗户边坐下，朝两百米外两个舱体组成的副建筑所在方向望去。有什么不对。应该说，什么都不对。这群怪物是走去了那个副建筑。他们在里面在干什么？已经褪下了人皮，变成了许多水母把那个建筑占据塞满了吗？他们是不是在那里面交配、繁殖，生出更多的水母怪，到了晚上就会挤爆那个建筑，像潮水一样朝这里涌过来？

从这个角度往那边看，能看到基地正门外不远的一个孤零零的白色装置。那是一个仿造所谓"宇航员训练器材"制造的装置，充其量也只能算个玩具，纵横两个转轴带动中间的一个座椅，有人转动一边把手的时候，那个座椅就会让人眩晕地转动。那东西孤独地立在戈壁荒野里，带着戏谑的孤独。

在那个装置旁边，是一块高耸的岩石，火红。

过了好一会儿，余澄灰突然意识到有什么不对。是什么时候开始，他能透过外面那些漫布在空气里的虹彩看到这些东西了？昨天是什么也看不到的，那些光淹没了一切，所能见到的只是玻璃前面不到半米的东西而已。

现在虽然看不到两百米外，但至少能看到五十米了。

光在消散？

余澄灰跳了起来，跑到二楼的另一边。他看到了外面停放的两辆车的轮廓，一辆巴士车，一辆越野车。

周围五十米内，没有看到任何怪物的影踪。余澄灰的心扑通扑通地狂跳。

如果要走的话，现在绝对是从昨天以来最好的机会。

他抓起背包，朝楼下跑去，转过拐角就看到了付强。余澄灰也不等下楼就对他喊："看外面！光散了！我们……"

付强转过头来，眼神很疲惫，一点儿也没被余澄灰声音里的喜悦感染。他旁边只有一个人，程昔。

程昔和他两个人目光一撞，立刻尴尬地避开了。余澄灰声音马上哑了，也不理他，对付强低声说："现在应该马上走。你看外面，有几个人跟我们走？"

付强指了指程昔。程昔这才抬起头，强作平静地看着他。

"袁振民、林晓和郑莹莹她们都不肯走？"

付强摇头。他天真地以为必须开能坐下十多个人的巴士车才能把大家带出去，却没想到没有人愿意走。他没有力气重复他们不愿走的理由。外面的怪物只是其中很小的一个理由，外面到底发生了什么，"外面"这整个世界，不光是冷湖。躲在这里，用拒绝保护自己，这比面对一个也许超出自己承受能力的答案要容易得多。这群人中的每个人都默默地想了很多，多到不敢彼此交流。

"车钥匙呢？"

付强晃了晃拿在手上的钥匙，说："袁振民把越野车的钥匙给我了。"

余澄灰深吸一口气，转过头去看着程昔。四目相对，两个人都面无表情。

"我拿了面包、饼干、水，够五个人两天的量。再多也没用了，"余澄灰看着程昔，话却是对着付强说的，"车的油能跑多远？"

"袁振民说这种路的话还够跑两三百公里。"

"走吧。"他直勾勾地盯着程昔，却一句话也没跟他说过。

"等一下，还要等老古。"

余澄灰转身就往老古那个关上的房门走，付强拉住他："等一下，等十分钟。说好了最多一个小时。给他一个小时吧。"

"这话你能说给外面的异常辐射听吗？还是说给那些怪物听？"余澄灰一甩手从他身边闪了过去，"十分钟足够我们从这里跑出去，上那辆越野车了。"

付强没有再拦他。余澄灰用力地敲门，连敲了三次，门才终于开了。老古从里面探出头，一脸惨白，看到门外是余澄灰又被吓了一跳。"不管你要研究的东西有没有结果，如果你要走，现在马上跟我们走。要不你就只能留下，我们马上就出发。"

老古目光扫过余澄灰和付强，看到后面的程昔之时明显迟疑了一下。"逃命的黄金团队，"余澄灰看出他的眼神，冷笑着说，"还喜欢吗？"

"恐怕……"老古说话的时候咬着下嘴唇，还没说出他恐怕的是什么，就听见过道尽头传来大铁门被用力推开的沉重铰链声。

西夏的信徒之前拆掉了睡眠舱门的自闭器，在里面用桌子和行李堵住门来作为防御，这时候他们把这些东西重新推开，从里面出来。

看到西夏披散着头发，余澄灰一点儿也不觉得奇怪。他又想起海子的照片，之前他就觉得西夏和那诗人蓬头散发的样子有些像，同样的长发，同样的一脸络腮胡，只是西夏扎着马尾，胡子梳理得很干净。但现在，他看起来和自杀卧轨前的诗人区别越来越小。

从明天起，面朝大海。

西夏朝储藏间的方向指去，王侃瑜带着人朝那边走去。大家都察觉到不对，袁振民上前拦住他们："你们要干什么？"

"让开。"王侃瑜要推开她。储藏间里面放着食物，还有其他的必需品。因为存量足够用很长时间，所以一直没人去管。所有人都以为袁振民已经废掉了，的确，她是没什么主意，但真涉及生存的时候，至少不会放弃。她一把打掉王侃瑜伸出来的手，从旁边抄起根棍子当胸一拦，对郑莹莹命令道："莹莹，把储藏间锁起来。"

郑莹莹没有动，她只是迟疑地看着。

"袁镇长，"西夏走上前来，"我不是来抢东西的。食物和水是我们所有人的，你放心。"

"那你是要干什么？"

"之前我犯了一个错误，现在是来亡羊补牢，避免之后再犯同样的错误。"

"什么意思？"

"之前我不该把大门和储藏间的钥匙留在你手里，你的状态明显已经没法承担这样的职责了。"

"你说什么？"

"如果不是这样，如果之前大门和储藏间的钥匙就在我手里，那些'东西'就不会骗开这道门，"西夏指着门口张冉的尸痕，"这些危险就不会发生。刚才在里面侃瑜的批评点醒了我。"

他说着，从地上抓起一个洁厕灵的空瓶子来："那样的话，至少我们还能留下点儿装备来应付今晚。对吧？"

最开始还有人站在袁振民身后防备动粗，听到这话，这些最后还坚持着一点儿理智的人也迟疑了起来。

"马上就是晚饭时间了。然后就是晚上。你们都还记得昨晚发生了什么吗？"

"记得，"林晓说，"你喝醉了，用手电引来了怪物。

我们差点儿……"

王侃瑜手上什么东西扔了过去，好在林晓离得远，闪身躲开了。"接着说啊，说啊！"

西夏让她住手："那边那个房子，里面有吃的吗？据我所知是没有吧。那些东西要找食物的话，会来哪里找？"

那些"东西"指的是一队剩下的其他人。还能怎么称呼呢，怪物似乎也不是那么合适，人，就更不合适了。

余澄灰心想，那些东西需要食物吗？当然，他不会把这话说出来。他和付强、程昔，还有老古他们躲在一边，生怕引起注意。

不得不承认，西夏太有说服力了。大概不用过今晚，所有人都会拜倒在他的脚下，相信他那疯狂却自有逻辑的信仰。

在疯狂的世界里，疯子才能成为王。

"把钥匙给我，所有的钥匙。那些东西还披着我们朋友的皮，那些东西出现在面前，就隔着一扇门朝我们恳求的时候，你觉得不会有人给他们开门吗？一个人都不会？"

"马上走，"余澄灰对付强说，"再不走就走不掉了。西夏他们看住了门，我们都会被堵在里面。"

付强简短地"嗯"了一声，表示同意。如果说这几天下来有什么经验的话，那就是在这里，所有事情的发展都不会按照他们计划的那样进行。"老古……老古呢？"

老古不知道是什么时候从他们身后走开的。不光是余澄灰,付强和程昔的注意力都在西夏那里,没有人注意到老古的异常。老古从人中间挤过去,径直迎向西夏。

"他要干什么?"余澄灰惊骇道。付强摇头:"我不知道啊。"

"我们要把这些魔鬼挡在外面,对不对?"西夏对大家说,"不是每次都有那么好的运气。上一次你们不愿意听我的,让他们进来了。上一次幸好是侃瑜动手快,再有下一次呢?你们都看到了,亲眼看到了,那恶魔的翅膀,它的黏液,就在你们面前。你们想知道它扑在脸上是什么感觉吗?上次差了那么一点点,你们还想有下一次吗?"

人们不由自主地摇头。

"我们得把它们挡在外面,对不对?"西夏大声重复。对面仅剩不多的人虽然还没回答,但许多脑袋都点了起来。

"不对!"一个声音突然从人群中传出来。

老古,古教授挤过去,高声回答:

"完全不对。"

"你说什么?"

"你都搞错了,"老古说,"我们不能把那些人拦在外面。我们得把他们放进来。事情完全不是你说的那个样子。"

"该死!"余澄灰抓住付强,"车钥匙呢?别管他了,我们赶紧走!"

19　科学

"你说什么？"西夏的声音出奇地温和，和之前高亢的狂热形成鲜明对比。

"你们都知道我是干什么的吧？我是说，除了写科幻以外？"老古说，"我现在告诉你，你完全弄错了。我们不能把那些人拦在外面，我们得让他们进来，给他们食物、水，让他们休息……"

"因为他们也是天狼星人吗？"西夏温和地说。古教授的脸立刻涨红了："听我说！"

"我在听，"西夏手朝人群一挥，"我们大家都在听。你说，不急。"

西夏太懂怎么控制人了，这哄孩子一样的戏谑口吻让老古的脸色更加难看。他深吸了两口气，才镇定下来。

"你们还记得今天早上,我用扫把捕捉到了一个很小的网状怪物吧?"老古说,"死了,但那是我们拿到的这些怪物的第一个样本。"

西夏并不知道。那会儿他刚召集了第一批信徒,离开了餐厅。"然后呢?"

"你们只看到我抓住了怪物,但应该没人知道那东西是怎么来的。可能只有我看见了。那东西是从昨天七月留在玻璃上的血里长出来的。原来外面那摊痕迹已经完全不见了,你们应该都没注意到。"

"哦?是吗?"西夏说,"你是说,怪物是从尸体里长出来的?你不会想说张冉也是这样吧?"

老古轻蔑地冷笑了一下:"有那么好的事情吗?"他摇头,"不。不是。"

"我用显微镜检查了第一个样品的细胞,怪物的细胞,那个从七月血液里长出来的网状怪物。"老古顿了顿,让听众等着,怎么公布重要发现他有的是经验。

"细胞里有一种我从来没在任何已知生物细胞里出现的细胞器,不是线粒体,不是中心粒,不是高尔基体,不是内质网;是一种从没见过的细胞结构,跟所有我知道的结构都不一样。"

老古缓慢地说完这句话,但是这句重要的发布并没有得到他希望有的反应。大家的反应很平淡。

"你们这些写科幻、写科普的,懂得生物知识也太少了点儿吧,"他一阵不满,"还是说,离了网,离了谷歌、百度，就什么都不知道了？

"细胞器，你们还知道是什么吗？好吧。如果不知道，你们可以把它当作细胞的器官。线粒体是细胞的肺、能量源，内质网是细胞的蛋白质合成工厂……明白了吗？怪物的细胞比我们多一个器官，这个意思你们明白了吗？我们不知道这个器官有什么用。

"人类可没有比猩猩多一个大脑。我们最多只是器官稍微复杂了一点儿。而且那是细胞尺度，不是生物尺度。多一个细胞器，那就是原核生物和真核生物的区别了。是细菌和我们的区别那么大了。你们明白吗？"

好歹是写科幻、做科普的，多多少少还是比普通人多明白一点点的。虽然肯定不如老古理解得那么深，但至少这些名词不是那么的陌生。

"那些怪物是比我们复杂得多的生物，"西夏说，"你想说什么？所以我们要请他们进来，告诉他们，我们为和平而来。这些高级生物会理解我们？"

"我可没说过这些话，"老古回答，"我也不关心这些。这些只是前提，不是我要给你们说的关键。"

"那关键是什么？"

"关键是那个怪物细胞的形态。那些细胞形态很特殊。最开始我没有认出来，因为太特殊了，虽然特别明显，特别好辨识，但最开始我完全没有往那个方向去想。那些细胞是血细胞，红细胞、白细胞，只有人类的血液才有的细胞。"

趁着老古吸引住西夏一伙注意力的机会，余澄灰他们三个悄悄从背后绕过人群，往门的方向走去。付强一面走一面回头望向老古，耳朵里听着他说的话。听到这句，他脚步慢了下来，站住了。余澄灰拉他一把，无声示意问他："怎么了？"

其他人不太明白老古的意思，但从老古的声音和语气里隐隐觉得有什么很不对头。

"从七月血液里长出来的网状生物的细胞，为什么还是血细胞的结构，多了一种从没见过的细胞器，但还是血细胞。只有人类血液才有的血细胞。树桩上长出的蘑菇的细胞，会是树的细胞的结构吗？"

西夏一时没有回话。老古接着说下去："接下来，就发生了张冉的悲剧。你们杀了他。"

"那是怪物，不是张冉。"动手的王侃瑜说，老古只看了她一眼，没有理会。

"我从他尸体上采集了样品。跟我猜的一样，里面也有先前发现的那种细胞器。不同的是，这次的细胞类型很复杂，各种各样的细胞都有，简单地说，组成正常人类身体的一大堆细胞类型。这就远不像之前那个样品的细胞那么纯净。"

"老古，"西夏打了岔，慢腾腾地说，"古老师，古教授。

"你到底想要说什么？细胞，细胞器，血细胞，各种各样的细胞。细胞细胞细胞，"他叹了口气，"好，这些细胞很复杂、很高级,这跟你要把外面那个东西放进来有什么关系?这个专业课程要上到什么时候?"

"上到你搞清楚你的状况的时候,"老古没有退让,"我知道你们不关心他们,你也不想听我说的这些。但是你们最好老老实实地听完,关键不在他们身上,在我们身上。"

他深吸了一口气,声音大了起来,在餐厅的墙壁上回荡:"七月的血液里长出的怪物的细胞结构是血细胞,张冉被杀了以后变成的怪物的细胞是人体各部分的体细胞。这不是什么东西从那里面长出来,从尸体里孵化的虫子不可能和原来的尸体细胞一样。只有一个可能,这个新细胞器改变了这些细胞的功能。

"我没法回答那个细胞器是怎么工作的,这里的设备不可能搞这么复杂的研究。而且就算到专业实验室,这种微观级别的研究也不是那么容易弄清楚的。但是这个细胞器的原理不是很重要,至少现在对我们来说不是很重要。"

开始有人意识到老古在说什么了。余澄灰他们也站住了。

"重要的是,这个细胞器是什么时候进入七月和张冉尸体细胞的。细胞器的融合一直是进化上的一个谜题,科学上有很多假设和猜测,但都没有办法得到证实。主流的假说都认为这种融合是因为几亿年前原始单细胞生物吃下另外的某种单细胞生物,又没有把这种生物消化,因为这种消化不良，捕食变成了共生。要不然很难解释线粒体、叶绿体这种功能特化的复杂结构是怎么通过单细胞进化而逐渐形成的。如果它们是独立进化，之后因为吞噬而共生，就合理多了。"

老古陷入了自己的思绪，开始说一些跟眼前这一切无关的内容，但他马上把自己拉了回来。"但是现如今的人体细胞不可能突然吞噬另一种细胞器，而且还这么完善地融合在一起。别说他们死后一天，更别说几秒。这么完美的细胞器植入共生一定发生得更早，而且不可能是自然现象，也不可能在三天内发生。"

三天，是这里的人到冷湖的时间。没有人说话，连西夏都没有。房间里安静得出奇。

"我找了几个人抽血，用你们这个学生实验用显微镜检查了我们这里几个健康的人的血细胞。包括我自己。"

一股寒意顺着余澄灰脊梁骨往上爬。他终于知道老古为什么要抽血。他也知道老古会说出什么结果。他突然觉得腿脚一阵发软。

"红细胞、白细胞之外，这几个人的血细胞里面都有那个细胞器。跟两个样品里面发现的一样。

"我们每个人的身体细胞里，都有这种细胞器。听懂了吗？每个人都有，不光是一队的人，不光是张冉，我有，你们也有；西夏老师，你也不会例外。"

西夏不再看老古，昂起头来对着他背后的信徒大喊："你们听到了吗？我们都一样。我们跟他们都一样。没有谁是被选定的、被召唤的,也没有谁是被诅咒的、被附身的。我们全都一样。那个细胞器,不管它是从哪里冒出来的,现在存在我们每个人身体的细胞里。"

"在冷湖的所有人都已经被改变了。我们的身体的细胞结构里多了这么一个东西……"

袁振民打断了他:"你说的这个细胞器,是从哪里来的?"

"我不知道。"

惊惶中的人们混乱地叫嚷起来。林晓问:"是跟病毒一样吗?我们都被感染了吗?"

"不,不是,完全不……"

另一个人问:"我们所有人都感染了?我们会像张冉那样吗?"

"不是感染,听我说……"

"怎么杀死那个病毒?我们怎么办?我们要怎么办?"

"不是病毒。跟病毒没关系。"

"为什么会这样?外面那些光其实是我们的幻觉是不是?是我们被感染以后产生的幻觉。其实我们来的第一天就已经被感染了,是不是?"

人们慌了起来。

"不是病毒,"老古说,"不是病毒。细胞器是比病毒大得多、复杂得多的结构……"

"既然不是病毒,为什么你说我们每个人都被感染了?"

"我没有说……"

"你说张冉跟我们一样,那不是病毒他怎么会变成那个样子?"

"不……"

"闭嘴!闭嘴!都给我闭嘴!"老古大叫起来。事情竟然无法抑制地朝与他料想的完全相反的方向滑去了,在他读过的那么多科幻小说里,包括他自己写的作品里,科学家终于排除艰难险阻,从层层疑云里找到了问题的答案的时候,即使只是可能的答案,那就应该是云开雾散的时候了。应该从这个突破口开始,大家一起齐心协力,把那些看似无法解决的艰难险阻一个个破解掉。此前的种种危机都应该迎刃而解,在绝境中创造出逆转的奇迹,这才是应该发生的事情。

怎么会这样?

"西夏给你们说的都是错的。我们大家都一样,我们跟外面一队的那些人都一样。谁都不是怪物,谁都没有被诅咒,我们都在面对同样的问题。为什么我们不能共同面对这个问题,这个异常光波辐射,这个、这个细胞器?我们必须一起努力活下去,找到出路,找到解决问题的办法。我们遇到的事情还不够可怕、不够糟糕吗?为什么还要相互对立,相互喊打喊杀,甚至……"老古看着张冉的尸体,"张冉是无辜的啊,他没有被诅咒。我们都一样……"

"骗子!"西夏叫起来。

"什么?"

"骗子!"西夏说,"他说的是假的。他在骗我们。根本没有什么神秘的从来没有见过的细胞器。都是假话!"

"我没有,"老古惊诧地说,"我为什么要骗你们?"

"是啊。为什么?你有什么企图?你为什么非要我们把外面那些披着人皮的东西放进来?骗子!"

目光可及地,随着西夏大喊"骗子",人们神色从恐惧变成怀疑,从对自己的担心害怕变成对别人的愤怒。

"我没有什么企图。我只是说出事实而已。"

"如果你说的只是实话,那为什么会说我们和张冉都一样?如果我们都一样,为什么我们没有融化成水母怪?我们在你眼里看起来像是水母怪吗?"西夏指着地上,"像是那一摊东西吗?"

"不像。"老古说。奇怪的是,这个无理的问话并没有激怒古教授。

"所以呢?"

"但是一队其他人被洁厕灵喷在身上的时候也没有中毒,也没有被杀死,"老古说,"你们还是相信他们跟张冉一样,是怪物。按你的意思,这又是为什么?"

因为自私,因为恐惧,因为宁死道友不死贫道。这是不能说出来的回答。所以就没有回答。

"之前张冉也人模人样地站在这里,现在一队的其他人估计也都还很正常地待在那边的房子里。饿着。我们还站在这里,没有变成一摊水母怪,也没有变成七月血液化作的网。但这不代表我们细胞里没有那个东西，只能代表还没有发展到那个激活临界点，开关还没被打开。

"我明白，拒绝更容易，所有人都一样。我也一样。把头一埋，假装什么也没有，欺骗自己最容易不过。但是拒绝承认不代表能解决问题！"

余澄灰儿人已经到了门口，不是完全没人注意到他们，这三个人的组合太奇怪。但这时候没人来理会他们，比起老古和西夏的争辩，他们太不重要。余澄灰小心翼翼地打开锁，用袖子包住锁体，避免发出任何声响。"打开门他们一定会发现我们，"他低声对两人说，"不管他们会不会追过来，我们都只管往车那边跑。车钥匙拿好……付强？"

付强魂不守舍："你听到老古说的了吗？"

"感染了，变异了，突变了，进化了，"余澄灰说，"你还管得了这么多？现在外面没有看到怪物……"

"老古说的血样，是我们两个的血样啊。"

"是，那又怎么样？听着，这里是有医院还是有细胞所？你要治病还是当实验小白鼠都没地儿去，在这里只有死路一条。"

付强仍迟疑不定，这时候只听西夏问："你说的那个激活临界点，那个开关，是指什么？"

"我不清楚。"

"你不清楚？"西夏笑了，最开始只是微笑，咧开嘴越笑越张狂，笑容很快就狰狞起来，"你不清楚。你不清楚也不妨碍你言之凿凿要我们相信我们都被诅咒了，要我们相信我们都会变成怪物，要我们相信那些传达在我们脑子里的声音只是幻觉，浮现在天空中的虹彩只是我们被感染了脑部的病变，对吧？"

"我没有……"

"你没有说，但是你心里是这么鄙夷地看着我们的。我们是疯子，是白痴，只是你才是掌握真理的智者。你以为我们看不出来吗，古教授？唯一的智者，用谎言欺骗我们这些愚昧的白痴，他想要做什么，在这个没有人的戈壁……"

"死亡。"老古突然说。

这个词说出来，房间里被寂静的沉沙覆盖。

"什么？"

"死亡。至少死亡是临界激活点之一。"这个想法显然早就在老古脑海里成形，但他本来是不愿意说出来的，西夏把这句话从老古嘴里逼了出来。"七月和张冉都是死了以后身体细胞才重组，变成另一种生命。也许是化学递质变化，也许是神经电信号，死亡相关的生理信号很多，我不知道到底是哪一种。但一定是与死亡相关的某个变化触发了那个细胞器。死亡应该是临界激活点之一……"

西夏环顾四面，看过了人们各种各样寻求救命稻草的表情，对老古说："所以，你的意思是，我们这里的所有人，死了以后都会变成怪物，就像张冉那样。"

老古点头。

"你有证据吗？"

"显微镜那边有两个怪物细胞的样本，还有三个血液样本。用显微镜就能看到我说的细胞器。"

西夏摇头："那什么也证明不了。"

"什么叫什么也证明不了？"

"我们不是生物学家，就算看到也认不出什么细胞器不细胞器，显微镜看到的东西，你说什么就是什么。我看了一下，除了你这里可能都没有人十年内摸过显微镜。大家可能连细胞核都认不出来。"

"没人能从专业领域支持我，你觉得很庆幸，对吧？"

西夏并不回答："就算认出来，那也只是一个显微镜下的现象，也证明不了什么。证明不了我们每个人都和张冉一样。"

老古愤怒地看着西夏。他环顾四周，周围人避开的眼神让他意识到自己孤立无援。没有人愿意相信他，问题不是有没有证据，问题是，没有人愿意相信他。

"但是，古教授，如果想证明你的说法，是有办法的。"

他万万没想到西夏说出这么一句来，也不多想，老古立刻接话："什么办法？"

西夏脸上露出诡异的笑容："很简单，很明显啊。你不是说，死亡是临界激活点吗？你不是提出一个假说，不是每个人死了以后就会细胞重组，变成另一种生命形态吗？"

老古惊恐地睁大了眼："不不不，不不不。"他明白西夏的意思。

"你是一个科学家，"西夏脸上的笑容像是在讲什么理所当然的小故事，"科学的逻辑是大胆假设，小心求证。你应该用实验来证明自己的假说。这不是很明显吗？这是科学家应该做的事情，对吧？"

老古朝后退，连连摇头："不，不要这样。"

"你不是要告诉大家我说的都不对吗？没有人能得救，所有人都被诅咒了。我们和外面的人一样，都已经变成了怪物。你不是就要向我们说这个吗？证明给我们看，来，我们来为古教授伟大的科学假说寻找证据。"

"该死，"余澄灰对付强低声喊，"车钥匙。你要等死吗？"

"不要这样，"老古连连后退，"为什么要这样。"他朝四面望，希望能有人帮自己。"已经够糟糕了。我们应该齐心合力，不管是在这里还是想办法逃离，都应该团结一起想办法。我们给自己找的麻烦还不够多吗？如果不是程昔弄坏了基站，如果不是西夏你喝醉了对怪物照激光，我们本来是不该落到现在的地步的。还不够吗？还要自相残杀吗？"

对这些话，西夏完全无动于衷。"古教授你说你采了健康人的血，血里发现了那种细胞器。你一定没有采所有人的血，对吧？你采的是谁的血呢？除了你自己的。"

老古浑身发抖。西夏慢慢地踱起步来。

"从科学的角度上来说,你是根据采样结果推断所有人的细胞都发生了变化。神秘的新细胞器。从科学的角度上,按照古教授你的假说,有了新细胞器的人如果经历了你说的激活临界点,他就会改变。"

激活临界点,死亡。

"按照科学逻辑的推论,是这样对吧?那如果要设计一个实验来验证你的假说,最合理的方法应该是什么呢?应该,是什么呢?"

"你疯了!你们都疯了!"老古大喊,这时候转身想要再后退已经来不及了,一左一右,斑马和分形橙子从两边上来抓住了他的手臂。"你们要干什么?放开我。"

"别这样。"有人小声地说,声音太小了,甚至辨不出是男是女,来自哪个方向。

"寻找真理的路上一定是会有牺牲的,"西夏说,"信念必须被考验、被证明,我们才能知道为什么我们会被选择,我们该去哪里。"

"放开我。"老古扭动着大喊。付强刚要朝那个方向去,两边四只手就死死拽住了他。余澄灰从牙缝里叫:"疯了吗?你要干什么?"

"老古……"

"你还是想想下自己!你能做什么?"

"那也不能……"

他们还在拉扯,西夏已经凑到了老古眼皮跟前。

"古教授,你说你采了几个人的血样,健康人,包括你在内,都有那个细胞器。一个科学的实验设计,必须严谨,确保受试体确实是有你说的那个细胞器的,要不就算经历了激活临界点也什么没发生,也不能证明你的假说就不对,是吧?也许是这个人的细胞就没有那个细胞器。"

老古已经哆嗦成一团,拼命摇头,然后点头,然后又摇头,他甚至不清楚自己要表达的是什么。

"愿意为科学献身吗?愿意?不愿意?为自己的伟大假说献身,为了揭穿我这个疯子的谎言,怎么?不愿意?还是愿意?你这是摇头还是点头,我看不明白。"

老古的裤子湿了。

西夏开心地笑了,然后突然间敛住笑容:"你还抽了谁的血?告诉我。"

古教授的目光从地上滑过,穿过通往外面的走廊,落在大门尽头付强和余澄灰的身上。

"Well,well,well,"西夏的第二语言本能地冒了出来,"有句话怎么说的来着?

"——万事自有定数。一切的始作俑者,把我们害成这样的肇始之人,余澄灰老师,程昔老师。怎么,二位是化干戈为玉帛,一笑泯恩怨了?两位这是打算去哪儿?"

20　血祭

"跑！"余澄灰推开门。

忽然，一切的时间都仿佛变得很慢。空气的流动激动了虹彩，顺着门缝便往里涌，打在余澄灰脸上，包裹了他的身体，然后散在背后。他回头看了一眼，西夏的眼里住着一只秃鹫，不用指挥，王侃瑜已经闪过先知身边，朝他们冲过来。

张冉被洞穿喉咙的画面在余澄灰脑里闪过。

他冲出大门。

黄昏下，烈风正紧。

车停得离屋子大门不远，五十多米，不到一百米。随着太阳西沉，弥漫在大地之上的虹光更浅了，车早已从光的遮蔽下显形，目光所及的前方没有看到怪物。

头顶呢？冲出屋顶的掩盖，余澄灰只有朝上瞥一眼的时间，模模糊糊的轮廓像盖子一样笼罩在天穹上，离他很远，盖得很广。

至少一时半会儿不会有东西垂下来，把他粘走。

但可能有东西穿透他的血肉，把他钉在地上。

然后重组，变成另一种生命。如果老古的假说是真的话。

五十多米，一百米不到，算不上远，如果能跑得到的话。

这是高原，余澄灰跑起来以后记了起来，他觉得自己马上就要无法呼吸。

但是竟然没有。他狂奔起来，付强、程昔跟在他身后。余澄灰比另外两个人年轻不少，很快就甩开了距离。他听到扑通一声，回头，程昔被拉扯住背心，栽倒在了地上。然后几块石头掷来，打在付强的背上，付强滚成一团。转眼两个人被赶上来的追捕者按倒在地。

余澄灰停了下来。两辆车就在前面不远，他一个人可以跑到那里。但他进不去，车钥匙在付强身上。他转过身来，王侃瑜一拳打在他的太阳穴上，那力量一点儿也不像她的体型应该有的。

两眼一黑，余澄灰脸朝下倒了下去。

他失去意识的时间很短，最多不会超过五分钟。睁开眼的时候，他们三个人已经在旷野里被团团围住，余澄灰挣扎着爬起来，意识到自己是被拖过来的。

冷湖火星基地的餐厅正面墙外。就是这里，七月被不知道什么腰斩成两段，被牧者碾碎。夜里，水母怪从这面透明玻璃外蜂拥而来，几乎挤破玻璃冲进去。现在那些血液痕迹，那些被洁厕灵毒死的水母怪的痕迹已经全然不见。

这里是生命的绝境，连细菌都没有。

所以所有生命的痕迹都不会被浪费。死亡，重生，重组，改变。

余澄灰抬起头，看到西夏那张平静的脸。在西宁和他第一次见面时候，余澄灰曾觉得他有一种仙风道骨的慈祥和无争。

你永远也没法相信你看到的。可不是吗？程昔不也如此，他自己不也是这样？

"你们是打算去哪里？"余澄灰爬起来，西夏的口气如在闲谈八卦。

还没有投入西夏怀抱的人也没那么疯狂，他们没有走到室外，但都挤到餐厅的玻璃墙旁目睹着这一切。这时候郑莹莹才犹犹豫豫地穿过大门走出来，朝他们走近。袁振民并没有和自己的下属在一起，她留在玻璃墙的另一边。

"您没看日程安排吧，西夏老师？这趟冷湖科幻之旅的三天行程到今天就结束了，"大概知道说什么也没用了，付强玩笑起来，"该各回各家，各找各妈了。您不用回加拿大吗？"他力图表现得轻蔑一些，但表情的僵硬出卖了自己。

"到今天就结束了，"西夏重复道，点头，"那么结束以后你们打算去哪里呢？"

"坐飞机回北京吧，"付强说，"我们三个都是回北京的，机票都定好了。"

"北京？还有北京吗？这个世界上，真的还有这么一个地方存在吗？"西夏说，"你们还相信外面的世界还存在啊？"付强微微颤抖了一下。

"我们有走的自由吧？"付强说，"怎么，还是您已经是世界之王，一切都要听你的命令了？"

"当然，当然。"西夏不再看他，目光转向程昔。程昔已经很久没说过话，自从破坏基站这件事被揭穿之后，他躲着所有人。

"你们有走的自由。但是这辆车不是你们的财产吧。我没记错的话，这是冷湖基地的车吧。这是盗窃哦。盗窃在……"

"车钥匙是袁镇长给我的。"付强辩解道。

"袁经理啊，"西夏点头，"哦，这是他们公司的财产，袁经理负责管理，这本来也没问题。不过现在是非常时期，私有财产没有了意义。现在所有东西都是公共所有，盗窃公共资源……"

这样的对话有什么意义吗？余澄灰想，这不过是西夏猫捉老鼠之后玩弄的游戏。不会有任何话能让他放过他们。

　　留在屋里的那些人中，也不会有人愿意冒险来救自己。

　　"我问过了里面的人，其他人都不走。"付强说。

　　"里面的人？"西夏往里面看了一眼，"那我呢？那我们这些人呢？你不打算救我们走了吗？我从来都没有放弃那些不愿意相信我的人，我希望每一个人都能听见牧者的召唤，能得到拯救。但你呢？你就连问都不问就放弃我们这些人了？"

　　付强不知道该说什么。

　　"古教授，"伴着名字，老古被推了上来，"你抽了血样的，还有他们三个人对吧？"

　　"只有付……"

　　"是他们三个人，对吧？！"

　　"对……"

　　"那么……"

　　这时候余澄灰突然打断了西夏："等一下，你是要做实验对吗？我听你跟古教授说，你要验证他的假说，对吗？还是单纯地你自己想过过瘾，要玩儿活人血祭？"

　　有些事可以说，但不能做。有些可以做，但不能说。

　　西夏和他的信徒已经疯了，他们崩溃的理智重组成了人类历史上无数次出现过的某种模式，不过他们也还没疯到某种不可救药、不需要掩饰、不需要欺骗自己的地步。至少暂时还没有，至少西夏的信徒还没有全到那一步。

西夏笑了:"当然是要验证古教授的重要假说。这关系到真理,关系到我们的命运,不是吗?"

"所以,一个实验就够了,对吧?"

西夏没有说话。余澄灰紧追着说:"我们这里有三个人,但只需要一个实验就够了。"

这位蓬头散发的先知像是第一次见到余澄灰一样,上上下下重新仔细地打量了他一番,然后点了点头。也不知道这个动作是表示他说得对,还是对他这个人的某种赞赏。

"那么,以你的意见,这个受试者应该是谁呢?"

余澄灰没有说话。

"我们听你的。你说谁就是谁。怎么,余澄灰老师是有高洁的人格、奉献的精神,愿意用自己的牺牲来拯救付强和程昔吗?是这样吗?"

他还是没有说话。

"很好,原来您是这么伟大的人。我一直以来误会您了。"西夏说完,声色又忽然转厉,"侃瑜!交给你了!"

"等一下!"王侃瑜手里拿着一把刀,不等她走上前,余澄灰终于又出了声,声音尖锐,颤得破了音,"不,不是我,不是我!"

"哈哈哈哈哈……"西夏闻声朗然长笑,笑声忽得收住,"你要谁死?说吧。"

几句话,似乎这些可怕的事情不是西夏在做,而是余澄灰动手一样。付强明知道这个答案不会是自己，但还是免不了一脸恐惧地望着余澄灰。他甚至不敢说出程昔没有被老古采血这个事实。

"如果不是他弄坏基站的话……"

"谁？说名字。"

"如果不是他抄袭……"

"给我名字。"

这时候程昔被两个男人按住一边，拼命大喊"放开我！"。他死命挣扎却毫无办法，活像四蹄被捆在杠上的待宰的牲畜。

"程昔。程昔，"余澄灰终于说了出来，然后一遍又一遍重复，"程昔，程昔……"

西夏露出满意的笑脸，一口雪白的牙映着夕阳。"很好，很好，做得好，孩子。"

然后他转过身，面对这房间里那些没有出来的人，也面对周围的信徒。

"看到了吗？这就是这些人的相互信赖。这就是这些人所谓的伙伴。这就是他们妄想的所谓逃亡时把后背托付给的人的关系。看到了吗？这就是为什么会有天谴，为什么会有病毒，为什么会有异常光波辐射。因为这些不可拯救的人的腐化、堕落、彼此出卖，这所有一切对这个世界、对这个宇宙的污染！

"他们，余澄灰、程昔，数不清的他们这样的人，就是这个世界结束的原因。你们看到了吗？旧的地球将会结束，新的一切会重新诞生，重组，新生。接受牧者的救赎吧，我的兄弟姐妹，出来，接受救赎，你们还没有看够吗？这些丑陋……"

余澄灰闭上眼，西夏的声音从他耳边穿过，他只听到自己心脏挤压血液形成的耳膜里嗡嗡的声音。

"侃瑜，你听到余澄灰说的名字了。去吧，完成古教授的实验，"他补充的声音竟有些温柔，"小心。"

王侃瑜眼中带着喜悦的光，驱动她行动的已经不是曾经那个叫王侃瑜的女子，而是另一种力量，狂信、灼热的力量。她拿着刀，朝程昔走去。

程昔想要后退，但被两个人死死地按在那里。旁边余澄灰和付强都不由自主地后退了一步，没有人理会他们。西夏身边的人一动不动，隔着玻璃的人有的后退，有的侧过身去，埋下头，但所有人都用一丝目光张望着。

实验，实验，毕竟是实验。

结果会是什么？老古说的是真的吗？他们的命运到底是什么？

他们也不知道自己到底希望看到什么。是程昔倒下，无辜死去；还是他化作一个怪物？如果他就这样倒下，变成一具普通的尸体，那他们就目睹了一场谋杀而没有阻止。如果他化作一个怪物，那老古说的就成了真，这里每个人，都是如此。

没有人希望老古说的是真的。于是乎为了自己，便要期待自己成为一场谋杀的看客，一个沉默的屠杀的帮凶。

于是他们努力回忆起程昔的无耻来，他是怎么窃取了别人的小说按上自己的名字，怎么欺世盗名，便义愤起来；努力想起程昔破坏了基站，让这里无法与外界通讯。是的，如果不是基站坏了，他们也不至于不能向外面求援。要不至少他们能知道外面是怎么情况，甚至现在已经有了救援。对，过了这么久，要是有通讯早就有救援。

而且能和一队联系上，一队的人也不至于失踪，基地里其他的工作人员也不至于到现在也不知道去向（必然已经全死了）。张冉，之前不管那是不是怪物，张冉也不会落到这个下场。这么多人死了，都是程昔的错。

不光是这样。谁知道到底那异常光波辐射是怎么来的？说不定就是他电击弄坏了基站芯片的时候打开了什么微观尽头的通道。对，是的，就在他弄坏了基站不久后的那个晚上出现了第一次异常光波的虹彩，不是吗？没错，很有可能。非常有可能。

只有这样的可能没错了。一个恶劣的抄袭犯，就为了掩盖自己的抄袭毁了基站，诱发了所有的一切。如果不是他，一切都不会发生。

这全都是程昔的错，如果不是他自己最开始害的，那根本就不会有这些事情，他根本就不会站在这里，被这把刀子……

他活该，活该！

自我哄骗弥漫着，如心灵感应一样在人群里蔓延，带来了平静，带来世界的一切依然公正地运转的安慰。

在崩溃的世界里，错乱崩溃的绝不只是外面的世界而已。当世界变成深渊，一定会让所有人掉下去。

突然，屋外的人群中一个影子冲了出来，挡在王侃瑜的刀前。

"等一下，你们到底要干什么？你们都疯了吗？"郑莹莹喊着，"这是要干什么？你们要杀人？"

郑莹莹很年轻，在这群人里可能是最年轻的，刚刚大学毕业的年纪。在所有人里面，包括屋里的、屋外的、副建筑里的所有人里面，她是最年轻、最普通的一个——没写过东西，没拍过电影，没演过话剧——她叫所有人老师，在这里只是一个服务人员而已。她六神无主地四面张望，她唯一熟悉的人是经理袁振民，人在玻璃后面，离她很远。

"侃瑜老师，你要杀了程老师？"她虽然挡在前面，声音却是颤巍巍的。

"又不是第一次。"王侃瑜目光散漫。

"那不一样，"两个年轻女子年纪相差不大，王侃瑜大上几岁也并不明显，"那时候我们都觉得他们是怪物变的，你只是……但是、但是，程老师虽然做了很多不该做的事情，但是他跟我们一样是活人啊。不是吗？"郑莹莹求助地朝四面的老师望去。

"把她拉走。"西夏淡然地说。斑马上来要把郑莹莹拉到一边，还没有碰到就被她一手拍掉。这才想起这个姑娘身体极好，那天戈壁徒步的时候她一路在前面带路狂奔，不时停下来等这些追不上的人。

女孩子环顾四周，没有人帮她，没有人被她打动，所有人都淡然地望着这个插曲，等待回归正题。

"重要的是实验，"西夏朗声说，"这是一个结果关系到所有人命运的实验。实验必须进行。"

"实验必须进行。"包括王侃瑜在内，好几个信徒一同重复着。

一定要有牺牲品，没有程昔，也需要另一个人来完成实验。既然是这样，除了程昔，又有谁比他更罪孽深重，更应该被牺牲呢？

郑莹莹从包里掏出了刀。要来控制她的斑马往后退了一步，双手护胸："你做啥？"王侃瑜的刀也挺了起来。郑莹莹的刀不大，只是一把重型美工刀，是少年科普项目里准备给孩子做手工用的，刀口虽然锋利但是很薄，一碰就折。

"你们都疯了，"女孩子说，"所有人都疯了。"

后面的人递给斑马一根木棍，他只要一伸手就可以把这把刀从郑莹莹手里打落，或者打断。

"让开吧。小姑娘，"西夏说，"这个人不值得你这么做。"

"西夏老师你说得对，"郑莹莹脸上突然露出一抹诡异的笑，"海子一定是因为不愿意生活在这样的世界上，所以才自杀的。"

说完，锋利的美工刀刃口划过郑莹莹的脖子，动脉齐整整地切断，年轻鲜红的血液喷薄而出。

女孩子一面捂着伤口，一面艰难地用能发出的最大声音喊道："你们要的实验品，你们要的实验品，可以了吧……"

她站立着，血从她指缝中往外狂淌，顷刻间就染红了整个身体。

21 绽放

骤变忽起。

赤红色的大地上映着夕阳的火,鲜红的血浇在年轻的肉体上,闪起灼目的光。

斑马本能地要上去扶郑莹莹,耳边却传来老古的大喊:"当心!躲开,快躲开!"

王侃瑜和斑马他们这才回过神来,缩回手,谨慎地往后面退去。惊诧之后,所有人都注视着郑莹莹。

汩汩而出的血像一汪泉,随心脏最后的搏动一股股从指缝喷涌出,顺着胸口淌下。年轻女子眼中的生命之火迅速地熄灭。或是目不转睛,或是斜着余光,人们看着她手捂住伤口。会发生什么?张冉的变化就是从那伤口开始。

西夏的人退到了安全距离，有武器的纷纷亮出了武器。这一刻，画面是那么诡异，自刎的少女站在中央，已经停止了呼吸，刀落在地上，人僵硬地站立着。而所有有意或无意的凶手围在周围，又是惊恐又是期盼，如临大敌。

"天哪。"王侃瑜叫了起来。

开始她还以为是幻觉，因为空气中稀薄的虹彩仍在蠕动，映得万物都很恍惚，似乎一切都在摇晃。披在少女尸体上的血动了起来，最先脱离人体的细胞最先脱离"人"这个形式，顺着衣服淌下的血液开始有了自己的生命。一整片血连成一张膜，像是某种优美的海洋生物张开自己的划水结构一样，逆着重力向上卷，很慢很慢，又像是被风吹起的红裙。

薄薄的血之膜翻过去，把郑莹莹的尸体裹了起来，血膜一圈圈收拢，把站立的人体卷成一个轴型，如同一个巨大的红色收尸袋紧紧套上去。她站着，然后开始绽放。

完全变态发育的昆虫幼虫会把自己结成茧，然后变成虫以后从茧里面出来。当茧结成之后，幼虫并不是在里面在头上长出触角，在胸前长出腿脚，在背上长出翅膀。幼虫的绝大多数细胞会在茧里面降解成一摊原生质汤、一锅营养粥，而隐藏在这锅营养粥里面的"成虫盘"这时候才会苏醒，吃掉这锅原生质汤，快速地成长起来，变成甲虫、蝴蝶、独角仙……

幼虫并没有长成成虫，是成虫从幼虫死亡崩解的汤里破体而出。

昆虫的茧是不透明的，是坚硬的，所以肉眼看不到这个奇妙而诡异的进化过程。郑莹莹鲜血化作的膜却是柔软和半透明的，一切的变化看得清清楚楚。

先是皮肤、肌肉，撑起肉体轮廓的部分慢慢融化，柔和了裹尸袋的线条，也冲淡了那抹红色。新生的力量在膜下面汇成许多道搏动的脉，一部分朝下顺着双脚所在的位置扎入戈壁大地，一部分张开之前捂住脖子的双手向天空拥抱上去。头的所在，眼窝、鼻子快速地凹了下去，流动的生命质吹起原本垂下的长发，朝天立起几千条丝。

半透明红色的膜颜色渐深，成了青灰色。双臂的手从五指发出了细枝，结出树瘤结疤。几分钟时间，少女的肉体形状渐渐融化在一棵古怪小树里，从朝上的三叉勉强能认出拉长的头、伸展的双手。生命细细地往上长，细处有了竹节状的一段段模样，就这么朝上面绽放生长，顶上伞盖交织起来，没有叶子，越来越大。

戈壁滩上，立起一棵灰色的树，转眼已经有三米来高，顶盖半径足有一米多。

也许是幻觉，顶盖交织的那些"细藤"上，空气的虹彩绕在上面旋转。

最开始周围的人都仓皇地后退，连玻璃背后的人也不例外。不久他们意识到这不是一个有进攻性的东西，便静静地看着，一群人扬起头，痴痴地看着这东西生长。

"看到了吗？"终于有人打破沉默，是老古，"我们都一样。我们每个人都一样。"声音里带着狂喜，说不清是因为证明了自己理论的正确还是因为绝望到尽头失去了理智。"它在我们每个人的身体里，只要被激活，我们每个人都会重组。这里每个人都变了，这边的，那边的，所有人。我是对的。你们该相信我了吧！"

实验结果出来，西夏输了，输得一塌糊涂。信徒们开始惊慌，不知所措地望着自己的先知。这位先知却毫不理会，双眼直勾勾地盯着这棵"树"。

"原来是这样，"他说着，慢慢朝树走了过去，"我终于明白了，原来是这样。"

西夏走到这个生命的前面，伸出手，摸向原来眼睛所在的位置。灰色的外壳其实和树干并不一样，带着几分昆虫的几丁质，又有些像深海鱼粗糙的皮。这不是植物。

当然，这是另一个"界"的生命，已经是在动物植物这个分类级别以上的存在体了。

触摸到它的那一瞬间，西夏感觉到它似乎动了一下。背后传来几个人的低声惊叫，他克制住了本能，手按在上面，没有缩回。

没有意外发生。西夏深吸了一口气。

"看到了吗？"他对着树说，"被选定的人是不会变成怪物的。都看到了吗？"

"被选定的人是不会变成那样的怪物的,我们会获得新生。我们会重新绽放,即使是在这片细菌都无法生存的大地,我们也会获得全新的生命,成为这个新生命世界绽放的信标!郑莹莹还活着!你们都看到了吗?你们都看到这伸开双臂拥抱牧者的姿势了吗?她在这大地之上重生,变成了一个更伟大的存在!一棵全新的生命进化之树正在这片大地上绽放!看到了这些,你们难道还有什么问题吗?!"

听到这话,古教授傻了,思维也恍惚起来。也许是他错了。到底什么是存续,什么是新生,什么是死亡呢?结茧的幼虫是死了吗?成虫是杀死了幼虫吗?还是生命绽放本来应该有的规则和逻辑就是这样呢?

"我们,将会是新地球生命史的信标,"西夏说道,"古教授说得没错。一个全新的生命世界已经降临在这个地球上了,就在这里,就在冷湖。打开这个新生命世界的正是我们,我们这些接受牧者召唤的人。我们拥有了地球生命史上从没有过的新细胞器,如古教授所说,和我们相比,旧世界的所有生物,人类也好,别的什么也有,他们都是细菌一样的存在。

"这就是我们,被牧者赐福的人。地球四十五亿年历史里面,每一次生命的大爆发都是这样开始的,线粒体、叶绿体、新的细胞器,寒武纪生命的大爆发也正是从这里,从冷湖开始!你们听到了吗?你们感觉到了吗?五亿三千万年前显生宙开端的历史和我们的身体共鸣,这些时空的共鸣拨动了虚空中的光。你们看到了吗？你们听到了吗？

"和那时候一样，被赐福者的后代将会拥有所应许的世界，再一次从冷湖开始，到整个地球……

"到超越地球！到超越这个太阳系，驾着星光到银河的边际！那将会是我们的荣光！这些虹彩就是我们的荣光之色！全新的生命进化之树从我们这里开启！"

西夏高喊着，这声音到底是全然的疯狂，还是真有几分真理被他窥视到了？牧者的意志和知识是否从西夏疯狂大脑的裂口处渗透出来，用西夏的声音融化了神明的话？没有人能说得清。

忽然，急促的脚步打断了他的话语。女孩的自杀和转变，引走了所有人的注意力，然后是这通生命之树的演说，看管程昔的老早忘了自己的职责，不光他们忘了，余澄灰和付强也忘了，只顾着痴痴地看眼前这一场说不出算什么的演出。

西夏走向那棵树的时候，看管程昔的人就忘记了他的存在。程昔悄悄往后面溜走，先是一点点挪动，离开人群半米之后他就轻手轻脚地走了起来，最后终于开始狂奔。这时候声音才惊动付强，他拉了余澄灰一把，两个人也轻手轻脚地往后逃去。

三个急促的脚步在荒滩上响起，这些人依旧充耳不闻，直到西夏回过头对着信徒大喊"抓住他们"的时候，这些人才回过神。

到车上的距离没有那么远，程昔已经快到了越野车的车门前，付强一面紧追一面大喊："钥匙给你！接着！"说话间他掏出车钥匙，按动了钥匙上的解锁按钮。暗黄的灯应声闪烁了两下，付强随即把钥匙扔了过去。

追兵的动作很快，比三个男人速度快得多。程昔回头接过钥匙，紧赶两步就抓住了驾驶室的车门，拉开它，跳了上去。

追兵越来越近。余澄灰冲到后门时已经离自己不到两米，他朝后盲蹬一脚，感觉蹬到了什么，也管不了蹬到了哪里。另一边付强借着体型的优势把挣脱了追兵的拉扯，也逃到了车的副驾门外。

余澄灰猛跃一步，抓出了后门把手，就朝程昔大喊："发动啊，快走！快走！"

门把手哦的一声，被猛拽到头。车门却没有开。

锁着。车门已经被重新锁上了。

余澄灰一时没反应过来，连拉两下把手也没反应，这时候才看到车窗玻璃那边的脸。程昔转过头来看着他，面无表情。

余澄灰的心一下坠入冰窟。

"开门。开门！"

几秒时间，程昔就这么一动不动地看着他。另一边副驾边的付强也拼命地拍着玻璃大叫，不断尝试拉动把手。车被敲得砰砰乱响。"你干什么？让我们上车！"

程昔根本不理付强，他看着余澄灰的眼睛，一直握着钥匙的右手发动了引擎。

一个信徒扑上来,当胸抱住了余澄灰,他努力挣扎,然后第二个信徒抓住他的手,把他手指从车门上硬掰下来。程昔就这么看着,这时候终于露出一丝笑。

付强也被拖了下去。有人冲到驾驶室旁,伸手拉门。刹车松开,程昔踩下油门,车缓慢地动起来,拽门的人被拖得松了手。程昔一言不发,在车里冷冷地看着余澄灰被按倒在地。然后引擎才轰鸣起来,开始加速。

"王八蛋!"付强咬牙切齿地骂,"车钥匙还是我给你的!"他的脑袋已经被按在了土里。

越野车朝前面驶去,速度渐快,靠人的双脚已经追不上了。就在所有人都以为程昔要独自一人驾车逃跑的时候,那车却开始转弯,车头在远处划过一条弧线,调了一百八十度的头。

本能的喜悦只有片刻,余澄灰就意识到自己错了。昏黄的车灯在夕阳下朝它的目标伸出手,指着余澄灰。

余澄灰明白过来,程昔绝不是临时起意。在付强问他要不要一起逃跑的时候,他就已经有这样的打算。程昔是不会允许余澄灰活着离开冷湖的。他甚至不会允许这里面任何一个知道他做了什么的人离开冷湖。就算付强没有把钥匙扔给他,就算他们现在已经一起上路离开这里,程昔也会在路上找到机会。

越野车的引擎在百米外发出咆哮。余澄灰从沙石中用力昂起头,对按住自己的人大喊:"放开我,都躲开!"

这两人才反应过来，松开手朝旁边闪去。车正对着余澄灰冲过来，他翻身跳起，往右边人群方向逃命。信徒们四散躲避，车头摇晃，两道光紧追在余澄灰身后。余澄灰终于醒悟过来，往西夏和那棵"树"的方向跑去。

车灯照在西夏蓬头散发的脸上，也映亮了树。余澄灰狂奔着，冲向西夏，擦着他身边跑过去。越野车已经加速到了不适合在这样的道路上行驶的速度，整个车都开始抖动，轮胎跳跃。余澄灰和西夏错身而过，轮胎的转动明显犹豫了一下，然后，往西夏那边一偏。

车很快，西夏不是运动员，不是动作明星。要在两秒时间里飞身朝一边扑过去躲开对准自己的车头，他这个岁数的身体是做不到的。但他其实不是没有逃脱的机会。他只需要绕到那棵"生命之树"后面，这棵树可能是挡不住这辆车，但程昔未必会冒着翻车的危险硬撞上去。

在这最后的机会上，西夏明显迟疑了一下，看了一眼从郑莹莹遗骸上重组的树，然后，朝远离树的方向走了一步。

先知作为人类存在的最后一刻到底脑中闪过的是什么，不得而知。他撞在车的右侧大灯位置上，像蝴蝶一样飞了出去。

撞击力让越野车车头一歪，轮胎还是慌乱地打反了角度。车左摇右摆，在荒滩上拉出一个歪斜的痕迹，车身侧着朝火星基地的餐厅玻璃撞了上去。

哗啦一声，半面墙被越野车撞碎。车子的挡风玻璃裂开几道白痕，迟疑了两秒，引擎又轰鸣起来，挤碎剩下的半面墙，扯掉了自己的前保险杠，朝逃离这里的东面驶去。

车子驶下坡地，不久就消失在了雅丹戈壁的起伏里。

半隐入山下的夕阳如血，映在戈壁之上。白色的基地洒落残破的壳，那棵灰色的没有叶子的树静立着，树冠的阴影拉得很长，正盖在先知遗骸上，像鬼怪伸出干枯的手。

不知何时，虹彩几乎已完全退去。

第四章
穹笼与归路

22　去处

死亡总是一瞬间的事情,但死亡不会终结一切。

西夏死了。逃离的车开走了。基地的玻璃屏障碎了。

尸体倒在地上,良久,最虔诚的信徒向他走去。

所有奇迹里,对死亡的征服总是永恒的主题。

但对于生命来说,死亡并不是必然。蜗虫可以无限重生,就算切成碎片,每一片都能重新成长一个全新的个体;玻璃海绵没有自然死亡的概念,不断更新的细胞能延续上万年;灯塔水母会不断轮回,走到性成熟的尽头之后又会重新回到幼体状态,将生命历程重新来过。

死亡,或许只是生命史上一个偶然又不幸的错误而已。

余澄灰与付强远远地看着西夏的尸骸。很快地，他的这个错误就会被修复，变成某种……新生命世界的载体。

他们无处可去，逃离的车没有了，要回头，火星基地的房子也被撞破。暂时没有人来理会这两人，但是他们总是会想起来的。

有人从背后悄声无息地走了过来。余澄灰察觉到，猛地转头回去，这才发现来的是梁清散。他伏低了身子，被余澄灰看到的时候立刻就停住动作，然后远远地做了一个嘘的手势。

余澄灰一时有些混乱。除了张冉，他几乎忘记了一队这些人的存在，以及依然存在着的事实。看到梁清散轻手轻脚走来他本能有些恐惧，在古教授的"实验"之后，他理智上明白了这些消失了一天的人并不是画皮，或者说，并不比自己、比其他所有人更"画皮"。尽管如此，出于本能，依然感觉他们是"另一些人"。

梁清散他们被赶出去之后就去了副建筑。历经不知所措、后怕等乱七八糟的不长一段时间，还来不及消化那次遭遇，屋外的"实验"就发生了。就在副建筑和主建筑中间。

就算能听见、能看见，梁清散他们也没完全明白是怎么回事。但是"实验实验"的不祥声音和划过脖子的刀也不需要太多的说明，绽放的树和自己队长的关联更是不用提醒。

梁清散走到余澄灰和付强旁边，低声对他们说："跟我走。"

还有别的地方可以去吗？

梁清散带路，两个人也伏低身子，轻手轻脚地跟着他，原路退回，往副建筑那边去了。

比起主建筑那边，两个厢体的副建筑要小得多。功能上只有睡眠舱和相连的卫生间，里面站满了人，十多个人都藏在里面，显得非常拥挤。他们走进去的时候，迎接两人的目光复杂，说不清里面都有些什么。

"谢谢你，"付强说，"说不定等一会儿，等他们回过神来，就会拿我们来血祭了。"

余澄灰看到冰狗挤上前来。她一脸困惑："这么短的大半天，到底发生了什么啊？西夏怎么了？你们又跟西夏是怎么回事，他为什么要……要……程老师又是怎么回事？"

对他们来说只是大半天。余澄灰想起来，他们的一整天到底又去了哪里呢？

屋外传来惊叫声。从房间的小窗户往外看，西夏的遗骸开始了改变。

张冉和郑莹莹的改变来得很快，也许是因为身体岁数的缘故，西夏的变化来得就慢了许多。余澄灰暗暗期待那副遗骸也会像张冉那样崩坏，从里面孵化出无数水母怪。若是这样，信徒脸上的表情一定会让人很开心。

但是没有。摊在戈壁上的尸骸在夕阳的热力下融化了，慢慢地水一样四面流淌，涓细的质流顺着荒滩上的一点沟壑爬行，并不往下渗。随着四面的铺展，它缓缓凝固，像植物的根，初时只有几条主干，后来也就越分越细，一个层层微细相交的根状网铺在了大地之上。

郑莹莹立着，伸向天顶；他平铺着，抓住土地。

即使是王侃瑜、分形橙子和斑马这样的最虔诚的信徒也不敢亲吻这转生的圣骸，他们还是老老实实地往后退。

他的生长像是纪录片里植物被加快的生命镜头，有一种夺人神魄的吸引力。透过小窗，余澄灰他们静静地看着。细看上去，条条根须像触手一样颤抖着前进，试探前方的道路，相逢时狂喜着彼此纠缠。

细细的灰色在戈壁的红色沙土上铺出苔藓似的一层，渐渐厚了起来。

连细菌都不能存活的绝境大地上铺上了生命，虽然是从外面劫夺来的，但不仍是生命吗？

"这到底是怎么回事儿？"梁清散问。

余澄灰和付强都有些恍惚，眼睛看着外面生长的苔，那些并没有因为先知死亡而褪去狂热的脸，两个开始你一言我一语地讲起这一天半以来发生的一切。

回想起来，真的只是一天半而已吗？

从一天前，他们到达徒步的终点，却没有见到一队的人讲起——这是两队分叉的开始。毫不意外地，在余澄灰他们看来，前一天的上午，二队在终点等了一队一个小时,没有见到人影;而在梁清散他们一队的版本里,这一天的上午,他们也在终点等了近一个钟头。没有见到二队,也没有见到应该出现的车,他们不得不原路返回,步行回了基地。

在基地迎接他们的,就是那疯狂的一幕。

他们似乎能听到外面那"苔"生长的声音,窸窸窣窣地爬在地面。余澄灰讲到七月和分形橙子出去检查基站,说到那时候外面铺天盖地的虹彩的出现,说到王侃瑜尖叫着说"外面有什么东西"却被人半信半疑。

最早和这异界接触的三个人,死的死,疯的疯。

"你们说的虹彩是什么?"冰狗在一边问。

鸡同鸭讲了好半天,余澄灰和付强才终于明白,一队的人从来就没见过空气中流淌的璀璨虹光。过去没见过,现在呢?他们俩依然能看到空气里的虹彩,虽然比昨天已经淡去太多,而这虹彩梁清散和冰狗都看不到。

这也是为什么在他们见不到室外五步以外的任何东西时,一队的人却穿过戈壁,回到了基地。

世上本没有什么异常光波辐射,本没有什么虹彩。世上也本没有光,没有颜色。一切不过是视网膜底三种视锥细胞将 564 nm、534 nm 和 420 nm 三种波长的电磁辐射转化成电信号通过视觉神经灌入脑内。所有的感知不过是大脑的想象,所有的感觉不过是这具肉体在星河中沾起的一滴水。

异常光波辐射也许一直都存在,就像鸟儿和昆虫能感知到而人类看不到的偏振光、地磁场。也许从来就没有存在过，只是那个新细胞器融合进这具肉体时扰动起神经杂波。

余澄灰的思绪肆意奔流，有一个念头想要把这些想法记下来，写成小说，拿去出版，得奖，卖掉影视版权。

这些驱动他来冷湖的欲望此时显得那么荒诞可笑。程昔正是因此才破坏了基站，才断送了与外界联系的机会。

他们往下讲，讲到七月和陈茜为了寻找自己面前这些"失踪"的人出门，然后惨死。陈茜的恋人这才知道发生了什么，她一直哭。余澄灰只是不管不顾地往下讲，讲到第一次见到牧者的眼。

"你们没有看到七月是被什么……劈成两半的？"梁清散不安地问。

"现在想起来大概是水母怪这一类的吧。"余澄灰说。他们讲了基站的事情，余澄灰面无表情地从程昔抄袭说起，一五一十地说了自己的阴谋，毫不遮掩地坦白了自己和梁清散他们自驾而来的目的。

一切已经变成这样，隐瞒和推诿已经没有太大意义了。余澄灰在其中承担了一个可怕的角色，程昔本来并不愿意来冷湖，但他毁了基站。西夏的疯狂和转变，如果不是他也不会发生。

余澄灰扪心自问，自己到底做错了什么呢？自己做的也不过只是尽力追求自己想要的东西，他并不想害人，也没有过把人逼上绝路的意图，这到底有多大的错呢？他又怎么知道事情会变成这个样子？

又不是他让程昔去毁掉基站，又不是他让西夏去创立邪教，又不是他让西夏去做人命实验，又不是他让程昔来撞自己、来撞死西夏。

外面的苔毯仍在生长。郑莹莹的那棵树一直孤独地立着，人类西夏的骨肉尸骸早就不见一丝痕迹，而苔毯在荒滩上长着，像他生前的疯狂语言一样扩展着。慢，却坚定。

"程昔老师怎么会抄袭别人？"没有想到还有人发出这样的疑问，"不可能的事情，你一定搞错了。"

余澄灰没想到自己这时候还要给人说这些，倍感荒唐。他讲起那两篇小说，拙劣抄袭了《服务器战争》的《天津异事记》，两篇连错别字和语法错误都一样的洗不掉的证据。

那个人摇头，余澄灰并不认识这人，只记得他大约姓冯，是程昔的朋友。他说："不可能。你说了很多证据，但我总觉得哪里不对。程老师没有征得那人的同意怎么会用他的东西？他们肯定是私下有合作才会用那个小说的。"

余澄灰只得再解释一遍那些连程昔自己都不敢反驳的证据。但这位姓冯的先生仍是那车轱辘话来回说："不可能。程老师一定有什么内情你们不知道。那个叫哈雷的肯定私下给程老师让程老师用的。"

余澄灰觉得自己陷入了一个没有逻辑的梦。这时候为什么会有人跟自己说这个？都这个时候了，疯的疯，死的死，程昔已经在他们面前把西夏撞死，远逃。但这不妨碍他坚决地捍卫程昔的清白。

梁清散微微摇头，余澄灰明白他的意思，这位程昔的朋友大约也离疯不远了。他不再接茬，任这人不断嘀咕。

终于讲到那个夜晚。黑暗中泛着斑斓彩光的生命和火星基地的相遇。在西夏的手电照上去之前曾经似乎是浪漫美好的，之后却变成可怕的袭击。

讲到了牧者，那个巨大得超越了任何可能存在的生物构造的、遮盖星辰的体形，讲到它的歌声激起夜色中的光浪，讲到脑海里听到它的歌，不知那声音是来自声波震动骨膜、通过耳蜗听觉神经进入人脑，还是直接在脑中勾动那样的旋律。

"我想亲眼看到你们说的这个牧者。"冰狗小姐说。

付强摇头："你最好不要。西夏会变成这样，到底是因为余澄灰和你们，还是因为他盯着那东西看得太久，谁知道呢。"

付强讲了在夜色最沉、天空最清透的那时候，牧者长出无数眼睛，低低地贴着地面飞过的那一幕。眼睛连成波浪一样，视线密不透风地抚摸过火星基地建筑表面。那些眼睛透过玻璃，透过顶棚，透过塑钢墙壁泡沫板桌椅板凳凝视着房间里每一个人。

"就算你身上爬满毛毛虫、蟑螂，也没有它的目光爬满你身上那么可怕。你可以闭眼，可以用东西把自己遮起来，但是你还是会看见，见那线在你身上爬过去。不光你的皮肤，还爬过皮肤下的脂肪、肌肉、神经、内脏、血液、每一个细胞。"

听到付强这么说，看到他的眼睛，余澄灰才明白，付强并不比自己疯得少一点儿。

"也许就是那时候，我们的每一个细胞里都有了老古说的那个新细胞器。就是那个时候它做的手术。"

也许根本就不该去回忆之前发生了什么。当你脑中每重现一次被深渊注视时的记忆，你就往深渊再跌落一米。

但他们还是继续讲。冷潮的空气里某种力量驱使两人说，大地上的某种力量驱使对面听。

讲到古教授见到七月血迹的变化，从样品里发现那种"细胞器"，他们只听过古教授的只言片语，不知道那细胞器到底是什么样。讲到他怀疑每个人都已经改变，取了余澄灰和付强的血样来检测，证明了他的怀疑。这才串起来张冉的死，他们三个人，程昔、余澄灰和付强是为什么被押在室外，准备那场"实验"。

"我没有选择，"余澄灰说，"我真的没有选择。我真的不是故意的。"

他说的是西夏问他要拿谁来实验的事情。"也没有人怪你。"付强说。

余澄灰以为的假说会对他们造成很大的冲击，但他们只是默默听着，并没有表现出多少过激的反应。甚至还不如程昔抄袭的反应。他这才想起来，自从目睹张冉死亡重组之后，一队的这些人一定就一直在思考、怀疑自己到底发生了什么。他们一定早就默默接受了自己的某种异常。古教授的答案对余澄灰和西夏他们来说更多的是关于自己的命运，而对他们来说，更多是解释自己异常的起因。所以无论接受与否，梁清散他们面对这一切都更平静。

"所以，除了最开始七月和陈茜，其他人都不是那些生物杀死的，是吗？"梁清散突然说，"哦，不对，等一下。严格来说，陈茜身上发生了什么其实你们都没看到。连七月是被水母怪杀死也是你们的推测，谁也没亲眼看见。"

"张冉、那个袁镇长手下的小姑娘、西夏，都是因为我们人类自己动手杀死的。不管是直接的还是间接的，对吧？"这个写科幻推理的人总结。余澄灰没有说话，同样热爱推理的付强沉默了一会儿，答道："从这个角度的话，你说得对。"

梁清散叹了口气，没有继续这个话题。

外面传来人们的熙攘声。信徒们结成一个大圈，围着新生的苔原——苔原呈几乎完美的几何圆形，丝绒上蔓生着经脉——他们跪下，开始祈祷。原先躲在基地里的人，也有的走了出来，开始加入这个行列。

死亡并不是结束,造就这一切的力量仍笼罩在这个苍穹之上。

西夏成了他们的先知,唯一的原因只是他们需要这么一个先知而已。

23 时光

最后的一缕阳光消失在地平线，第二个夜晚终于来了。

余澄灰最开始担心群龙无首的信徒们会更加疯狂，会找自己复仇，向这个避难所发动圣战。但是至少直到夜幕低垂时仍然没有人向自己发起进攻。

然后他担心食物和水。水是有的，就在舱体外面不远的巨大白罐里，有很多很多吨的水，但那意味着要打开房门。而房门外没两百米，还站着不少信徒。那些信徒一直望着天空，用意念召唤着牧者，就像几十年前UFO狂热者召唤UFO一样。至少到目前为止，这个召唤还没有成功。

食物就更糟糕，这里的房间里是没有任何食物储备的。

余澄灰当着付强、梁清散和冰狗的面提起这个问题，梁清散想了一会儿，突然一愣，皱着眉头问："你们真的觉得饿吗？"

被提醒之后，几个人才意识到，自己并没有觉得饿。不是因为过度刺激导致神经紊乱的那种不饿，是真的不饿，不缺力气的那种不饿。离上次摄入能量已经过了很久，就算梁清散他们的那二十四小时真的是消失不见了，他们也有很久一粒米也没进过。

接着余澄灰又发现，先前在高海拔地区，因为空气中含氧量低的疲劳乏力也早就消失不见。

"好消息是，我们可能不需要食物和水了，"梁清散说，"坏消息是，我们可能不需要食物和水了。"

所有人都已经改变。不清楚自己的机体现在到底是以什么样的方式在运转，但它至少还维持着人类的形态。它自己也维持着自己是人类的想象。

又过了一段时间，天完全黑了下去。

余澄灰透过这个房间上面的透明玻璃，望着头顶上的星空。此时的天顶上已经没了那些星之彩，漆黑幕布上点缀着长而厚的银河，就像他来西北前以为自己会看到的那样。多少人想要来一场西行的灵魂净化之旅，观星就是其中最重要的一项。余澄灰在西北见过多少个灿烂的星空呢？回想起来，似乎每一个都唤起一场诡异的噩梦。

他们是被召唤的。西夏是这么说的。他现在平摊在大地上,也许也正以自己的方式仰望着这片银河。

这时候,一个扁平的不锈钢壶递了过来,壶盖开着,里面传出一阵酒香。余澄灰转过头,看着梁清散对他示意,他接了过去。"你的酒?一直带着?"

"之前藏在箱子底,偷偷喝,怕被人看见,"梁清散说,"要不被人唠叨少喝点儿,对身体不好什么的。现在嘛……不重要了。"

确实不重要了。余澄灰喝了一口,日本产的单一麦芽威士忌,他喝不出好,只觉得很呛,咳嗽了两声。他把酒壶递回去,梁清散又递给付强,付强咕咚咕咚下去了两大口。冰狗坐在他们对面,四个人在房间的角落里望着天。

隐隐有一种这次西行自驾刚开始的时候的样子,回想起来,那也不过是才五(四?)天前而已,却恍惚如同隔世了。

"你们有没有觉得天上星星的位置跟之前不太一样了?"冰狗说。

"我也觉得好像是有点儿不一样,"梁清散说,"我昨天拍了照片的。"

听到这个对话,余澄灰不由得一激灵。"不过相机没在身边,放在那边了。"

若是在身边呢?如果拿出昨天的相片,发现天上星星的位置真的不一样呢?余澄灰已经不愿意去想。

天上星光突然黯淡了，好些光柱从屋外射出去，污染了天空。是那些信徒。那些人在干什么，他们已经没有力气也没有兴趣去知道。

"到底是谁请我们来这里的呢？"付强突然问，三个人都看着他，他大大的脸庞上尴尬地笑了，"我知道，当然是袁振民他们组织方请我们来这里的。但是……"

"但是？"冰狗不明白。

"但是，怎么说呢，就好像冷湖镇当然是政府设立。但是设立冷湖镇的原因，是因为石油钻探队在这里发现了石油。石油出现在这里，是因为几亿年前这里曾经有大量的生物死亡后被埋进地下，经过漫长的地质时间的压力变成了石油。

"也许西夏说的没错，几亿年前，就在这个地方，和今天我们经历差不多的一种生命演化进程就在这里开始。这个进程创造了冷湖，创造了石油，然后这个进程在几亿年后在这里回响，这才有了冷湖的石油基地，这一切，最终召唤了我们来这里。

"上一轮生命演化的遗存埋在地下，经过亿万年之后转变，诱导我们来这里，开启另一轮演化。"

"听起来像是西夏会说的话。"余澄灰说。

付强苦笑："是啊，像是西夏会说的话。牧者的意志。"

"牧者到底是什么啊？"冰狗问。

梁清散突然开了口："你们有没有想过你们见到的牧

者是从哪里来的？应该说不光是牧者，你们说的那些水母怪，那些天上的网，都是从哪里来的？"

"既然七月、张冉、郑莹莹和西夏都在死后发生了改变，那你们最开始见到的这些东西会不会……"

很显然，不用再说，他们都记起渺无音讯的基地工作人员。这下子，他们陷入了沉默。

"所以我们怎么办？"梁清散问。

"我们本来打算开车回冷湖镇那边，"付强说，"结果你们也看到了。车也没了。"

"那辆呢？"冰狗指着那辆中型客车问，"不是还有一辆吗？"

"你会开吗？"付强反问。

冰狗答道："跟一般的我们开的汽车区别很大吗？不都是汽车吗？"

余澄灰突然没法抑制地笑出声来，虽然不合时宜，但他还是想起先前冰狗连刹车和油门、雨刮和灯光都分不清的那段旅途。"要不我们试试？"他说。

"车钥匙在袁振民那里。"可惜付强断绝了他们这个想法。透过窗户，他们隐隐约约看到外面那些人的身影，袁振民也在其中，她站在"树"下，手里拿着指星笔，那道细细的绿光在天空中扫过。

二十四小时过去，人还是那些人，昨夜缩在角落，用尽全力抵御那些新生命进入房间；今天却站在戈壁的旷野里，对着那些自己仍无法理解、无法想象的生命呼唤。他们是认为，或者说妄想在那个过程中到底会发生什么呢？

其实谁也不知道。

毛虫崩解成一汪质汤的时候是没有选择的，破茧的成虫又到底继承了幼虫的什么呢，除了构成躯体的元素以外，成虫大约只顾着展开翅膀飞走吧，去幼虫永远爬不到的世界，去享用幼虫无法触碰的美食，去追求幼虫无法拥有的伴侣。它们有没有跟幼虫交流过，做过解释呢？如果没有，是不能，还是没有兴趣呢？

"那，那辆车呢？能开吗？"冰狗又说。

"哪辆车？还有什么车？"余澄灰问。三个人已经喝掉了大半瓶威士忌，但没有一丝醉意。酒精对神经递质的作用大约也失效了。

"坡下面有一辆车，"冰狗说，"我们在回来的时候看到的。"

"是有一辆车，"梁清散说，"看上去很脏，好像被丢在那里很久了。当时我们忙着回基地，也没细看。好像是一个很老款的越野车。"

付强问："坡下面为什么会有一辆车？"

"不知道，"冰狗说，"上面很厚的一层灰。看上去至少几个月没人管了。"

"去看看？"余澄灰说。

他们把扁壶里的酒喝干。身体已经不会醉，自然这口酒也壮不了胆。但喝下去，似乎是某种临行前的仪式。

房间里其他人看着他们走向门口,没有人想要跟他们一起,也没有人想要阻止。冰狗说:"我们去看看,马上就回来。"

余澄灰看着这些人的眼睛。他们还没有明白到底发生些什么,到底会怎么样。他们听到了太多信息,现在还没接受这些信息和自己的关系。但他们迟早会接受,不得不接受。

四个人小心翼翼推开门,从后面溜进黑暗里。

雅丹戈壁地貌起伏甚多,火星小镇基地在一个地势较高的平台上,四面都是陡坡。车子能上来的,也就只有一前一后两条较缓的道路而已。先前余澄灰他们二队坐着巴士车回基地的时候走的是前面的一条路,程昔驾驶越野车离去也是那一条路,路在主基地的正前方。另外一条是从副建筑背后下去,坡度更缓,但绕得更长,平缓的路更适合人走。

绕下去没多远,借着手电的光就看到了那辆越野车。看到第一眼,余澄灰就觉得失望,失望的同时,又觉得诧异。那是一辆灰绿色的车,从造型和喷漆上看,至少也是十多年前的了。在二〇〇〇年以后就很少有这种造型和颜色的车了。上面厚厚一层尘埃,看上去真的仿佛有十年没开过。

"我好像见过这辆车。"付强突然说,他要往车那边跑,梁清散一把拉住了他。

"等一下！你们不是说那些东西可能会在晚上出来。"

"如果附近有的话，多半会被上面那些人吸引过去吧。我是这么觉得的。"余澄灰说。

他们小心翼翼地顺着坡走下去。"我记得好像看到过这辆车给基地送吃的，"付强说，"就在我来的头一天。"他比这三个人早一天来冷湖，"我印象很深。我当时想，这么旧的车，居然还能在这种地方开，也不怕坏在路上。

"但是这辆车开走了。我看到它开走的。大前天的事情了。"

冰狗突然明白了过来："一定是外面发现这里出了事，开这辆车来这里……"话没说完，她声音就小了，自己摇头，"不对。这辆车看起来停了很长时间了。这些灰都不是浮土。"

就算昨天外面开车进来，停在了这里——不管车里的人出了什么事情，才没有出现在大家面前——这车撑死也不过就在这里停了一天。但在他们眼前的这家伙身上的痕迹绝不是一天能留下的。

他们缓慢迟疑地走到车旁。车窗上都是灰，手电照进去都是雾蒙蒙的。这让人有一种预感，灯光下忽然会有什么可怕的东西在车里弹起来，撞在玻璃上。他们谁也没说话，越走越慢。

什么动静也没有。走到了车旁，手电透过窗户勉强扫过里面。仍然没有惊起什么。梁清散一脚快速地在车门上踢了一脚，立刻后退。半晌，里面没有任何动静。

灰真的已经在车上面附得很瓷实,好像停了一两年。"真的是这辆车。"付强说,伸手拉了一下门把手,然后,铰链传来嘎吱的声音,把手动了。

四个人都僵在了那里。门没有上锁。付强不敢继续拉,但也不敢放手。就像踩在一枚地雷上一样。

"打开。慢一点儿。"梁清散说,他把其他人赶到后面,自己警惕地站在车门会打开的位置旁,用电筒照着,摆出格斗的架势。

车太老了,没有电子落锁,铰链嘎吱嘎吱地响着,付强把门拉开了。

车里有乱七八糟很多东西,车载转经筒、墨镜、后视镜上的一大串珠子、抹布、卷纸、巨大的广口保温杯……但也没有什么东西。

手电再三扫过能照到的角落。没有什么东西。

梁清散钻进驾驶室,在车上那堆乱七八糟的东西里翻找了一会,突然抓起一张纸,愣住了。"找到什么了?"冰狗问,他也不理,只举起手电筒对着仔细地看了半天,这才从车上跳下来,把那一个长条的纸片递给大家。

是一张加油站的机打发票,92号油,费用五百三十六元。梁清散指甲掐着加油日期:

2020 年 8 月 17 日

他们到冷湖那天是二〇二〇年七月三十日。余澄灰他们认为现在是那之后的第三天,八月一日;冰狗他们认为现在是那之后的第二天,七月三十一日。他们已经放弃了在这个问题上辨明对错,但这辆车的油票上的日期,是八月十七日。

小学一年级的时候学减法,老师会告诉你"3-1=2"。你要是问老师"1-3"呢?老师会告诉你"不能减"。等到高年级,再问同样的问题,老师会告诉你,有一种数叫负数,"1-3=-2"。

八月十七日加的油,到今天八月一日,这辆车至少在这里停了:

负十六天。

谁也没说话。科幻作家们也许此时心里各自都有很多想法,但没有人愿意其中任何一个发生在自己身上。

余澄灰跳上驾驶座,看到钥匙还插在车上。袁振民曾经埋怨过手下因为过于习惯在无人区生活,经常把钥匙忘在车上不拔,但不知道为什么,他总觉得这把钥匙不是因为那个原因才留在这里的。

他转动了车钥匙,没有反应。引擎没有一丝响动,连仪表盘也没有灯亮起。

蓄电池已经亏光了电。车真的很久没有发动过。

负十六天,耗光了电瓶里的电。

余澄灰在手套箱里找到一个红黑配色的车用应急电源,按下去四个LED灯珠亮起两个,这东西还有一半的电。在野外工作的车常备这个东西,假如车载电瓶亏电无法打着,可以用这东西来搭火启动引擎,有了它就不用等别的汽车来帮忙拿电瓶搭电线。

"要不要试试搭火？"余澄灰问，"有人会用这个东西吗？"

"我用过，我来试试。"梁清散说。余澄灰拉开前机盖的锁钮，机盖嘭地弹起，上面堆积的尘土窸窸窣窣地落下。

梁清散撑开挡杆。机舱盖里很脏，尘土盖住了电瓶两级的触点，他用袖子擦了擦，拉出应急电源的红绿两根线，连在电瓶上。

他伏在机舱上，按开电源，正要叫余澄灰去打火试试，这时候突然有一种强烈的感觉。自己背上的神经紧绷起来，从脊梁骨到脖子，直到脑干，所有的肌肉神经突然一下紧绷起来。

有什么东西在看自己。

像在你打游戏、写小说或者做所有不希望背后有人的事情的时候，有人打开背后的房门走进来，站在你身后那样。对方虽然声音很轻，你还戴着耳机、放着音乐，但出于某种没法说明的理由和感觉，你总能知道有人在背后看着自己。那个时候你会浑身难受，如芒在背。

梁清散抬起头，朝上方望去。不光是他，四个人都不约而同地抬起头，像是接到信号的应答机。

24　归路

　　天上飘着云。

　　冷湖很干，很少有雨，但不代表天上就完全不会有云。也许是很普通、很自然的云，也有可能不是。反正天上是飘着云。在夜里，云是黑色的，遮住了许多星星。

　　在那个云里，有一个巨大的网亘在天顶。组成网的粗壮经络在云中穿行，若隐若现。

　　余澄灰突然觉得自己记不清楚昨天看到的那个网到底是什么样子。昨天他们躲在基地里面透过落地窗往外看，看不到这个东西的尽头在哪里，视线被建筑的墙壁挡住了。

　　今天的夜晚，没有了虹光的干扰，也没有了遮挡，在旷野里能从一个地平线望向另一个地平线，完整的天穹下所有一切都在星光中一览无余。

而这个天穹下所有的一切,都被这么一张网罩着,不见尽头。

什么东西亮起来。

一个长长的条状物从网上掉下,旋转着朝地面落下。它应该是网上的一节,突然脱落了,下坠。那东西离地面有多远?云有多高?小小的一个长条往下掉,速度越来越快,看上去越来越大。它拖出光尾,一些光点在坠落时朝外散开,飘散在空中,飞得很远。

终于近到可以判断大小——那发光的长条足有十几米长,粗壮得一人无法环抱。它的速度已经快得像炮弹,重重地砸在地上,整个大地都跳动了一下,车四个轮胎离开了地面,上面的灰尘震得四面散开。

"天啊。"冰狗叫道。

"那东西掉在了坡上面!"付强大叫。一股浓烟从他们来的方向升了起来。有一瞬间付强想回头爬到坡上,看看上面什么情况,还没等迈开腿,头上更多的条状物亮了起来,流星一样坠落。

"打火!"梁清散对车里大喊,"余澄灰,打火!"

余澄灰磕在方向盘上,撞出了鼻血,他慌忙伸手摸索起钥匙,扭到关闭,转动。没有反应。再试,没有用。"不行!"他回答,"没用,这车打不着火了。"

负十六天已经毁了这辆车。他想。

"等一下!该死,"梁清散发现刚接好的应急电源被震得脱落了，手忙脚乱地重新接好，"再来！"

网上更多的东西脱落，朝地面落下来。就像打开弹仓的轰炸机，从很高的地方，优雅、缓慢地抛下原本属于那苍穹之网的一条条枝节。

也许这些落下的东西曾经是火星小镇的工作人员，曾经是这辆车的司机，甚至，曾经是冷湖石油基地的工人。

仪表盘的灯亮了。余澄灰用力把钥匙扭到尽头，梁清散面前的发动机里传来咔咔的响声，转了几下，停了。应急电源的两颗LED灯珠灭了一颗。"再来！"

再一次，引擎箱体艰难地咔咔响起，然后嘭的一声，整个车子震动了一下。

"打着了！"余澄灰兴奋地大喊。

打着了。听到他的声音，大家几乎同时抬头往天上看去，又回头看了看山坡背后，火星小镇在的位置。那里朝上面放出光，人类创造的光，除了星光，和坠落的异物以外唯一的光。

他们说的是："去看看那辆车。"车已经看完了，现在呢？

再一声巨响，另一个树干状的巨物砸在离他们几百米远的地方。在周围的黑暗中，那东西自己还放着荧光。尘埃落定，它直直地刺入大地，巨大的撞击力量没有把它撞碎，它立在地上，有些斜。

那东西开始向外伸出触手，朝地下，朝天上，好像几百倍速度生长的扦插成活的树。

"天哪，"冰狗叫着，"那东西是活的。"

这是一个全新生命界的开始。余澄灰想起这句话，是古教授说的，还是西夏说的来着？

"上车！"他对下面叫，"上车！"他没有找到车门解锁的按钮，过了两秒才想起这老爷车没有电子落锁功能。余澄灰探过身，拉起前后两边车门的锁，顺势推开了车门："快！"

没有水母怪来捕食他们，没有章鱼一样的触手隐在黑暗里，只有树，从天上坠落下来，炸弹一样的树。它们刺穿戈壁坚硬的岩石，裂开大地，开始占据这个本来没有生命的空间。

它们会繁殖、改变、重组、演化，快速地适应。冷湖是一个绝境，一个旧世界生命无法占领的绝境，一个空白的生态位。它们就从这个空白的没有竞争的生态位开始，占领、扩张，然后与旧生命世界相逢，开始一场生命种群间的战争。

那树的触手触摸到自己会发生什么呢？余澄灰一点儿也不想知道答案。付强跳上后座，伸手把冰狗拉了上来，梁清散盖上机盖，冲进副驾驶座。三扇车门关上。

他们被卷入了这场战争的前线，成为第一批牺牲品，余澄灰想。然后他突然一激灵。

今天在火星小镇的所有人不也正是卷进程昔和自己的战争，成了牺牲品吗？

"走啊!"梁清散在旁边叫,"往前开。"

车行驶了起来,在戈壁上颠簸。车的避震功能很差,椅子很硬,要不是安全带拴着他们,根本没法坐住。

余澄灰辨不清方向,只管往外开,大灯昏暗,只照亮脚下不远的一点。

车慢慢离开了火星小镇所在的高台。

旅行宣传词上这个"地球上最像火星的地方",这时候已经恍惚如战场。天空中坠落着火焰,光尾后面无数光点飘散开,漫撒在空气中,像是成熟的蒲公英在风中飘散自己的成熟种子。伴着巨响和腾空而起的尘土,"巨木"落下,刺入大地,然后张狂地开始生长。

一个"巨木"砸在车前不到十米,车离开了地面,落地,然后急打方向盘,车尾甩过弧线擦上,引擎熄了火。那东西的经络触手似的朝车抓过来,贴着车的轮廓生长,顺着车子缝隙往里钻。若不是重新打着了火,车子扯断那些刚探进来的触手,也许几分钟后这里就会出现一棵车型的藤架。

渐渐开远,在车里也能看见高台上的火星小镇白色的建筑。至少两个"巨木"种进了小镇主建筑里,把本来已经敞开的屋子撕得粉碎。有一棵"巨木"歪在副建筑旁的水箱上,它朝外长出的枝干已经把副建筑缠得密不透风。

他们看不见人。太幸运了,黑暗中看不见人,不用目睹他们的命运。

西夏的那片苔的位置，长着一棵格外大的"巨木"。它们汇合了，高台上的地面铺满了生命的丝绒，旷野里没有一个地方能找到原本光秃秃的地面。生命的流光铺在厚厚的苔毯上，那些苔毯的生物质是来自从天而降的"巨木"，还是信徒的肉体，无法分辨。

车开得不快，也快不起来。从笼盖四野的网上落下的东西并没有铺向整个戈壁，而是集中在火星小镇所在的位置。那些东西种下，生长，彼此相连。那些长出的枝干交织成了密林，那高台上渐渐看不见原来的模样，无数巨大的藤相互攀缘起来，挤到了坡壁上，吊兰一样往下垂了下去，往外长。

不多时，之前的那些建筑已经看不见了，"巨木"自己也被掩盖在了枝干下，只剩一个尖尖的信号塔刺破了那片巨大的丛林。

花费巨资打造出来的火星小镇就这样消失不见，好像从来没有存在过。唯独那个一早就失去作用，引来后面接二连三灾难的信号塔孤独地显示着人类努力存在过，看上去颇为讽刺。

"走吧。别看了。"听见付强的声音，余澄灰才意识到自己早就松开了油门，脑袋痴痴地从车窗口伸了出来。

车向前走，离火星小镇越来越远。那些从天而降的殖民生命远了，战场般的声响也在绕过几个坡之后渐渐消失了，不知道是停了，还是听不见了。

道路反而颠簸了。余澄灰开始怀疑自己开错了路，便换了更会操作手动四驱车的梁清散来开。

头上的笼网仍没有看到消失的迹象，深夜里，只有车灯能照亮一点前路。

偶尔，黑暗中会有奇怪的声音响起。刚听到声音的时候，冰狗打开手电紧张地寻找声音的来源，付强制止了她。

在一个坡后面，梁清散看到车灯照出一片奇怪的沟壑，像是什么远古巨龙在这里打斗、爬过留下的痕迹，旁边的戈壁上有些深不见底的洞，圆润、光滑、崭新，够一个人掉进去。他果断掉头，换了方向，没有去探索这些痕迹的成因。

尽管如此谨慎，这辆车还是没躲过一个突然出现的巨坑。车里人惊叫起来，梁清散果断地打开限滑锁，艰难地稳定住车身。一直滑了十多秒，车轻轻撞在什么东西上，终于停住。

撞上的是另一辆车，一辆越野车。翻在地上，不知道滚了多少圈。左侧的车灯碎了，没有前保险杠，但这都不是因为滚进这个巨坑才撞坏的。

是程昔的车。

不知道为什么，他们并不是那么意外。

伴着这声轻轻的碰撞，那辆车身已经完全变形的越野车里面发出了响动声。梁清散急挂上倒挡，往后退去，车灯照亮了越野车的里面，玻璃早就碎完了。

程昔，或者说，还能看出是程昔的那个东西，卡在方向盘和变形的坐椅缝隙，胸口已经完全陷进方向盘应该在的位置。

只有一个头、半个胸还在，一堆乱七八糟的东西蠕动着，跟扭曲的车体长在了一起。下半身完全没了。

相对完整的后座上，长满了肉色的膜和肠道样的东西，一个球形的东西挂在碎了大半的窗户上，与无数搏动的肉管相连。

那个曾经是程昔的头感觉到了震动，慢慢地、艰难地转动起来，朝光的方向看过去，张开一双已经无光发白的死眼。

"快走快走，快走！"余澄灰惊叫起来。梁清散油门踩到底，车轮却悬空打滑，发出空转的响声。

后面那个球张开，露出一个很小很小的身躯，状若婴儿。粉白的手脚拼命地乱蹬，没有睁眼，张嘴哭了起来。黑夜里，哇哇的婴儿啼哭甚至比车子的声音更清晰。

那东西的背上跟许多肉管连着，随着啼哭波动。

无耻的抄袭者永远不死，只是不断更换名字和肉体。

梁清散连续切换四驱模式，终于车轮有了着力，把自己从半悬空中拉了出来。

车子缓慢地从翻倒的越野车旁边开了过去，爬过巨坑的底，逃了出去。

余澄灰回头，看着这个坑，那是某个生物留下的印记,它在这里落足,然后走了过去。几百米外,一个差不多的坑出现在一旁,车远远绕过去。

有很长很长时间,谁也没有说话。
没有人问自己在哪儿,现在在往哪个方向开。离冷湖,离茫崖,离任何一个有人类存在的地方还有多远。车的油还够不够。
突然,紧握方向盘的梁清散大笑了起来。
"怎么了?"三个人异口同声地问。
"没什么。"他回答。
"没什么是什么?"冰狗紧张地说,"说吧。不说更吓人。"
"刚才那个婴儿,"他说,"我在想那个婴儿。"
一时没人说话。余澄灰知道他要说什么了。他要说冷湖石油基地里,他拍到的那些小孩子的衣服,整整齐齐地丢在旷野里,没人要。梁清散当时拍了好些照片,专门存在电脑里,还改了后缀名避免被发现。
"嗯。"付强干巴巴地回应,没有问那句"想的是什么?"。
"我猜到为什么我们比你们少了一天,还有为什么这车上会有一张八月十七日的发票了。"梁清散说。
车抖动着。
"可能我们都不是我们自己。我们早就没了。"
三个人都没听懂。

"那个婴儿。我们是被牧者重造出来的,它拿走了我们的记忆和我们的身体。说不定那都是很久很久以前的事情了。现在说不定根本就不是二〇二〇年,我们被重造出来,脑子里只有被牧者吃下去之前那一天的记忆。你们觉得是八月一日,我们觉得是七月三十一日,其实现在哪天也不是。可能是很多年以后。"

梁清散顿了顿,说:"可能是我们已经被重造了很多次。"

余澄灰想起今夜的星空,似乎和昨天不一样,只是没有证据证明。

谁也没接梁清散的话。

"为什么?"付强问,"为什么要重造我们。"

"不知道,"梁清散说,"可能没有原因。可能是因为牧者可以。可能,牧者在玩一个游戏,在不停地存档读档。它还没打通关。"

"别说了。"冰狗叫道。

"牧者到底是什么?"梁清散问。

"别说了!"冰狗怒吼。

星光下,车在冷湖的戈壁中默默地开着。

余澄灰想起冷湖的那个哨卡,那个不知道为什么存在、为了拦阻什么的哨卡。

也许就是为了拦阻他们。

也许他们永远没有机会再见到那个哨卡。

余澄灰想起李淼，他又曾见过什么，才在四月一日写下冷湖异常光波辐射，这样的召唤呢？

或者说，李淼来过冷湖之后，他又变成了什么？

余澄灰又想起自己，想起自己那伟大的、考虑了方方面面、没有任何疏漏的冷湖大计。

到底是谁在谋划这一切，这一切到底是发生在哪个疯狂的大脑里？

车，就这么静静地开着，没有人敢问它究竟开向哪里。